中公文庫

狂った機関車

鮎川哲也の選んだベスト鉄道ミステリ

鮎 川 哲 也 選
日 下 三 蔵 編

中央公論新社

目次

狂った機関車

鮎川哲也の選んだベスト鉄道ミステリ

狂った機関車

大阪圭吉

おおさか　けいきち

　編集部が大阪家に問い合わせたところに依ると、作者は明治45年3月愛知県新城《しんしろ》市に生まれ、昭和20年7月にフィリピンのルソン島で戦病死をとげた。本名は鈴木福太郎である。昭和7年に甲賀三郎氏の推輓で「新青年」に発表された《デパートの絞刑吏》を第一作として陸続として本格短編を発表、戦前における数少ない本格派の旗手として将来を嘱望された。この《気狂い機関車》は昭和9年の「新青年」1月号に掲載されたもの。殺人トリックを理解するために、腰をすえてお読み頂きたい。なお、ご遺族の諒解を得て「気狂い機関車」を改題したことをおことわりしておく。

1

日本犯罪研究会発会式の席上で、数日前に偶然にも懇意になったM警察署の内木司法主任から、不思議な殺人事件の急電を受けて冷たい旅舎に真夜中過ぎの夢を破られた青山《あおやま》喬介《きょうすけ》と私は、クレバネットのレイン・コートに身をつつんで烈しい風をまともに受けながら、線路伝《づた》いに殺人現場のW停車場へ向かって足速に歩き続けていた。

いてて泣きわめくような吹雪の夜のことだ。

雪はやんでいたが、まだ身を切るような烈風が吹きまくり、底深く荒れはてた一面の闇をすかして遠く海もしけているらしく、ここから三マイルほど南方にある廃港の防波堤に間断なく打ち揚げる跳波の響が、風の悲鳴にコキ混じって、粉雪の積もった線路の上を飛ぶように歩いて行く私達の足音などは、針ほどもきこえなかった。

やがて前方の路上には遠方信号機の緑灯が現われ、つづいて無数の妙に白けた灯光が、蒼白い線路の上にギラギラと反射し始める。そしてまもなく——私達はW駅に着いた。

赤、緑、橙等さまざまな信号灯の配置にかこまれて、入れ換え作業場の時計塔が、構内《ヤード》照明灯《ライト》の光にキッカリ四時十分を指していた。明るいガランとした本屋《ほんおく》のホームで、先着の内木司法主任と警察医の出迎えを受けた私達は、貨物積み卸しホームを突切ってただちに殺人現場へ案内された。

そこはW駅の西端に寄って、下り本線と下り一番線との線路にはさまれて大きな赤黒い鉄製の給水タンクが立っている薄暗い路面であるが、被害者の屍体は、給水タンクと下り一番線との間の、四フィートほどの幅狭いところに、数名の警官や駅員達に見守られながら発見当時のままで置かれてあった。

被害者は菜ッ葉服を着た毬栗頭《いがぐりあたま》の大男で、両脚を少し膝を折って大の字に開き、右掌を固く握り締め、左掌で地面を掻きむしるようにして、線路と平行に、薄く雪の積もった地面の上にうつぶせに倒れていた。真っ白な雪の肌に黒血のにじんだその頭部の近くには、顎紐の千切れた従業員の制帽がひとつ無造作に転がっている――。

警察医は、早速屍体の側へかがみ込むと、私達を上眼で招いた。

「――温度の関係で、硬直はわりに早く来ておりますが、これで死後三、四十分しか経過していません。もちろん他殺です。死因は後頭部の打撲傷による脳震盪で、ごらんのとおり傷口は、脊髄に垂直に横に細く開いた挫傷で、少量の出血をしております。加害者は、この傷口やそれから後頭部の下部の骨折から見て、幅約〇・八センチ長さ約五センチの遊離端を持つ鈍器――たとえば、先の開いた灰掻棒みたいなもので、背後から力まかせにぶんなぐったものですな」

「他に損傷はないですか？」

喬介が訊いた。

「ええ、ありません。もっとも、顔面、掌その他に、きわめて軽微な表皮剝脱ないし皮下出血がありますが、死因とは無関係です」

喬介は警察医と向い合っていっそう近く屍体によりそうと、懐中電灯の光をさしつけるようにして、後頭部の致命傷を覗き込んだ。が、まもなく傷口を取り巻く頭髪の生際を指さしながら、医師へ言った。

「白い粉みたいなものが少しばかり着いていますね。何でしょう？　砂ですか？」

「そうです。ふつう地面のありふれた砂ですよ。多分兇器に附着していたものでしょう」

「なるほど。でも、一応調べて見たいものですね」

そして駅員達の方へ振り向いて、「顕微鏡はありませんか？　五百倍以上のものだといっそうけっこうですがね――」

すると、私の横に立っていた肥っちょのチョビ髭を生やしたW駅の助役が、かたわらの駅手に、医務室の顕微鏡を持ってこいと命じた。

喬介は、それから、固く握り締められたままの被害者の右掌や、少し膝を折って大の字にひろげられた両脚などを、ときおり首を傾げながら調べていたが、やがて立ち上がると、いましがた部下の警部補と何か打ち合わせを終えた内木司法主任に向かって声をかけた。

「何かご意見をうけたまわりたいものですね」

喬介の言葉に司法主任は笑いながら、

「いや。私のほうこそ、あなたのご援助を得たいです。が、まあ、とにかく捜査に先立って、大切な点をお知らせしておきましょう。というのは、ほかでもないですが、一口にいうと、つまり現場に加害者の痕跡が微塵《みじん》もないということです。なにしろ、ご承知のとおり犯行の推定時刻まではあのとおり雪が降っていましたし、報告に接して急行したわれわれ係官の現場調査も、充分――いや、これはむしろあなた方のご信頼にまかすとして――、それにもかかわらず、この雪の地面には、加害者とおぼしき足跡はおろか、被害者自身の足跡すら発見されなかったのです。したがって私達は、ここで最も簡単にしかも合理的に、犯行の本当の現場を見透すことが出来るのです。すなわち屍体は、推定時間当時においてこの下り一番線上を通過した機関車から、灰掻棒で殺害後突き落とされたものに違いないということ――私のこの考え方を裏書してくれる確実な手掛りをご覧下さい」

司法主任はそう言って、軌条と屍体との中間に当る路面に、懐中電燈の光を浴びせかけた。――なるほど、薄く積もった地面の雪の上には、軌条から二フィートほど離れしかも軌条に平行して、数滴の血の雫《しずく》の跡が一列に並んで着いている。その列の尖端、つまり血の雫の落ち始まったところは、屍体よりも約五フィートほどの東寄りにあって、そこには同じ一点に数滴の雫が、停車中の機関車の床から落ちたらしく雪の肌に握拳ほどのしみを作っている。そして二フィート三フィートと列の西に寄るにしたがって、雫と雫との間隔は一インチ二インチと大きくなって、やがてわれわれの視線から闇の中へ消えている。司法主任は、それらの雫の特異な落下点を指さしながら、機関車が給水のためここで停車していたときに犯行が行われたに違いない、とつけ加えた。喬介はそれにいちいち頷きながら聞いていたが、やがて、駅員達のほうへ振り返って、屍体発見ならびに被害者の説明を求めた。

と、それに対して、ゴム引の作業服を着た配電室の技師らしい男が進み出て、自分がちょうど午前四時二十分前頃に、交換時間で、配電室から下り一番の線路伝いに本屋の詰所へ戻る途中、この場でこのとおりに倒れている屍体を発見し、ただちに報告の処置をとったむねを、詳細にかつよどみなくのべたてた。が、被害者については、いっこうに見覚えがないむねをつけ加えた。すると今度は、いままで助役の隣で、オーバーのポケットへ深ぶかと両手を突っ込んだまま人々の話に聞きいっていた頬骨の突き出た痩せぎすの駅長が、被害者は、W駅の東方約三十マイルのH駅機関庫に新しくはいった機関助手であることは判るが、姓名その他の詳細については不明であるため、すでにH機関庫に打電して、屍体の首実検を依頼してあるむねを陳述した。

ちょうどこのとき、さきほどの駅手が顕微鏡を持って来たので、喬介はそれを受け取ると、ととのった照明装置に満足の笑みを漏らしながら、警察医に機械を渡して、屍体の傷口に着いた砂片の分析的な鑑定を依頼した。そしてふたたび振り返ると、駅長に向かって、

「では次にもうひとつ、いまから約一時間前の犯行の推定時刻に、この下り一番線を通過した列車について伺いたいのですが――」

すると今度は、チョビ髭の助役が乗り出した。

「列車――というと、ちょっと門外の方には変に思われるかも知れませんが、ちょうどその時刻には、H機関庫からN駅の操車場《ハンプヤード》へ、作業のために臨時運転をされた長距離単行機関車がこの線路を通過しております。入れ換え用のタンク機関車で、番号はたしか二四〇〇型式・73号――だったと思います。ご承知のとおり、臨時の単行機関車などにはもちろん表定速度はありませんので、閉塞装置による停車命令のない限り、いいかえれば、あらかじめ運転区間の線路上における安全が保障されている以上、多少の時刻の緩和は認められております。で、そんなわけで、その73号のタンク機関車が本屋のホームを通過した時刻を、いまここで厳密に申し上げることは出来ないですが、なんでもそれは、三時三十分を五分以上はずれるようなことはなかったと思います。なお、機関車が下り一番線をとおったのは、ちょうどそのとき、下り本線に貨物列車が停車していたためです――」

「すると、もちろんそのタンク機関車は、本屋のホームを通過してしまってから、現場《ここ》で、一度停車したんでしょうな？」

喬介が口を入れた。

「そうです。――多分ご承知のこととはおもいますが、タンク機関車は他のテンダー機関車と違って、別に炭水車を牽引しておらず、機関車の主体の一部に狭小な炭水槽《タンク》を持っているだけです。したがってH・N間のように六十マイル近くもある長距離の単行運転をする場合には、どうしても当駅で炭水の補給をしなければならないのです。もちろん73号も、ここで停車したに違いありません。そして、この給水タンクから水を飲みこみ、そこの貯炭パイルから石炭を積み込んだでしょう」

チョビ髭の助役はそう言って、給水タンクのすぐ東隣に、同じように線路に沿ってくろぐろと横たわった、高さ約十三、四フィート長さ約六十フィートの大きな石炭堆積台《パイル》を、肥った体をのび上げるようにして指さした。

そこで喬介は助役に軽く会釈すると、今度は、司法主任と向き合って顕微鏡の上に屈み込んでいる警察医のそばへ行き、その肩へ軽く手をかけて、

「どうです。判りましたか？」

すると警察医は、ちょっとそのままで黙っていたが、やがてゆっくり立ち上がって大きくあくびをひとつするとロイド眼鏡のガラスを拭き拭き、

「ありましたよ。いや、なかなかたくさんにありましたよ。――まず、多量の玻璃質に包まれて、アルカリ長石、雲母角閃石、輝石等々の微片、それからきわめて少量の石英と、

「何ですって、橄欖岩に準長石？……うむ。それに石英は？」

「ごく少量です」

「――いや、よく判りました。それにしても、……珍しいなあ……」

と喬介はそのまましばらく黙想に陥ったが、やがて不意に顔を上げると、今度は助役に向かって、

「この駅の附近の線路で、道床《どうしょう》に粗面岩の砕石を敷き詰めた箇所がありますか？」

するとその問に対して、助役のかわりに配電室の技師が口を切った。

「ここから三マイルほど東方の、発電所の近くに切り通しがありますが、その山の切り口から珍しく粗面岩が出ていますので、その部分の線路だけ、わずかですが、道床に粗面岩の砕石を使用しております」

「ははあ、するとその地点の線路は、もちろん当駅の保線区に属しているでしょうな？」

「そうです」

今度は助役が答えた。

「では、最近その地点の道床に、搗固《つきかため》工事を施しませんでしたか？」

「施しました。昨日と一昨日の二日間、当駅保線区の工夫が、五名ほど出ております」

助役が答えた。すると喬介は、生き生きと眼を輝かせながら、

「判りました。――殺人に用いられた兇器は撥形鶴嘴《ビーター》です！」

そしてびっくりした一同を、軽く微笑して見廻しながら、「しかも、それは、当駅の工事用器具所に属するものです！」

2

私は、喬介の推理にいまさらのように唖然としながらも、鶴嘴のいっぽうの刃先が長さ約五センチほどの撥形《ばちがた》に開いた兇器――よく汽車の窓から見た、線路工夫の振り上げているあのたくましい撥形鶴嘴をアリアリと眼の中に思い浮かべた。内木司法主任も、私とどうように驚いたらしく、眼を大きく見開いたまま、警察医の方へ臆病そうに顔を向けた。するといままで、あいかわらずポケット・ハンドをしたまま黙り込んでいた痩せぎすの駅長がズングリした頬骨を突き出しながら、熱心な語調で喬介に立ち向かった。

「しかし、たとえそれらの鉱片が傷口に着いていたからとて、何もそれだけで、兇器をあの切り通しで使った撥形鶴嘴であると推定されるのは、少し早計ではないでしょうか？――ご承知のとおり、砕石道床というやつは、砕石が角張っている点は理論的にいえば道床材料として大変好都合なんですが、なにぶん高価なものですからわが国ではふつうに使用されず、そのかわりに主として精選砂利を用いております。がこれとてもまた相当に値段が張りますので、ふつう経済的に施工するためには、道床の下部に砂交りの切り込み砂利を入れ、上部の表面だけに精選砂利を敷詰める方法、いわゆる——化粧砂利というのがあります。で、この、化粧砂利の下の粗雑な切り込み砂利に、石英粗面岩の細片を使用した道床が、つまり表面はふつうの精選砂利でも、内部が石英粗面岩の切り込み砂利になっている道床が、H駅の附近にも数ヵ所もあるのです」

駅長はそう言って喬介の顔を熱心にみつめた。が、喬介は決してひるまなかった。

「石英粗面岩——ですって？　いや。大変いい参考になりました。でも、石英粗面岩と粗面岩とは同じ火成岩中の火山岩に属していながらも、ぜんぜん別個の岩石であることを忘れないで下さい。すなわち、粗面岩は石英粗面岩と違って石英は決して多くは存在せずに、かえって橄欖岩や準長石の類はおうおう含有していること、をですな。そしてしかも、この種の岩石は、本邦内地にはきわめて産出が少なく、大変珍しいしろものなんです」

そこで駅長は、二、三度軽く頷くと、そのまま急に黙ってしまった。喬介は司法主任へ向かって、

「とにかく、撥形鶴嘴といえばそんな小さな品ではないんですから、いちおうその辺を探して見て下さい。もしあるとすれば、きっと発見《みっ》かるでしょう」

で、二名の警察官が、司法主任から兇器の捜査を命ぜられた。

いっぽう喬介はそっと私を招いて、さきほど司法主任が知らしてくれた軌条沿いの血の

雫の跡を、懐中電灯で照らしながら、線路伝いに駅の西端へ向かって歩き始めた。

が、二十メートルも歩いたと思う頃、立ち止まって振り返ると、給水タンクの下であれこれと指図しているらしい司法主任の方を顎で指しながら、私へ言った。

「ね君、大将の言ってることは、あの屍体に関する限り、大体間違いないようだよ。つまり、屍体は、タンク機関車73号からおとされたもので、同時にこれらの血の雫は、同じ73号の操縦室《キャッブ》の床の端から機関車が給水で停車しているときから落ち始めたものだ、というふうにね。そして先生、73号の、被害者と同乗した被害者以外のもう一人の、あるいは二人の、乗務員に対して、有力な嫌疑を抱いているらしい。ま、だいたい素直な判定さ。だが、僕は、その推理について云々する前に、あの屍体の奇妙に開かれた両脚や、五指を固く握り締めたままの右手に対して、何よりも大きな興味を覚えるよ。そしてだね君。あの屍体の傷口を思い出してくれたまえ。あの傷は、打撲による挫創並びに骨折で、決して出血の多いものではなかったはずだ。ね。それにもかかわらず、ほら、ごらんのとおり、機関車の操縦室の床から落ちた血の雫は、こんなところまでつづいているじゃないか⁉ いや、それどころかまだまだ西方《むこう》までつづいているようだ。――ひとつ、僕達は、その血の終わるところまでつけて行ってみようじゃないか」

で喬介はふたたび歩き出した。私はちょっと身ぶるいを覚えながら、それでも喬介の後に従った。

嵐はもう大分静まっていたが、この附近の路面には建物がないので、ひろびろとした配線構内の上には、まだ吹き止まぬ寒い風が私達を待っていた。喬介は線路の上を歩きながら、何かブツブツ呟いていたがやがて私へ向かって、

「君。この血の雫の跡をみたまえ。落された雫の量の大きさは少しも変わっていないのに、その落された地点と地点との間隔は、もう二メートル余にも達している。僕は、さっきからこの間隔の長さが、おいおいに伸びて行く比率に注意しているよ。それはあまりに速く伸び過ぎる。――つまり73号機関車は、あの給水タンクの地点から急激に最高速度で出発させられたのだ。――だいたい、入れ換え用のタンク機関車などというやつは、僕の常識的な考えから割り出してみても、牽引力の大きなわりに速力は他の旅客専用の機関車などより小さいわけだし、それに第一転轍器《ポイント》や急曲線《きゅうカーブ》の多い構内で、そんな急速な出発をするなんて無茶な運転法則はないんだから、73号の変調は、まずこの事件の有力な謎のひとつとみてさしつかえないね」

　そこで、歩きながら私が口を入れた。

「しかし、もしもその機関車の操縦室の床に溜った血の量が、全体に少なくなってきたのだとしたなら雫の大きさは同じでも、落される間隔は、あたかも機関車の速度が急変したかのように、長くなるのじゃないかね」

「うむ。なかなか君も、近頃は悧巧になったね。だが、もしも君の言うとおり、そんなに

早く機関車の方の血が少なくなってきたのだとしたなら、この調子では、もうまもなく血の雫は終ってしまうよ。——そこまで行ってみよう。果たして君の説が正しいか、それとも僕の恐ろしい予想に軍配があがるか——」

で、私達は二人とも興奮して歩きつづけた。

もうこの附近はW駅の西端に近く、二百メートルほどの間にわたって、全線路がいちょうに大きく左にカーブしている。私達は幅の広いそのカーブの中を、懐中電灯で血の雫の跡を追いながら、下り一番線に沿って歩き続けた。が、まもなく私の鼻頭には、この寒さにもかかわらず、無気味な脂汗がにじみ始めた。——私は、喬介との闘いに敗れたのだ。線路の横には、喬介の推理どおり行けども行けども血の雫の跡は消えず、タンク機関車73号は明らかに急速度を出したらしく、もうこの辺では、血の雫の跡も五、六メートルおきにほぼ一定して着いていた。そしてそのカーブの終りに近く、下り一番線（待避線。大きな駅では二番線、三番線もある）から下り本線へのわたり線の転轍器の西で、とうとう私達は、異様な第二の他殺屍体にぶつかってしまった。

3

屍体は第一のそれと同じように、菜ッ葉服を着、従業員の制帽をかぶった、明らかに73

号の機関手で、粉雪の積もった砂利面の上へ、線路に近く横ざまに投げ出されていた。
——あたりは、一面の血の海だ。

私は、ただちに喬介をおいてもと来た道を大急ぎで引き返した。そして司法主任や警察医の連中を連れて、ふたたびそこへ戻ったときには、もう喬介は屈み込んで、綿密な屍体の調査を始めていた。

やがて喬介並びに警察医の検案によって、第二の屍体は、第一のそれとほとんど同時刻に殺されたもので致命傷は、鋭利な短刀様の兇器で背後から第六胸椎と第七胸椎との間に突き立てた、創底左肺に達する深い刺傷であることが判った。なお、屍体が機関車から投げ出された際に出来たらしく、顱頂骨《ろちょうこつ》の後部に近くアングリ口を開いた打撲傷や、その他全身の露出面にわたるおびただしい擦過傷とうも明らかになった。

私達は協力してしばらくその辺を探して見たが、もちろん殺害に使われた兇器はみつからなかった。そして線路の脇の血の雫の跡も、もうそれより以西には着いていなかった。

司法主任は、第二の屍体の発見によって自分の抱いていた疑いが微塵に砕かれてしまったためか、すっかりしおれて、黙々としていたが、やがて思い出したようにかたわらの路面から、私はうっかり気づかなかったのだが、さっきここへ来たときに持って来ておいたらしい大型の撥形鶴嘴を取り上げると、喬介の眼前へさし出しながら、

「やはりありましたよ。こいつでしょう? 最初の屍体に加えられた兇器は。——あの貯

炭パイルと、すぐその東隣のランプ室との間の狭い地面にほうり込んでありましたよ。ええ、むろんその撥形の刃先に着いていた砂は、顕微鏡検査によって、あなたのおっしゃったとおり、あちらの屍体の傷口の砂と完全に一致しました。なお、柄《え》も調査しましたが、加害者は手袋を用いたらしく、指紋はなかったです」

喬介はそれに頷きながら撥形鶴嘴を受け取ると、自身で詳しく調べ始めた。が、その柄の端近くにくり抜かれた小指ほどの太さの穴に気づくと、むさぼるようにしてしばらくその穴を調べていたが、やがてかたわらの助役へ、

「これはどういう穴ですか？」

「さあ――⁉」

「当駅の撥形鶴嘴で、柄の端にこんな穴の開いたやつがあったのですか？」

「そんなはずは、ないんですが――」

「うむ。判りました。そのとおりでしょう。第一この穴は、こんなに新しいんですからね……」

喬介はそれなり深い思索に陥っていった。

まもなく、W駅の本屋の方から一人の駅手が飛んで来て、H機関庫から首実検の連中が到着したとの報告をもたらした。すると司法主任は急に元気づいて、警官の一人にこの場の屍体を見張っているよう命ずると、先に立って歩き始めた。私達もその後に従った。

やがて私達が、給水タンク下の最初の現場へ戻り着いたときには、運搬用の気動車《モーター・カー》でやって来たらしい三名の機関庫員は、すでに屍体の検証をすまして、一服しているところだった。が、その内の主任らしい男が、肥った体をヨチヨチやって私達より一足遅くやって来た助役の顔を見ると、早速立ち上がって、

「――とんだことでした。被害者はたしかに73号の機関助手で土屋良平という男です」

「いや、どうも。ところで、機関手の名前は？」

「機関手――ですか？　ええ、井上順三といいますが」

「うむ。そいつも殺されておりますぞ！」

助役の言葉で、機関庫主任も駅長も明らかに蒼くなった。そして一名の機関庫員は、飛ぶようにして第二の屍体の検証に向かった。

すると司法主任が、待ちかまえたように機関庫主任を捕えて、

「73号のタンク機関車が、H機関庫を出発したのは何時ですか？」

「午前二時四十分です」

「ははあ、で、当駅を通過したのが三時半と――。じゃあ、むろん途中停車はしなかったですね？」

「ええ、そうですとも。当駅で炭水補給の停車以外には、N操車場まで六十マイルの直行運転です」

「うむ。ところで、乗務員は何名でしたか？」

「二名です」

「二名——？　三名じゃあなかったですか？」

「そ、そんなはずはありません。第一、原則的に、機関手と助手の二名だけ——」

「いや。その原則外の、非合法の一人があったのだ！」と、それから、せきこんで、駅長へ、「N駅へその男の逮捕方を打電して下さい。もう機関車は、N操車場へ着くに違いない——」

　すると、いままで黙っていた喬介が、突然吹き出した。

「……冗談じゃない。内木さんにもにあわん傑作ですよ。ね、——もしも私が、その場合の犯人であったとしたなら、N駅へ着かない以前に、機関車を投げ出して、とっくの昔に逃げてしまいますよ。いや、まったく、あなたの意見は間違いだらけだ。たとえば、最初機関車がH駅を出発した当時から、犯人が被害者の二人と一緒に乗っていたものとすれば、第一の屍体の兇器、すなわち、昨日まで道床搗固に使われ、当駅の工事用具所へしまわれたあの撥形鶴嘴を、犯行後機関車の中からランプ室と貯炭パイルの間の狭い地面へ投げ捨てることは出来るとしても、いったい、どこからそいつを手に入れることが出来るというんです。そして、またよしんばそれが出来得たとしても、犯人は何の必要があって、わざわざ当駅で停車中なんぞに二人もの人間を殺害しなければならなかったのです。犯人が機関車に乗っていたのならば、何もこんなところで殺さなくたって、あの吹雪の闇を疾走中に、もっと適切な殺し場がいくらもあったはずではないですか。――いや、この事件は、いまあなたが考えていられるより、もう少しは面白いものらしいです。そしてそのことは、ひじょうにたくさんの謎が証明してくれます。たとえば、この第一の屍体における奇妙な硬直姿勢、撥形鶴嘴の柄先の不可解な穴、そして、タンク機関車73号の急激なスタート、なおまた、二つの屍体にあたえられた兇器がそれぞれに異なったものであること、等々です。でここでひとつ手近なところから片づけてみると、二つの屍体において異なる兇器があたえられたという事実は、まず犯人がべつべつに時間を隔てて二人を殺害したか、あるいは何らかの方法で同時に殺害したか、という二様の立場から見ることが出来ます。ところが――、前者は、第二の屍体から流れ落ちた血の雫が、最初の屍体の置かれたと同一のこの地点から始まっていること、そしてこの地点における機関車の停車時間は決して長いものではなかったこと、なおまた屍体検査による死後時間の一致、等によって抹殺されてしまいます。したがって殺害は同時になされたことになります。すると、短い停車時間の間で、ほとんど同時に二人の人間をそれぞれ異なった兇器で殺害するためには、犯人が二人であるか、あるいは一人でなんらかの特殊な方法によったものであるか、という二つの岐路に再度逢着します。――ここで私は、もうひとつの謎をこれに結びつけてみる。すなわち、あの撥形鶴嘴の柄先の奇妙な穴を思い出すのです。そしてひとまず犯人は一人であるとし、その一人の犯人が、二人の殺害に当って必ずなさなければならなかったであろうはずのカラクリすなわち兇器の特殊な使用法について、いままでずっと考え続けていたのです。で、その結果について申し上げる前に、ちょっと駅の方《かた》にご注意しておきますが、犯人は、一人でしかも機関車がこの地点へ来て停車したときに殺害の目的で乗込んだと同様に、犯行後、ふたたびこの場で機関車から離れたのです。つまり、――タンク機関車73号が、西方へ向かってこの地点を急速度で発車したときには、すでに犯人は73号に乗っていなかったのです」

するとし、いままで黙って喬介の説明を聞いていた助役が、急に吹き出しながら、

「そ、そんな馬鹿なことはない。もしもそうだとすれば、機関車はひとりで疾走《はし》って行ったことになる――。と、とんでもないことだ！」

そしてこころもち顎を突き出し、眼玉を大きく見開いて、ちょっと喬介を軽蔑するようにしてみせた。が、その顔色は、恐ろしく蒼ざめていた。

4

駅長も、助役と同じように喬介の言葉には驚いたらしく、ひどく心配そうに蒼白い顔をして、亀の子のように大きなオーバーの中へ首や手足をすくめるようにしていたが、まも

なく本屋の方へ歩いて行った。喬介は、いっこう平気にきわめて冷淡な語調で、ふたたび助役へ向き直った。

「ときに、当駅に、73号と同じ型式の機関車はありませんか？」

すると助役は、ちょっと不機嫌そうに、

「ええ、そりゃあ、仕別線路のほうには二輛ほど来ていますがね。……いったい何ですか？」

「実地検証です。ぜひ、一輛貸していただきたいです。この一番線へ当時の73号と同じ方向によこして下さい」

で、助役はケテン顔をしながら出かけて行った。

まもなく、二四〇〇型式のタンク機関車が、汽笛から激しい蒸気をもらし、喞子桿《ピストン・ロッド》や曲柄《クランク》をガチンガチン鳴らしながら、下り一番線上を西に向かって私達の前までやってきた。そこで喬介の指図にしたがって路面上の血の滴列の起点の上へ、ちょうど操縦室の降口の床の端がくる位置に機関車が止まると、喬介は給水タンクの線路側の梯子《はしご》を真中ごろまで登って行って、そこにタンクの横ッ腹から突き出している径一センチ、長さ〇・六メートルほどの鉄棒を指さしながら下を振り向いて助役へ言った。

「これは何ですか？」

「あ、それは、いまあなたの前に、タンクの開弁装置《かいべんそうち》へつづく長い鎖が下がっているでしょう。その鎖の支棒《ささえぼう》として以前用いられたものです」

「なるほど。ところで、ついでにひとつ、その撥形鶴嘴を取ってくれませんか」

で助役は、ふるえながら、そのとおりにした。

喬介は撥形鶴嘴を受け取ると、その柄先の穴を、例の鉄棒の先にあてがってグッと押えた。するとスッポリふさがって撥形鶴嘴は鉄棒へぶら下がった。と喬介は、今度は少しずつ梯子を登りながら、撥形鶴嘴の柄を持って先の穴を中心に廻転させ、やがてそれが刃を上にして殆ど垂直に近く立つところまでやると、ちょうどそこに出ているもう一本別の錆びた鉄の支棒の尖に、その柄元をちょっと引掛けた。そして最後に、開弁装置へつづく鎖のちょうど第二の鉄棒に当る位置に縛りつけてある太い、短い、妙に曲った針金を、同じ鉄棒の中頃へ引っかけた。

それらの装置が終わると、喬介は梯子を降りて来て、今度は、規定の位置に停車している機関車の操縦室へ乗り込み、そこから投炭用のスコップを持ち出すと、地面へは降りずに汽罐側のサイド・タンクに沿って、框《フレーム》の上を給水タンクの梯子と向き合うところまで歩くと、ウンと力んで片足を給水タンクの足場へかけ、機関車と給水タンクとの間へ大の字にまたがった。

「さて、これから始めます。まず私を、この事件における不幸な第一の被害者、土屋良平君と仮定します。そして、タンク機関車73号に給水するため、土屋君は頭上に恐るべき装置があるともしらず、このとおりの姿勢をとって、ここにぶら下がっているこのズック製の呑口《スパウト》を、こちらの機関車のサイド・タンクの潜口《マンホール》へ向けてあてがい、給水タンクの開弁を促すために右手でこの鎖を握り締めてこの通りグイと強く引っ張ります——」

喬介は本当に鎖を引っ張った。すると撥形鶴嘴はおそろしい勢いで、柄先を中心に半円を空に描きながら、喬介の後頭部めがけて落ちてきた。と、喬介は素速く上体をひねって、左手に持っていたスコップを、ちょうど頭の位置へ差し出した。

ジーン——鋭く響いて、スコップは私達の前へ弾き落された。

私達はいちようにホッとした。

やがて、見事に検証を終えた喬介が、機関車を帰して、両手の塵を払いながら私達の側へ戻って来ると、チョビ髭の助役が、ふるえ声で、すかさず問いかけた。

「じゃあいったい、あなたのお説にしたがうと、犯人はどこから来たのです。道がないじゃあないですか?」

「ありますとも」

「ど、どこです?」

するると喬介は上のほうを指差しながら、

「この給水タンクの屋根からです。ほら、ご覧なさい。少し身軽な男だったら、給水タンク、石炭パイル、ランプ室、それから貨物ホーム——と、屋根続きにどこまでも歩いて行けるじゃないですか⁉」

——私は驚いた。喬介に言われて初めてそれと気づいたのだが、四つの建物は、高さこそおのおの三、四尺ずつ違うが偶然にも一列に密接していて、薄暗い構内に、まるで巨大な貨物列車が停車したかのごとく、長々と横たわっている。なるほどこれでは、私だって歩いて行けそうだ。

「ところで、犯行前には、雪が降っていたのでしたね」

そう言って喬介は、給水タンクの梯子を登り始めた。で、司法主任と助役は本線側の梯子を、私は喬介と同じ一番線側の梯子を、それぞれ喬介の後にしたがって登って行った。

すぐに私達は、地面から二十フィートとないその頂《いただき》に達した。そしてそこの鈍い円錐形の鉄蓋《やね》の上の、軽く積った粉雪の表面へ、無数に押し着けられたままの大きな足跡や、掌《て》の跡や、はては撥形鶴嘴を置いたり引きずったりしたらしい乱雑な跡などを発見した。

喬介はただちに鉄蓋の上へはい上がった。——実際こんなところでは、はっていなければ墜ちてしまう——そして、その上の無数の跡について調べ始めた。

向うの梯子の上では、司法主任と並んで、興奮した助役が、唇を噛みしめながら喬介の仕草を見ていたが、とうとうたえかねたように、

「じゃあ、は、犯人はここから梯子伝いに機関車へ乗り移り、犯行後そのまま機関車で走り去ったに違いない。ね、走り去ったんでしょう？」

するとは喬介は笑いながら、

「なぜあなたは、いつまでもそんなふうに解釈したがるんですか？　ほら、これをご覧なさい。この足跡は、石炭堆積台の上にうずたかく積み上げられた石炭の山から上がって来て、こちらの一番線側の梯子口へ来ていると同時に、逆に、ふたたび戻っているじゃないですか？」

助役は、血走った眼で喬介の指さすほうを追っていたが、やがてぶるぶるふるえ出すと、あわてて腕時計を覗き込んだ。そして狼狽した声で、

「失敗《しま》った！……大変なことになったぞ……」

そう言ってそのまま蒼くなって、大急ぎで梯子を降りて行った。そして、保線係やH機関庫主任とうを捕えて、乗務員なしで疾走し去った73号機関車が、その閉塞区間の終点であるN駅で、すでに、当然惹き起したであろう恐るべき事故、そしてまた、そのためにいったいどんな責任問題が起るか——等々について大騒ぎを始めた。

5

いっぽう、鉄蓋の上の足跡を一心に調べていた喬介は、やがて私と司法主任に向かって、

「じゃあ、犯行のだいたいの径路を、僕の想像にしたがって、話してみよう。——まず、

撥形鶴嘴を持った犯人は、あの貨物ホームの屋根から、ランプ室、貯炭パイルを伝ってここへやって来ると、先刻の実験どおり撥形鶴嘴による殺人装置をほどこして、蝙蝠《こうもり》のようにその梯子の中途にへバリ着きながら73号のやって来るのを待っていたのだ。やがて機関車が着くと、すばやく梯子から機関車のフレームへ飛び移って乗務員に発見されないように、汽罐の前方を廻って反対側のフレームにはいつくばっていたに違いない。いっぽう、機関助手の土屋良平は、そんなことも知らずに給水作業に取りかかる。そして、あの恐ろしい機構《からくり》に引っかかって路面の上へうつぶせにぶったおれる。すると操縦室にいた井上順三が、なにごとならんと驚いて、操縦室の横窓から、半身を乗出すようにして覗き込む。

と、そうだ。ちょうどそのときを狙って、反対側のフレームにうずくまっていた犯人は、素早く操縦室に飛び込むと、井上順三の背後から、鋭利な短刀ようの兇器で、力まかせに突き刺したんだ――」

するといままで黙って聞いていた司法主任が急に眉をひそめて、

「じゃあ、つまりあなたは、機関車を動かしたのは、犯人だ、とおっしゃるんですね？」

「むろんそうです。この場合、犯人以外には機関車を動かすことは出来なかったはずです。――したがって犯人は、操縦技術を知ってる男で犯行後ふたたび機関車からこちらの梯子へ飛び移る前に、すばやく発車梃《てこ》を起し、加速装置《アクセレレーター》を最高速度に固定したに違いありません。そして給水タンクから貨物ホームへ、屋根伝いに逃げ去りながら、撥形鶴嘴をパイルとランプ室の間へ投げ捨てていったのです。いっぽう、操縦室の床に倒れていた井上順三の屍体は、機関車の加速度と、曲線《カーブ》における遠心力の法則にしたがって、あのとおりに投げ出されます。だが、ここで問題になるのは、なぜ犯人は、犯行後機関車を発車させたか？　という点です。が、この最後の疑問を突っ込む前に、僕は、いまひとつ、新しい発見を紹介しよう」

と、それから喬介は明らかに興奮を浮かべた語調で、

「この鉄蓋の上をみたまえ。いまわれわれがこうしていると同じように、犯人も、必ずこの上ではは って歩いたのです。そしてしかも、あの重い撥形鶴嘴は、このとおり、自分より少しずつ先へ投げ出すようにして運びながら匍進《ふくしん》したのです。それにもかかわらず、どうです、犯人の手の跡は、右掌だけで、どこを見ても左掌の跡はひとつもないじゃあないですか。——つまり、犯人は、右掌片腕の男です！」

そして、びっくりしている私達を尻眼にかけながら、喬介はタンクの梯子を降りて行った。そしてそこで騒いでいた助役を捕えると、

「当駅の関係者で、左手のない片腕の男があるでしょう？」

「ええッ！——片腕の男⁉」

助役は、急にサッと顔色を変えると、物におじけたように眼を引きつけて、ガクガクふるえながらしばらく口もきけなかった。が、やがて、

「あ、あります」

「だれですか？」

と、喬介は軽く笑いながら、

「――それは、多分……」

すると助役は、不意に声を落して、

「え、え、駅長です」

――私は驚いた。

そして、満足そうに煙草に火をつけている喬介を、いっそにくにくしく思った。が、さすがは司法主任だ。ただちに彼は、数名の部下を督励して本屋の駅長室へ駆けつけて行った。

が――、まもなく司法主任は、興奮しながら飛び帰ると、

「手遅れです。駅長は短刀で自殺しました！」

「自殺⁉――失敗《しま》った」

今度は喬介もちょっと驚いた。

可哀想な助役は、機関庫主任と一緒に、飛ぶようにして本屋のほうへ駆けつけて行った。

私は、驚きながらも、喬介の興奮の静まるのを待って、この殺人事件の動機について、訊ねてみた。すると喬介は、重々しく、

「多分、──復讐だよ」

と、それきり黙ってしまった。

ちょうどそのとき、助役と機関庫主任が、いっそう興奮してやってきた。そして助役は喬介へ、

「私は、気が狂いそうだ！──ともかく、運搬車《モーター・カー》へ乗って下さい。ただいま、N駅からの電信によると、とっくの昔に着いて、というよりも、そこでおそるべき衝突事故を起してるはずの73号が、まだ不着だそうです！……事故は、途中の線路上で起ったのだ！」

で、私達は、さっそく二番線に置かれてあった無蓋の小さな運搬車へ乗り込んだ。

やがて線路の上を、ひとかたまりの興奮が風を切って疾走しはじめた。が、駅の西端の大きな曲線の終りに近く、第二の屍体が警官の一人によって見張られている地点まで来ると、急に喬介は立ち上がって車を止めさした。そして助役へ、

「73号はここのわたり線を経て、下り一番線から下り本線へ移行するはずだったんですか？」

「そうですとも、そして、もちろんそうしたに違いないです」

すると喬介は笑いながら、

「ところが73号は、このわたり線を経て本線へ移ってはいないのです！──この屍体の位置をごらんなさい。もしも73号がこのわたり線へ移ったのであったならば、遠心力の法則

がくつがえされないかぎり、屍体はカーブの内側、すなわちこの転轍器の西方へ振り落されることは絶対にないのです。そして、何よりもまずこちらの一番線の延長線上を見て下さい。ほら、わたり線と違って、雪が積もっていないじゃあないですか！――とにかく駅長の仕事です。転轍器の連動装置ぐらい楽にごまかせますよ。ところで、この先の線路は、何になってますか？」

「車止めのある避難側線です。――もっとも途中の転轍器によって、三マイル先の廃港へ続く臨港線に結ばれていますが」

「うむ。とにかく、出かけてみましょう」

そこで転轍器が切り換えられると、私達を乗せた運搬車はふたたび疾走《はし》り出した。そして、雪の積もっていない軌条を追い求めるようにして、もうひとつの達磨《だるま》転轍器を切り換えた私達は、とうとう臨港線の赤錆びた六十五ポンド軌条の上へ走り出た。

もう風も静まってだいぶ白みかけた薄闇の中を、フルスピードで疾走り続けながら、落ちついた調子で、喬介は助役へ言った。

「これで、だいたいこの事件もケリがつきました。で、最後にひとつお尋ねしますが、駅長が片腕になられたのは、いつごろのことでしたか？」

「半年ほど前のことです。――なんでもあれは、入れ換え作業を監督しているさいに、誤って機関車に喰われたのです」

「うむ。では、その機関車の番号を、覚えておりますか?」
するとと助役は、首をかしげて、ちょっと記憶を呼び起すようにしていたが、急にハッと
なると、みるみる顔を引きゆがめながら、低い、嗄がれた声で、うめくように、
「ああ。——二四〇〇型式・73号だ!」
それから数分の後——。
荒れ果てた廃港の、線路のある突堤埠頭《ピヤー》の先端に、朝の微光を背に受けて、凝然と立ち
すくんでいた私達の眼の前には、片腕の駅長の復讐を受けた73号をふかぶかと呑み込んだ
ドス黒い海が、機関車の断末魔《だんまつま》の吐息に泡だちながら、七色に輝く機械油を、あてもなく
ひろびろとただよわしていた。

省線電車の射撃手

海野十三

うんの　じゅうぞう

うんの・じゅうざとも読む。本名を佐野昌一といい、早大出身の理学士であった。初めは逓信省の電気試験所に勤めていたが、やがて《壊れたバリコン》を発表して本業作家に転進した。理学の徒にふさわしく作品は科学的な知識に裏づけされたものが多い。戦前における空想科学小説（いまのSF）の第一人者だった。その一方では本格探偵小説も執筆し、帆村荘六という「科学」探偵を創造した。本編は昭和6年の「新青年」10月増大号に載った。帆村探偵の名声が普遍的なものになる前の手柄話である。

1

帝都二百万の市民の心臓を、一瞬にして摑んでしまったという評判のある、この「射撃手」事件が、突如として新聞の三面記事の王座にのぼったその日のこと、東京××新聞の若手記者風間八十児《かざまやそじ》君が、この事件に関係ありとただいま目をつけている五人の人物を歴訪して巧みに取ってきたメッセージを、その懐中手帳からちょっと失敬して並べてみる。

×

「ぼくは、探偵小説家の戸浪三四郎である。かねがねぼくは、原稿紙上の探偵事件ばかりを扱っているのにあきたらず、なにか手頃の事実探偵事件にぶつかってみたいものだと考えていたところ、こんど偶然の機会をつかみ、この『射撃手』事件の捜査のお仲間入りができるようになったのである。……だがぼくは、仕事が忙しいうえに、いたって面倒くさがり屋だから、事件が起っても、いつもすぐに駆けつけて犯罪の現場《げんじょう》調べをやるというような勤勉な真似ばかりは出来ない。事件に関するぼくの知識は大江山捜査課長の報告に基いているものも少なくない」（東京郊外、大崎町の同氏邸にて）

「わたくしはJOAK放送局技術部の笹木光吉です。このたびはとんだことから事件に関係を持つようになりました。と申しますのは、わたくしの邸宅が、事件の犯罪現場に近いところにあって、そのうえかなり広い面積を占めているところから、犯人が邸内のどこかを、うろついているんじゃないかとのお疑いから、警視庁のお呼出しを、しばしばこうむるようになったのだそうです。なったのだそうです、とは妙な申しようではございますが、これは大江山捜査課長殿のお話なのですが、わたくしはそれについて半信半疑でいます。それと申しますのが、わたくしが科学者であるというのを口実にして、わたくしには関係のない事柄にまで科学的意見を徴されたことが、随分と多うございますのです」（上目黒の笹木邸内新宅において）

「ぼくは帆村荘六です。ぼくはある本職を持っているかたわら、お恥ずかしい次第ですが、『素人探偵』をやっています。無論、その筋の公認を得ておりまして、ただいまの捜査課長の大江山も、ぼくをご存知です。こんどの殺人事件はべつに依頼をうけたわけではありませんが、始終注意しています。ひょっとすると、事件の成行次第で、第一線に立たなきゃならないかも知れません。ぼくはこの事件に、非常な魅力を感じています」（電話にて）

「あたくしは、赤星龍子と申します。あたくしは、自分自身のことをあまり申上げる気が致しません。そのために疑いが深くなっても仕方がありません。こんな事件に、何にも罪のないあたくしみたいなものが引き込まれるなんて、あたし一生の不運だと思っています

わ、なんでもいいんです」（東京郊外、渋谷町鶯谷アパートにて）

「大江山警部。年齢三十七歳。警視庁刑事部捜査課長。在職満十年。今回省線電車内に起りたる殺人事件は、本職を始め警視庁を愚弄することのはなはだしきものにして、爾来《じらい》極力探索の結果、このほどようやく犯人の目星を掴むことを得たるをもって、遠からず事件解決の搬《はこ》びに至るべし。なお本職を指して米国市俄古《シカゴ》の悪漢団《ギャング》長アル・カポーンに買収されたる同市警察署長某氏に比するものあるは憤慨を通り越して、そぞろ噴飯を禁じ得ざるなり」（警視庁に於て、タイプライターでうった原文を手交）

×

さて「射撃手」事件の、そもそも発端は、つぎのようだった——。

2

もう九月も暮れて十月が来ようというのに、その年はどうしたものか、厳しい炎暑がいつまでもゆるまなかった。「十一年目の気象の大変調ぶり」と中央気象台は、新聞紙へ弁解の記事を寄せたほどだった。復興新市街をもった帝都の昼間は、アスファルト路面が熱気を一ぱいに吸いこんでは、所々《しょしょ》にブクブクと真黒な粘液を噴きだし、コンクリートの厚い壁体は燃えあがるかのように白熱し、隣の通りにも向いの横丁にも、暑さに脳髄を狂わせた犠牲者が発生したという騒ぎだった。夜に入るとさすがに猛威をふるった炎暑も次第にうすらぎ、帝都の人々は、ただもうグッタリとして涼を求め、睡眠をむさぼった。帝都の外廓にそって環状を画いて走る省線電車は、窓という窓をすっかり開き時速五十キロメートルの涼風を縦貫させた人工冷却《フォースド・クーリング》で、乗客の居眠りを誘った。どの電車もどの電車も、前後不覚に寝そべった乗客がゴロゴロしていて、まるで病院電車が走っているような有様だった。そんな折柄《おりから》、この射撃事件が発生した。その第一の事件というのが。

時間をいうと、九月二十一日の午後十時半近くのこと、品川方面ゆきの省線電車が新宿、代々木、原宿、渋谷を経て、エビス駅を発車しつぎの目黒駅へ向けて、およそその中間と思われる地点を、全速力《フル・スピード》で疾走していた。この辺を通ったことのある読者諸君はよくご存知であろうが、渋谷とエビスとの賑やかな街の灯も、一歩エビス駅を出ると急に淋しくなり、線路の両側にはガランとして人気のないエビスビール会社の工場だの、灯火《ともしび》も洩れないような静かな少数の小住宅だの、鬱蒼たる林に囲まれた二つ三つの広い邸宅だのがあるきりで、その間間《あいだあいだ》には起伏のある草ぼうぼうの堤防や、赤土がむき出しになっている大小の崖や、池とも水溜ともつかぬ濠《ほり》などがあって、電車の窓から首をさしのべてみるまでもなく、真暗で陰気くさい場所だった。この辺を電車が走っているときは、車内の電燈までが、電圧が急に下がりでもしたかのように、スーッと薄暗くなる。そのうえに、線路が悪いせいかまたは分岐点だの陸橋などが多いせいか、窓外から噛みつくようなガタンゴーゴーと喧しい騒音が入って来て気味がよろしくない。という地点へ、その省線電車が、さしかかったのだった。

その電車は六輛連結だったが、前からかぞえて第四輛目の車内に、みなさんおなじみの探偵小説家戸浪三四郎が乗り合わせていた。もし読者諸君がその車輛に同車していたならきっとおかしく思われたに相違ない。というのは、戸浪三四郎は『新青年』へ随筆を寄稿してこんなことを言った。

「ぼくは電車に乗ると、なるべく若い婦人の身近くを選んで座を占める。彼女の生ぐさい体臭や、胸を衝くような官能的色彩に富んだ衣裳や、その下にムックリ盛りあがった肢態などは、日常吾人の味うべき最も至康にして合理的なる若返り法である」と。そして、なるほど戸浪三四郎の向いには、桃色のワンピースに、はちきれるようにふくらんだ真白な二の腕もあらわな十七、八歳の美少女がいて、窓枠に白いベレ帽の頭をもたせかけ、弾力のある紅い口唇を軽くひらいて眠っていた。それから戸浪三四郎の隣には、これはなんとみずみずしく結いあげた桃割れに、紫紺と水色のすがすがしい大柄の絽縮緬《ろちりめん》の着物に淡黄色の夏帯をしめた二十歳を二つ三つ踏みこえたかと思われる純日本趣味の美女がいた。車内にチラホラ目を覚ましている組の連中は、この二人の美しい対照に、さり気ない視線をこっそり送っては欠伸《あくび》を嚙みころしていたのだった。

車輪が分岐点と嚙み合っているらしくガタンガタンと騒々しい音をたてたのと、車輛近くに陸橋のマッシヴな橋桁がグオーッと擦れちがったのとが同時だった。乗客は前後にブルブルッと揺られたのを感じた。その躁音と激動に乗せられたかのように、例のワンピースの美少女の身体が前方へ、ツツツーと滑った。両膝をもろに床の上にドサリとつくと、ブラリと下がった二本の裸腕で支えようともせず、上体をクルリと右へ捩ると、そのままパッタリ、電車の床にうつ伏せになって倒れた。

車内の人々は、少女が居眠りから本眠りとなり、うっかり打ち転がったのだったと思った。乗客たちは、洋装のまくれあがったあたりから覗いている真白のズロースや、恐いほど真白な太腿の一部に灼けつくような視線を送りながら、今この少女が起きあがって、どのような魅力のある羞恥をあらわすことだろうかと、期待をいだいた。だが、一同の期待を裏切って、少女はなかなか起き上がろうとしなかった。ピクリとも動かなかった。

「様子がヘンじゃありませんか、皆さん！」

そう言って立ち上がったのは、商人体の四十近くの男だった。一座はにわかにザワめいて、ドヤドヤと少女の周囲にかけよった。

「早く起してやりたまえ」

こう言ったのは、探偵小説家戸浪三四郎のうわずった声音だった。

「モシモシ、娘さん」

と、甲斐々々しく進みでた商人体の男は、少女の肩をつっついた。無論、少女はなんの応答《いらえ》もしなかった。さらばというので、彼氏は右手を少女の肩に、それから左手をしたから少女の胸に差入れて、グッと抱え起した。少女の頭はガクリと胸に垂れ下がった。ヌルリと滑った少女の胸部だった。

「あッ」

抱きおこした少女を前から覗いた男が、顔色をかえて、背後の人の胸倉にすがりついた。

「血だ。血——血、血、血ッ」

その隣の男が、気が狂ったように声を震わせて叫んだ。

「ヒエッ！」

商人体の男はびっくり仰天《ぎょうてん》して、前後の考えもなく、少女の身体をその場にドサリとほうり出した。

戸浪三四郎がこれに代って進み出ると、少女の身体をソッと上向きに寝かせた。人々の前に、少女の美しい死顔が初めてハッキリと現れたのだった。左胸部を中心に、衣服はベットリ鮮血に染まっていた。その上床の上に二尺四方ほどを、真紅に彩《いろど》っているところをみると、出血は極めて瞬間的に多量だったものと見える。

「車掌君はいないか。駄目らしいが、一応早く医者に見せなくちゃいけない」

そこへ車掌が来た。

「皆さん、ずっと後へ寄って下さい。電車はただいま、全速力でつぎの駅へ急がせていますから……」

言葉の終るか、終らないうちに、電車は悲鳴に似たような非常警笛をならして、目黒駅の構内に突入して行った。電車が停車しない前に、専務車掌の倉内銀次郎はヒラリとプラットホームに飛び降り、駅長室にかけこむなり、医者と警視庁とに電話をかけた。その間に電車は停り、美少女の倒れた第四輛目の乗客は全部外に追いだされた。

3

駆けつけた附近の医者は、電車の床の上に転がった美少女に対して、ほどこすべき何の策をももたなかった。というのは、彼女の心臓の上部が、一発の弾丸によって、美事射ちぬかれていたから。弾丸は左背部の肋骨にひっかかっているらしく、裸にしてみた少女の背中には弾丸の射出口が見当らなかった。

「銃丸による心臓貫通——無論、即死」と医者は断定した。

惨死体を載せた電車は、そのまま待避線へひっぱり込まれ、警視庁からは大江山捜査課長一行が到着し、検事局からは雁金検事の顔も見え、係官の揃うのを待ち、電車をそのまま調室にして取調べが始まった。

大江山警部は、やや青ざめた神経質らしい顔面を、ピクリと動かして、専務車掌の倉内銀次郎を招いた。

「倉内君、君に判っている一と通りのことを話してきかせたまえ」

「ハァ、それはこうなんです」

と彼は、係官の前の小机の上に、線路図や、電車内の見取図を拡げて、彼が乗客の注意で、殺人の現場にかけつけてのちに見た事柄や、乗客から聞いたそれ以前の話など、すでに読者諸君がご存知の事実をのべた。

「君は、事件の起ったときに、どの位置にいたかネ」

大江山警部は訊問した。

「ハッ、やはりあの第四輛目におりましたが、車掌室が別になっているもんで、早く気がつきませんでした」

「君は車掌室のどの辺にいたか」

「右側の窓のところに頭部を当てて立っておりました」

「事件の前後と思われるころ、何かピストルらしい音響をきかなかったか」

「電車の音が騒々しいもので聞きとれませんでした」

「君は窓外の暗闇に何かパッと光ったものを認めなかったかい」

「ハッそれは……べつに」

「君の位置から車内が見えていたか」

「見えていません。カーテンが降りていましたから……」

「車内へ入ってから、銃器から出た煙のようなものは漂っていなかったか」

「ございませんでした」

「車内の乗客は何人ぐらいで、男女のべつはどうだった」

「サァ、三十名ぐらいだったと思います。婦人乗客が四、五人で、あとは男と子供とでした」

「その車の定員は？」

「百二名です」

「これは参考のために答えて貰いたいんだが、あの際、銃丸は車内で発射されたものか、それとも車外から射ちこんだものか、何《いず》れであると思うかね。君は」

大江山警部が、少女の射ち殺された頃の事情を一向わきまえぬ専務車掌に、こんなことを聞くのは、愚問の外のなにものでもないと思われた。

「車内で射ったんでしょうと思います」

専務車掌の倉内は、警部の愚問に匹敵するような愚答を、臆面もなくスラリとのべた。

「じゃ君はなぜ、あの車輛にいた乗客を拘束しておかなかったのか」

「……ただいまになってそう気がついたものですから」

「そう思う根拠は、なにかね」

「別に根拠はありませんが、そんな気がするんです」

「それでは仕方がないね。なんだったら、ここにおられるあのときの乗客有志を一時退場ねがった上で、君の考えをのべて貰ってもよいが……」

車内にいた乗客の多くは、事件に係り合いになるのをいやがったものと見え、死人電車が目黒駅のプラットホームに着くと、バラバラ散らばってしまい、このところまで随いてきたのはわずか二人だった。その一人は、左手を少女の血潮で真赤に染めた商人体の四十男で、もう一人は探偵小説家の戸浪三四郎だった。

「ば、ば、馬鹿を言っちゃいかん」

とその商人体の男が、たまりかねて口を差入れた。

「いま聞いてりゃ、車内の者が射ったということだが君が出て来たのはずいぶん経ってからじゃないか。そんなに遅ればせに出てきて何が判るものか。第一、あたしはあの車内にいたが、ピストルの音をきかなかった。ね、あなたも聞かなかったでしょう」

と戸浪三四郎のほうを振りかえった。

戸浪は黙って軽くうなずいた。

「ほらご覧なせえ、鉄砲弾は窓の外から飛んできたのに違げえねえ。あまり根も葉もないことを言って貰いたかねえや。手前の間抜けから起って、多勢の中からコチトラ二人だけがこうして引っ張られ、おまけに人殺しだァと証言するなんて、ふざけやがって……」

「これ林三平さん、静かにしないか」

と、車掌に喰ってかかろうとする商人体の男を止めたのは大江山警部だった。

「戸浪三四郎さんから何かべつな陳述をうけたまわりたいんですが」

「ぼくはすこし意見を持っています。先刻申しあげたように探偵小説家という立場からぼくは申すので、あるいは実際と大いに違っているかも知れません。ぼくは殺された美少女、——一宮かをるさんといいましたかネ、かをるさんのすぐ向いにいたのですが、確かにピストルの爆音を耳にしませんでした。ですが、ちょっと耳に残る鈍い音をきいたんです。さようですなァ、空気をシュッと切るような音です。きわめて鈍い、そしてかすかな音でした。これはどうやら右の耳できいたのです。右の耳というと、電車の進行方面の側の耳です。その行手には、倉内君のおられた車掌室があります。またその右の耳のある隣には二尺ほどはなれて、日本髪の婦人が腰をかけておりました。そんなことから思い合わせると、弾丸《たま》はぼくの身体より右側の方からとんで来たと思われます。林さんはぼくよりずっと左手におられたので関係はないようです。車内で射ったとすれば、ぼくも嫌疑者の一人でしょうが、ぼくより右手にいた連中も同時にうたがってみるべきでしょう。日本髪の婦人は勿論のこと、失礼ながら倉内車掌君も同類項です」

「するとあなたは、車内説のほうですか」

と大江山警部が尋ねた。

「いえ、むしろ僕は車外説をとります。銃丸《たま》は車外から射ちこまれ、例の日本髪の婦人とぼくとの間をすりぬけて、正面にいた一宮かをるさんの胸板を貫いたのです。シュッという音は、銃丸がぼくの右の耳をかすめるときに聞こえたんだと思います」

「もう外に聞かしていただくことはありませんか」

「現場にいた人間としては、もうべつにありません。老婆心に申し上げたいことは、あの現場附近を近く探すことですな。もしあの場合銃丸が乗客にあたらなかったとしたら、銃丸は窓外へ飛び出すだろうと思うんです。いや、そんな銃丸がすでに沢山落ちているかもしれません。そんなものから犯人の手懸りが出ないかしらと思います。屍体もよく検べたいのですが、何か異変がありませんでしたか」

「いや、ありがとうございました」

と警部は戸浪三四郎の質問には答えないで、彼の労をねぎらった。

4

大江山捜査課長は、警視庁の一室でただひとり、「省線電車射撃事件」について、想念を纏めようと努力していた。

戸浪三四郎が「一宮かをるの屍体に異状はないか」と聞いたのは炯眼《けいがん》だった。屍体のまとっていた衣服の左ポケットに、おかしな小布が入っていた。それはちょうどシャツの襟下に縫いつけてある製造者の商標に似て、大きさは三センチ四方の青い小布で、中央に白い十字架を浮かし、その十字架の上に重ねて赤い糸で、横向きの髑髏《どくろ》の縫いがあった。

この髑髏の小布はなにを示すものなのだろう。

お守りなのであろうか、と考えた。あまりに平凡である。

ふと思いついたことは、これはある不良少女団の団員章ではないか、と。殺された一宮かをるは、××女学校の校長の愛娘だったのであるが、教育家の家庭から不良児の出るのは、珍しいことではない。かをるは不良少女であったが、仲間の掟を破ったために殺された、と見てはどうであろう。

大江山警部は給仕を呼んで、不良少女調簿《しらべぼ》をもってこさせると丹念にブラック・リストの隅から隅まで探しまわったが、かをるの名前も、その怪しげな徽章も見つからなかった。そうすると、未検挙の不良団なのであろうか。

このように考えてくると、銃丸は車内でぶっぱなされたと考えるのが、本道である。だが車内でズドンという音を聞いたものがないではないか。それなら消音ピストルを用いたものと考えてはどうか。

だが乗客の多くは逃げてしまった。商人と称する林三平と、小説家の戸浪三四郎とを疑うのは最後のことである。車掌の倉内は、たった一人で車掌室にいただけに、すこし弁明がはっきりしない。答弁にすこしインチキ臭いところがないでもない。彼はピストルの音をきかなかったという。騒音に慣れた彼が、ピストルの音をきかなかったというのであるからそれは本当であろう。

ところが刑事が出かけて、現場附近の住民に聞きただしたところによると、当日夜の十時と十一時との間に爆音をきいたという人間が三人ばかり現れた。そのうちの一人は、現場にわりあい近い踏切の番人だったが、丘陵にひびくほど相当大きい音だったという。ただし発砲の音というよりも、自動車がパンクしたような音に近かったという。これは帝都全市のタクシーや自家用自動車につき調査中であるから、二、三日のうちに判明するであろう。

もしそれが発砲の音だったら、車掌の耳はどうかしていたことになりはしまいか。電車の騒音は、車内よりもむしろ車外のほうが大きいのだから。専務車掌室のドアを細目にひらいて、消音ピストルを射ったと考えてはどうであるか。それでは銃丸は、かをるの左胸を側面から射つことになる。しかるに彼女の弾丸による創管《そうかん》は、ほんの少し左へ傾いているが、ほとんど正面から真直に入っている。これは違う。それでは、電車の進行中、彼は窓から屋根によじ昇り、屋上の欄干に足を入れて真逆《まっさかさま》にぶら下がるとちょうど、顔が窓の上枠のところにとどくから、そのまま蝙蝠《こうもり》式にぶら下がって消音ピストルをうち放つ。それがすむと、何喰《なにくわ》ぬ顔をして車掌室にかえり、室内の騒ぎを初めて知ったような風を装って駆けつける。うん、こいつは出来ないことじゃない。車掌倉内銀次郎の身辺をすこし洗ってみよう。

「コッ、コッ！」と扉を叩く者がある。

「よろしい」

大江山警部は、扉の方を向いた。扉がスウと開いた。入って来たのは、給仕だった。

「速達でございます」

そう言って給仕は、課長の机上に、茶色の大きい包紙のかかっている四角い包を置いて、出て行った。

警部は、注意して包をひらいてみた。中には、『ラヂオの日本』という雑誌の昭和五年十二月号が一冊入っているきりだった。それを取り上げてペラペラと頁をめくってみると、半ば頃に頁を折ってあるところがあった。そこを開けると、白い小布が栞《しおり》のように挿《はさ》まっていて、矢印が書いてある。矢印の示すところには赤鉛筆で、傍線のついている記事があった。表題は、「無線と雑音の研究」とあり、『大磯HS生』という人が書いているのだった。大江山警部にとって、無線の記事は一向ありがたくなかった。彼は雑誌をほうりだそうと思ったが、『雑音』という文字が、電車の騒音と関係がありはしまいかと思って、とにかく、ぽつりぽつりと読みはじめた。すぐに彼は、見当ちがいだったことに気がついたけれども、その記事は、思ったよりも平易である上に、その内容は大江山警部の注意を喚起するのに充分だった。

「無線と雑音の研究」を思いたったＨＳ生は、東海道線大磯駅から程とおからぬ山手に住んでいる人だった。彼の家にはラジオ受信機があったが、ラジオを聞いていると、それが聞きとれないほどのガリガリッという大きな雑音が、一日のうちに数十回入ってくるのだった。彼はラジオに雑音の起る時刻を測ってみたところ、それは毎日きまった時刻にガリガリッと鳴ることを発見した。それから、探求を進めていくと、雑音の原因は、家の前を通る列車の電気機関車が、架空線に接触するところで、小さい花火を生ずるためで、殊に大きい雑音は、架空線の継ぎ目のところで起ることが判った。その結果、受信機で雑音をかぞえながら、時計をみていると、列車が毎時幾キロメートルの速度で走っているか、また列車はどの地点を走っているかが、家の中にいながらにして、手にとるように判るというのである。ＨＳ生は、大磯附近の地図や雑音の大きさを示す曲線図を沢山挿入して、これを説明してあった。

「こりゃ面白い発見だ」と大江山警部は、思わず独り言を言った。「だが、この記事が、なにになるというんだ」

なにか省線電車射撃事件に関係があるようでいて、さァそれはどういう関係だと聞かれると、説明ができなかった。ただ漠然たる一致が感じられるばかりだった。警部は、それを、自分の科学知識不足に帰して、ちょっといまいましく感じたのだった。それにしても、一体誰がこの雑誌を送ってよこしたのだ。

また扉を叩くものがあった。部下の多田刑事であることは開けてみるまでもないことだった。おうと答えると、果して多田刑事が入ってきた。彼の喜びに輝いている顔色はなにごとかを発見してきたのに違いない。

「課長！　とうとう面白いものを見つけてきました。これです」

多田は、そう言って、小さい紙包を、大江山警部の前においた。

警部は、それを手にとって開いてみると、二個の薬莢だった。

「ほほう、これはどこにあった」

「現場附近の笹木邸の塀の下です」

「待て待て、これが弾丸に合うかどうか」

と警部はやおら立ってかたわらのガラス函から弾丸をつまみ出すと薬莢に合わせてみた。

果然、二つはピタリと合って、一つのものになった。警部がガラス函からとり出したのは、殺された一宮かをるの体内から抜きとった弾丸だったので、多田刑事の拾ってきたのは、まぎれもなく、その弾丸を撃ち出した薬莢にちがいないと思われる。薬莢が二個で、弾丸は一個——そこに謎がないでもなかったが。

「お手柄だ。そして笹木邸をあたってみたかい、多田君」

「早手廻《はやでまわ》しに、若主人の笹木光吉というのを同道して参りました。ここに大体の聞き書を作っておきました」

　そう言って、多田刑事は、小さい紙片を手渡した。警部は獣のように低く呻《うな》りつつ、多田の聞き書というのを読んだ。

「よし、会おう」

　案内されて、室へ静かに姿をあらわした笹木光吉は、三十に近い青年紳士だった。色は黒いほうだったが、ブルジョアの息子らしく、上品ですこし我が強いらしいところがあった。

「とんだご迷惑をかけまして」と大江山警部の口調は丁重を極めていた。「じつは部下のものが、こんなものを（と二個の薬莢と一個の弾丸を示しながら）拾って参りましたが、薬莢のほうはお邸の塀下に落ちており、弾丸は、ここに地図がありますが、線路を越してお邸の向い側にあたる草叢から拾い出したのです。お心あたりはございませんか」

　そう言って警部は、白い西洋紙の上に、三品をのせて差し出した。多田刑事は、課長の出鱈目に呆れながら、青年の顔色を窺った。

「一向に存じません」と笹木はアッサリ答えた。「指紋がご入用なら、遠慮なく本式におとり下さい」

　大江山警部は、笑いに、赭《あか》い顔をまぎらせながら、白い西洋紙をソッと手許へひっぱったのだった。

「九月二十一日の午後十時半には、どこにおいででしたか、承りたい」

「家にいましたが、もう寝ていました。私はラジオがすむと、すぐ寝ることにしていますから……」

「おひとりでおやすみですか」

「ええ、どうしてです。わたしのベッドに、独り寝ます。妻は、まだありません」

「誰か、当夜ベッドに寝ていられたのを証明する人がありますか」

「ありますまい」

「十時半頃、何か銃声みたいなものをお聞きになりませんでしたか」

「いいえ。寝ていましたので」

「ご商売は？」

「JOAKの技術部に勤めています」

「JOAK！　アノ放送局の技師ですか」

大江山警部の顔面筋肉がピクリと動いた。

「そうです、どうかしましたか」

「『ラヂオの日本』という雑誌をご存知ですか」

「無論知っています」

「あなたのお名前は光吉ですか」

「光吉です」

「大磯に別荘をお持ちですかな」

「いいえ」

「だれかに恨みをうけていらっしゃいませんか」

「いいえ、ちっとも」

「邸内に悪漢が忍び入ったような形跡はなかったですか」

「一向にききません」

大江山警部は、さっぱり当りのない愚問に、おのずから嫌気がさして、ちょっと押し黙った。

「省線電車の殺人犯人は、まだ見当がつかないのですか」

と反対に笹木光吉が口を切った。

「まだつきません」

と警部は、ウッカリ返事をしてしまった。

「銃丸は車内で射ったものですか、それとも車外から射ちこんだものなんですか」

「…………」

警部はむつかしい顔をしただけだった。

「銃丸を身体の中へ射ちこんだ角度が判ると、どの方角から発射したかが知れるんですが、ご存知ですか。殺されたお嬢さんは、心臓の真上を殆ど正面からうたれたそうですが、正確にいうとどのぐらいの角度だけ傾いていましたかしら」

「さあ、それは……」

警部はギクリとした。彼は屍体に喰い込んだ弾丸の入射角を正角に測ろうなどとは毛頭考えたことがなかった。

「それは面白い方法ですね」

「面白いですよ、いいですか、これが電車です、電車の速度をベクトルで書くと、こうなります、弾丸の速度はこうです……」

と笹木光吉は、三角定規を組合わしたような線を、紙の上に引いてみせて、「これが弾丸の入射角です、分解するとどの方向からとんで来たか、すぐ出ます、やってごらんなさい」

「あとからやってみましょう」

と警部は礼を言った。

「射たれたとき、お嬢さんの身体はすこし右に倒れかかっていたそうですね」

「ほう、それをどうしてご存知です」

警部は驚愕を強いて隠そうと努力するのだった。

「あの晩、邸へ遊びに来た親類の女が言っていました。殺されたお嬢さんのすぐ前にいたのだそうです」

「ああ、それではもしや日本髪の……」

「そのとおりです」

「そのご婦人はどこに住んでいらっしゃいます」

「渋谷の鶯谷アパート」

「お名前は？」

「赤星龍子」

5

大江山警部は、夜に入っても、捜査課長室から動き出そうとしなかった。事件に関係のありそうな「謎」は後から後へと山積したものの、これらを解くべき「鍵《キイ》」らしいものは一向に見当らないのだった。

この上は恥を忍び、あえて満都の嘲笑に耐えて、しっかりした推理の足場を組みたてて事件の真相をつかまなければならない。警部はその第一着として、笹木光吉の残して行ってくれた弾丸《だんがん》の飛来《ひらい》方向の計算にとりかかった。

改めて電話で、法医学教室へかをるの創管の角度は正確なところ、幾度となっているかを問いあわしたり、鉄道局を呼び出して、エビス目黒間における電車の速度変化を訊ねたりして、数字を知ると、懸命に数式を解いた。なるほど、弾丸の飛来方向がちゃんと出て来たので現場を中心として、鉛筆でその方向に長々と直線をひっぱった。それは線路に、ほとんど九十度をなして交わる方向だった。そして、なんとその弾丸線は、笹木邸の北隅を貫いているのである。しかも弾丸線のぶつかった塀の下こそは、部下の多田刑事が、薬莢をひろってきた地点だったではないか。その地点から、電車の窓までの最短距離は僅々《きんきん》五十メートルしかなかったのだった。小さなピストルでも、容易に偉力を発揮できるほどの近さだった。

それにしても、みすみす自分の邸が疑惑の的になると知りながら、この計算法を教えていった笹木光吉の真意というものが、警部にはサッパリ解らなかった。彼は、課長室の椅子にふんぞり反って、大きい頭をいくたびとなく振ってみたものの、笹木の好意と悪意とが互いに相半ばして考えられるほかなかったのだった。

ジリジリと喧しく課長室の卓上電話が鳴ったのは、このときだった。

「課長どのですか」

そういう声は、多田刑事だった。

「そうだ、多田君どうした」

「あの赤星龍子を渋谷からつけて、品川行の電車にのりました。八時半でした。すると、わたしと赤星龍子の乗っていた車輌に、また殺人事件がおこりました」

「なに、人が殺された。銃創かい」

「そうです。若い婦人、二ツ木兼子という名前らしいです。弾丸のあたったのは、やはり心臓の真上です」

「よし、すぐいく。乗客は禁足しといたろうな」

「それが皆、出ちまったのです。あまり早く駅についたものですから……」

「馬鹿！」

大江山捜査課長はカンカンに怒って、四十マイルで自動車を飛ばして、待避線に収容された死人電車にとびこんでいった。

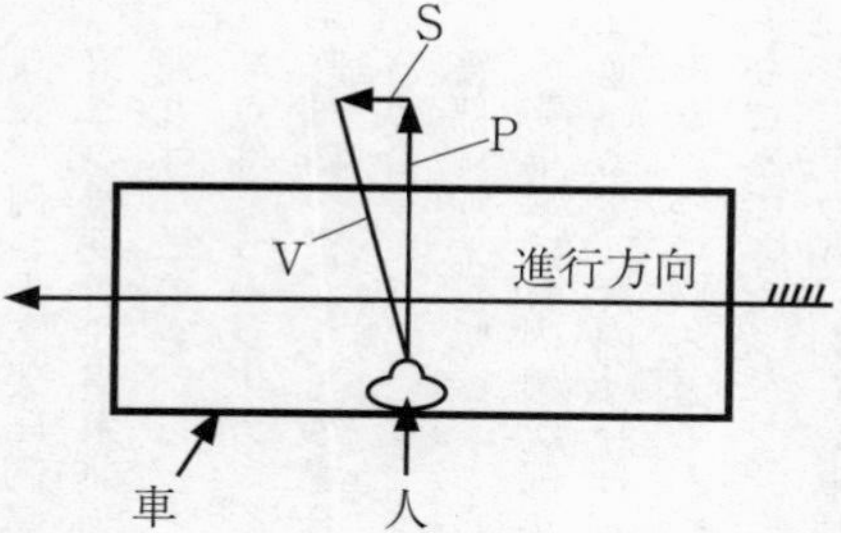

「課長、こっちに殺されています」

と悄気《しょげ》かえった多田刑事が案内した。

「龍子はどうした」

「目黒で降りたようです」

「死体なんか、どうでもよいから、今度からは龍子をその場でとりおさえるんだぞ」

「課長、例の十字架に髑髏の標章《ひょうしょう》の入った小布が、死体の袂の中から出てきました」

第二の犠牲者二ツ木兼子は二十歳あまりの和服すがたの丸ぽちゃ美人だった。

「弾丸は、この窓から、とんで入ったらしいです」

「地点はどうかッ！」

「昨日の一宮かをるの場合と全く同じなんです」

「ううむ」

警部は呻った。

「専務車掌は倉内銀次郎か、どうか」

「違います。倉内は今日非番で、出てこないそうです」

そう言っているところへ、赤と金との筋の入った帽子をかぶった助役が、真蒼になって、とびこんできた。

「警視庁の方、ももも申し上げます」

「どうしたかッ」

大江山警部は、ギョッとふりかえって、一喝した。

「ただいま、プラットホームへ入って来た上り電車で、乗客がまた一名射殺されましたッ」

「なに、また殺されたッ、女か男か」

「奥様ふうの二十四、五になる婦人です」

「上り電車の窓はみんな締めるよう、エビス駅長へ警告しろッ」

「ハッ、でもこの暑さでは……」

「しっかりしろ、暑さよりも生命じゃないか、助役君」

待避線にはガラ空き電車が二組も窮屈そうにつながった。駅は上を下への大騒ぎだった。駅員はもとより、しっかりしていなければならない警官たちまでが、常識を失ったかのように、意味なく騒ぎまわった。捜査課長大江山警部だけは、眼をまっかに充血させて呶鳴りちらしてはいるものの、いちばん冷静だった。

第三の犠牲者は三浦糸子といった。かなり上背のある婦人で、クッションのように軟かくて弾力のある肉付の所有者だった。銃丸は心臓のちょうど真上にあたる部分を射って、大動脈を破壊してしまったものらしい。第一、第二の犠牲者に比して創口はすこし上方にのぼっているのだった。三人の犠牲者は、いずれも左側の座席に腰を下ろしていたことが判った。そのうえ弾丸の射ちこまれた地点までが、物差で測ったようにピタリと一致していた。大江山警部の頭には、線路を距てて、真暗な林にかこまれ建つ笹木邸の洋館が浮びあがってくるのを、払いのけることができなかった。

警部は数名の刑事を手許によんで、一人一人に秘密の命令を耳打ちした。駅員には、上り電車がプラットホームに到着しても、車内に異状を認めない上でないと、乗客出入口の扉を開いてはならないと命令した。そのあとで警部は、今しがた第三の犠牲者のハンドバッグから見つけてきた例の十字架に髑髏の標章を、車内の明るい灯火の下で、注意深く調べた。前の二枚の標章《マーク》と合わせてこれで三枚になったのだった。警部の面には困惑の色がアリアリと現れた。グッとその小布を掌のうちに握りしめると、警部は、車外に出てザクリと砂利を踏んだ。

（おお呪いの標章よ）

警部は心の中でそう言って「ううむ」と呻り声をあげた。それを持っている人間ばかりが、どうして射殺されるのだろう。

窓外から弾丸を射ちこんだとすれば、その犯人は、なんという射撃の名人だろうか。呪いの標章を贈ったその人間を覘《ねら》うこと正確に、しかもその心臓を美事に撃ち貫くとは、じつに容易ならぬ技量である。だがこの悪意ある射撃は、世紀末的な廃頽せる現代において、なんと似合わしいデカダン・スポーツではあるまいか。

小暗いレールを踏み越えて、ヒラリとプラットホームに飛びあがった大江山警部の鼻先に、ヌックリ突立った男があった。

「大江山さん、豪《えら》いことになりましたね」

「おお、あなたは、探偵小説家の戸浪三四郎さんでしたな」

と警部は言った。戸浪は洗いざらしの浴衣姿というだらしのないふうをしていたのだった。警部は、戸浪三四郎が、第一の射殺事件のときに指摘してくれたヒントが、ただいまになって否定することのできない明確な事実を生んでいるのに、思いあたった。（この探偵小説家の名論が聞けるものなら）——それは溺れる者がつかむという藁以上のものであると、警部はみずからの心に弁解をしておいて口を開いた。

「どうして、これへ来られましたな」

「これごらんなさい」

そう言って彼のさし出したのは、初号活字の大きい見出しのついた東京××新聞の号外だった。

省線電車に

大胆不敵な射撃手現わる

前夜と同一犯人か

とあり、今夜の二ッ木兼子射殺事件がデカデカと報道されてあった。間もなく第三の三浦糸子射殺事件がさらに大々的活字で報道されるのかと思うと、警部の耳底に、新聞社の輪転機の轟々たる響がにわかに聞こえてくるようだった。

「射撃手——だって、新聞はいってますぜ。これで三人ですね」

「若い女性ばかりを覘う痴漢射撃手です」と警部は、ムッとして思わぬことを言い放った。

「ときにあなたはエロ探偵小説もお得意のようでしたな。ハッハッ」

「冗談言っちゃいけません、大江山さん、あなたは隠しておいでのようですが、省線電車の射撃手は地獄ゆきの標章をくれておいて殺すというじゃありませんか。三人の犠牲者はどこの人で、どこを通ってきたのかを調べると三人に共通なもののあるのが発見されると思いますよ。そいつをひっぱっていくと、十字架と髑髏《どくろ》の秘密結社が出てくるんじゃないですか」

「秘密結社ですって？」

「そりゃぼくの想像ですよ」

戸浪三四郎は呪いの標章についてもっと何かを知っているのだと、警部は悟った。小説家にも尾行をつけることだ。「探偵小説家は実際の犯罪をしない。それは、いつもペンを走らせて犯罪を妄想しているから、犯罪興奮力が鈍っているのだ」と言った人があるが果してそうだろうか。

「だが戸浪さん。犯人を解く謎は、そればかりではなく、沢山あるんですよ」

「謎がそう沢山あると思うのは、大間違いです」と戸浪は軽蔑の口調をあらわして言った。

「ぼくは案外単純な事件だと思うが……」

「戸浪さん、あなたは弾丸が車内で射たれたかまたは車外から射ちこんだか、どっちと考えていますか」

「それですよ、大江山さん。ぼくは昨日その質問をうけたとき、車外説をもち出しました。今夜の殺人の話をきいてみますと、三人が三人とも同じ地点で、同じ左側にかけた人が、同じく心臓を射たれたそうですね。それは車内で射ったとしてもあり得ることですが、その正確なる射撃ぶりから推して、何か車外の地点に、非常に正確な銃器を据えつけて、機械的に的を覘ったのだと考えたほうが、面白くありませんか」

「すると、どんな機械なんでしょう」

「ぼくもよくは知りませんが、四・五センチ〔ママ〕の口径をもったピストルなんて、市場にはちょっと見当らない品です」

「ほほう、よく口径をご存知ですね」

「法医学教室にいる友人にきいたのです。それで犯人は特殊な科学知識をもっていて、恐るべき武器を持っていると考えるのです。ピストルを消音にすることぐらいは、わけはありません、発砲の火を隠すためには、相当長い管をつかって、先に弾丸の出る小さい穴をあけとけばよろしい。専務車掌が窓外に火を見なかったというのも、こんな仕掛けをすれば説明がつきます。あとは、電気を使って発砲させることもできるでしょう」

「わかります！」

と警部は、探偵小説家の途方もない想像力で煙にまかれながら、相槌をうった。

「射撃手が跳梁するのは、三人が三人とも申し合わせたように夜間に限るのはどうしたものでしょう。いいですか、これは面白い問題です。車内に殺人鬼がいるのだったら、なにも夜分を選ばなくても、真昼間だってわりあい空いた電車があるでしょうから、射ちたくなる筈です。それがなくて夜に限るというのは、この精巧な器械を、ある地点に据えつける必要があるからなんです。器械や、犯人の姿を見られては困るからです」

大江山警部は、例の癖をだして獣のように呻っていた。その一方に、探偵小説家というものは、こんなにまで科学的でなければ勤まらないものかと、ある種の疑惑が湧いてこないでもないのだった。

「あなたはよくお調べですね」

と警部が皮肉のつもりで言った。

「あなたが見逃しているところを拾って、事件を早く解決したいのです。ぼくも容疑者の一人だそうですからね。ハッハッ」

刑事が一人、かけてきた。

「課長どの、総監閣下のお電話です」

「ナニ総監の……」

警部は渋面を作った。

「お気の毒ですなア」

と戸浪が彼の背中をポンと叩いた。

総監は果して非常に不機嫌だった。大江山捜査課長は脂汗を拭うひまもなく、水を浴びたような顔をして、縷々《るる》と陳述した。

「君は、目黒の笹木光吉の情婦である赤星龍子が本郷の小柴木病院で毎日耳の治療をうけているのを知ってるか」

と総監が突然言った。

「いや、存じませんが……」

警部は耳の治療どころか、龍子が笹木の愛人であることも聞くのが初めてだった。

「そんなんじゃ困るね、君は」

と総監のつっぱなすような声が受話器の中に反響した。

「それから、戸浪三四郎が元浜松高等工業学校の電気科の先生をしていたことを知ってるか」

「ううウ」と警部は電話機にしがみついて呻った。「そそそれも存じませんが……」

「………」

総監は無言だった。総監も呻っているのであろう。

「総監閣下、失礼ですが、誰がそんなことを申しましたか」

「帆村荘六氏じゃ、私立探偵の。いま私の邸に見えておられる」

帆村荘六といえば、警部は知らぬ人でもなかった。まだ経歴の若い素人探偵だったが、モダーンな科学探偵術をチョコチョコふりまわし、事件を不思議な手で解決するので、少し評判が出てきた人だった。

「君が必要なとき、いつでも応援をして下さるそうだ。今、お願いしておこうか」

「いえ、それには及びません」

大江山捜査課長は、泣きだしたいような気持をこらえて、断然拒絶した。

6

大江山警部は電話をガチャリと切ると、しばしその場に立ちすくんだ。考えてみるまでもなく、彼の立場はたいへん不運だった。彼は今度の事件で、どうしたものか、犯人の目星を一向につけることができなかった。昨日今日の事件ではあるが、林三平、倉内銀次郎、戸浪三四郎、赤星龍子、笹木光吉と疑いたい者ばかり多いくせに、犯人らしい人物を指すことができないのだった。ただいまの総監の言葉から思いついたことは、電気の先生だった戸浪が相当たのもしい探索をしていてくれるから、彼と同盟すれば、大いに便宜が得られるであろうという見込だが、ただし戸浪自身が犯人の場合は全く失敗になるわけだった。戸浪に会って気をひいた上で決定しようと考えた。赤星龍子が笹木の愛人であるのは驚いたが、前後二回も、殺人のあった電車にのっていたのは、ちょっと偶然とは考えられない。じつは先刻部下に命じておいた龍子の動静報告がきた上で、もうすこし詳しく考えてみたい。

大江山警部は電話のある室を出て、階段をプラットホームに下りながら、懐中時計を出してみた。もう夜も大分更けて、ちょうど十時半になっていた。昨日の今頃突如として起った射殺事件のことを思いだして、いやな気持になった。すると、どこやら遠くで、非常警笛の鳴るのをきいた、と思った。

彼は階段の途中に立ちどまった。

「ポ、ポ、ポ、ポ、ポッ」

ああ、警笛だ。まぎれもなく、上り電車の警笛だ。次第次第に、叫音は膨れるように大きくなってくるではないか。彼は墜落するように階段を駆けくだった。そのときちょうど、叫喚怒号する人間を積んだ上り電車が、まっしぐらにホームへ滑りこんできたのだった。

「やられたかッ」

警部は呶鳴った。

「また若い婦人です」

と車掌が窓から叫んだ。

「窓があいているじゃないか、あれほど言ったのに」

警部は真赤になって憤慨した。

「エビス駅を出るときには閉まってたんです」

「よオし、では乗客を禁足しとくんだぞ」

「わかりましたッ」

大江山警部は、若い婦人の屍体が転がっているという二輛目の車輛の前へ、かけつけた。窓がパタリと開いて、多田刑事の泣いているような顔が出た。

「課長どの、殺されたのは赤星龍子です」

「えッ、赤星龍子が……」

総監から注意のあったばかりの女が殺された。警部自身が大きい疑問符を五分ほど前にふったその女が殺されたのだった。警部は車中へ入ってみた。

「課長どの」

と多田刑事は警部をオズオズと呼んで、この車輛の一番前端部にあたる左側座席の隅を指した。

「ここの隅ッこに龍子は腰を下ろしていました。向い側の窓はたしかに閉まっていたんですが、ビール会社の前あたりまで来たときに、そこにいた田舎者《いなかもの》の爺さんが、窓をあけちまったんです。わたしが止めようとしたときにはもう遅うございました」

「君は一体どこにいたんだ」

「向うの入口（と彼は指を後部扉へさしのべた）から龍子を監視していたのです」

「龍子は死んだか」

そう言って警部はうしろを向いた。彼女は軽便担架の上で、裸にむかれていた。

「課長さん、重傷ですが、まだ生きています。創管は心臓をかすって背中へぬけています。カンフルで二、三時間はもっているかも知れません」

と医師が言った。

「意識は恢復しないかネ」

「むつかしいと思いますが、とにかくさっきから手当をしています」

「輸血でもなんでもやって、この女にもう一度意識を与えてやってくれ」

警部は、紙のように真白な赤星龍子の顔を祈るようにみてそう言った。

「多田君、田舎者の爺さんというのは、どこにいるか」

「はァ、そこにいますが……」

そう言って多田刑事は車内の連中の顔をみまわしたがいなかった。刑事は狼狽して、一人一人を訊問した。その結果、仕切の小扉をひらいて後の車へ行ったのを見たと言った者がいた。驚いて後の車を尋ねてみたが、田舎者の爺さんなんか、誰も見たものがないというのだった。

「なに、どこにも見当らないって」

その報告をきいた大江山警部は、頓間《とんま》な刑事を殴りたおしたい衝動にかられたのを、やっとのことで我慢した。

「課長どの、こういう方がお目にかかりたいとおっしゃいますが」

と部下の一人が、一葉の名刺を持って来た。とりあげてみると、

『私立探偵。帆村荘六』

大江山警部は、帆村の力を借りたい心と、まだ燃えのこる敵愾心とにはさまって、例の「ううむ」を呻った。そのときかたわらに声があった。

「大江山さん。総監閣下をつうじてお願いしましたところ、お使い下さるお許しを得たそうでして大変ありがとうございました」

「やあ、帆村君」

警部は、青年探偵帆村荘六のなごやかな眼をみた。事件の真只中に入ってきたとは思われぬ温容だった。彼は帆村を使うことを許した覚えはなかったが、それは多分帆村探偵の心づかいだろうと悟って、悪い気持はしなかった。

帆村探偵と大江山捜査課長とは、顔を近づけて、それから約二十分というものを、低声で協議をした。それが終ると、大江山警部の顔色は、急に生々と元気を恢復してきたように見えた。

「さあ、赤星龍子さんを、伝染病研究所の手術室へ送るんだ。ここからいちばん近くてい

い。それからわたしも、そっちのほうへ行くから、用事があったら電話をかけて貰いたい」

部下一同は呆気にとられたのだった。大江山課長は、今宵三人の犠牲者を出したこの駅に、徹夜して頑張るのだろうと、誰もが思っていた。なんの面目があってオメオメこの現場を去ることができるのか。それに、電車はまだひっきりなしに通るはずだ。終電車までにまだ二時間もあるではないか。それを気にもとめないで引き払おうという課長の意が、那辺《なへん》にあるかを計りかねた一同だった。

頭の働く部下の一人は、こう考えた。

(課長が重症の赤星龍子について引き上げるというのは、もはや今夜は犯罪が行われないことがわかったのだな。なぜそれが確かになったのであるか。――うん、もしかすると、赤星龍子が射たれたというのは間違いで、彼女は、われとわが身体を傷つけたんじゃなかったか。彼女の自殺！　あの怖ろしい省線電車の射撃手は、じつに赤星龍子だったんだ)

そう思って眺めると、彼女を伝研の病室に送る一行の物々しさは、右の推定を裏書するに充分だった。

「赤星龍子はカンフルで持ち直して、うまくゆくと一命はとりとめるかもしれないということだ」

そんな噂が、伝研ゆきの自動車が出て行ったあとで、駅員たちの間に拡がって行ったほどだった。果して龍子は助かるだろうか。のこる四人の容疑者の謎は、もうとけたのだろうか。

7

「大江山さん。手筈はいいですか」

「すっかりあなたのおっしゃるとおり、やっといたです。帆村君」

ここは伝研の病室だった。伝研の構内には、昼間でも狸が出るといわれる鬱蒼たる大森林にとりまかれ、あちこちにポツンポツンと、肺病やみのようにヒョロヒョロした建物が立っていた。今は、ましてや真夜中に近い時刻であるので、構内は湖の底に沈んだように静かで、霊魂のように夜気が窓ガラスをとおして室内に浸みこんでくるように思われた。

「ではわたしの話をきいていただきましょう」

帆村探偵はソッと別室の半ば開かれた扉をうかがうようにしてから、おもむろに口を開いた。

「射撃手事件は、並々の事件ではないのです。犯人は、飛行船を組立てるように、なにからなにまで周到の注意を払って事件を計画しました。そこにはうっかり通りかかるとひっかからずにはいられない陥穽や、飛びこむとふたたび外へ出られないような泥沼を用意して置いたのです。ひっかかったものが不運なんです。わたしもあなたも同様に手も足も出なくなるところでした、もし犯人が最後に演じた大きい失敗をのこしてくれなかったら」

「…………」

「第一から第三まで、三人の若い婦人の射殺は巧妙にとげられました。三人の射たれた箇所は、完全に一致しています。あなたは弾丸の飛来した方向を計算で出されたようですね。あれは大体事実と符合していますが、ただ少し補正が必要なのです。それは、犯人が弾丸を車外から射ちこんだのでなくて、車内で射ったという点を補正すればよろしい」

「犯人は車内にいたというお考えですな」

と警部は言って首を肯かせた。

「犯人は車外から射撃したと思わせるためにいろんな注意を払っています。弾丸が向いの窓を通ったと思わせるために、被害者の前面には必ず空席をちょっと明けておきました。射殺地点の一致は、車外に正確な器械があるのだと思わせるに役立ちました。被害者が十字架と髑髏のついた標章を持っているということは、車内にいる犯人が犯行の直後にみずから標章を被害者のポケットにねじこんだものと考えられるのを、逆に車外の器械の正確さに結びつけることによって考えをかき乱しました。とにかく、薬莢を拾わせたり、時にはタイヤをパンクさせて擬音を利用したり、うまくごまかしていましたが、最後に赤星龍子嬢の傷口によって一切のインチキは曝露しました。

龍子嬢は車輛の後方の隅に身体をもたせていました。彼女が正確に正面に向いていたことは始終眼をはなさなかった多田刑事が保証しています。彼女の向いの座席の窓枠は、鋼鉄車のことですから向かって左端から測って十センチの幅の、内面に板を張った縦長の壁となりそれから右へ四角い窓が開いています。もし車外から彼女の心臓を射ったとすると、この窓枠の縁をスレスレに弾丸が通る筈です。（と彼は紙に書いた電車の図面の上へ鉛筆でいろんな線をひっぱった）しかしこれは電車が静止していたときの話で電車がもし五十キロの速度で左へ走っていたものとすると、弾丸が向いの窓をとおって被害者の胸に達するまではすこし時間がかかりますから、創口はずっと右側へ寄り、恐らく右胸かまたは右腕あたりに当ることになります。しかも赤星龍子嬢は心臓より反対に左によった箇所を真正面から射たれているのですからこれは弾丸が、鋼鉄板を打ち破りなおも物凄い勢いをもって被害者の胸を刺すことにならねば出来ない相談です。無論、現場をしらべてみると、鋼鉄板に孔があいているどころか、弾丸の当ったあともありません。明らかにこれは車内で弾丸を射った証拠です。車内で射ったという条件がきまると問題は大変簡単になります。車外の出来ごとはことごとく問題の外においていいのです」

そう言って帆村探偵はちょっと言葉をきった。

「なるほど面白い推理ですね」と大江山警部は大きく頭をふって言った。「すると犯人の名は……」

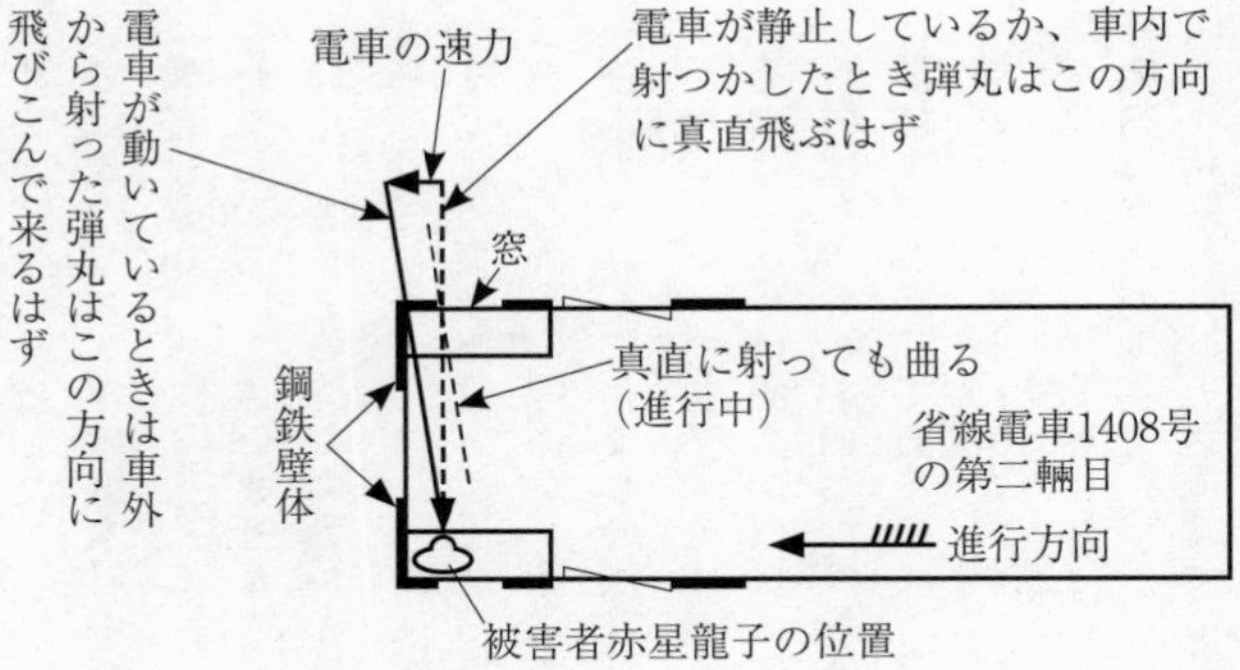

と言いかけたところへ、けたたましい警笛の響がして、自動車が病舎の玄関まで来てピタリと止った様子だった。やがて廊下をパタパタと足音がすると、病室の扉にコトコトとノックがきこえた。帆村探偵が席を立って開けてみると、多田刑事が笹木光吉を連れて立っていた。

「課長どの、すっかり種をあげてきました」

と多田は晴れやかに笑顔を作った。

「これです、消音式で無発光のピストルなんです。笹木邸の大欅の洞穴に仕かけてあったんです」

といって真黒な茶筒のようなものを、ズシリと机の上においた。

大江山警部が茶筒をあけてみると、内部には果して一梃のピストルが入っていた。弾丸をぬき出してみると、確かに口径四・五センチ〔ママ〕だ。ピストルの内部を開いて螺旋溝の寸法《ディメンション》を顕微鏡で測ってみると、かねて押収しておいた被害者達の体内をくぐった弾丸の溝跡の寸法と完全に一致した。

「ではこのピストルは笹木君のか」

警部はきいた。

「わたしのではございません」

「いえ、課長どの。この男が赤星龍子に殺意を持っていたことは確かなんです。この手紙をみて下さい」

そう言って多田は、龍子から笹木にあてた手紙の束をさし出した。それを読んでみると、このところ両人の関係が、非常に危殆《きたい》に瀕しているのが、よく判った。

笹木光吉はふてぶてしい無言だった。大江山警部はこの場の有様と、帆村探偵の結論が大分喰いちがっているのを不審がる様子でチラリと帆村探偵の面色をうかがった。

「そのピストルは犯人が直接に用いたピストルとは違っています」

帆村はピストルを調べたのち静かに言った。

「溝跡までが同じであるのに、違うというんですか」

警部は、すこし冷笑を浮かべて言った。

「そうです」

帆村はキッパリ答えた。

「これも犯人のトリックです。犯人はピストルの弾丸には人間でいえば指紋のようにピストル独特の溝跡がつくことぐらいよく知っていたのです。彼はそこをごまかすために、多田さんがただいまお持ちになったピストルを、軟らかい地面に向けて射った後、土地を掘りかえして弾丸を掘りだしたんです。犯人は、こうしてピストル特有の溝跡がついた弾丸を、またべつに持っている無螺旋のピストル、それは多分、上等の玩具ピストルを改造したんだろうと思われますが、そのべつなピストルに入れて、省線電車の中に持ちこんだんです。よく調べてごらんなさい。屍体の中から抜きとった弾丸には、薬莢にとめるときについた鈎裂きの傷がついています」

大江山警部は、この執念ぶかい犯人のトリックに、ただただ呆れるばかりだった。

「すると真犯人は玩具ピストルに、この弾丸をこめたのを持っているんですな。笹木君は犯人ではないのですか」

「笹木君ではありません」

と帆村が言下に答えた。

「では犯人の名は……」

その瞬間だった。

「ガチャリッ」とガラスの破れる音が隣室ですると、屋根から窓下にガラガラッと大きな物音をさせて墜落したものがある。ソレッというので一同は扉を押し開いて隣室に飛びこんだ。

「あッ」

一同はその場に立ちすくんだ。

真正面の大きい窓ガラスが滅茶滅茶に壊れて、ポッカリ異様な大孔が出来、鉄格子が肋骨のように露出していた。その窓の下に寝台があって、その上に寝ているのは重症の赤星龍子だった。ああしかし無惨なことに、龍子の胸から下をおおった白い病衣のその胸板にあたる箇所には、蜂の巣のように孔があき、その底のほうから静かに真紅な血潮が湧きだしてくるのだった。この場の光景は、何者かが窓外にしのびより、寝ている龍子に銃丸の雨を降らしたことを物語っていた。射ったのは誰だ。

「帆村さん、とうとう摑まえましたよ」

格子の外に近づいた人の顔がある。それは白い記者手帳を片手にもった東京××新聞の記者風間八十児《かざまやそじ》だった。その後には雁字搦《がんじがら》めに縛られた男が、大勢の刑事に守られて立っていた。

それは捜査課長になじみの深い探偵小説家を名乗る戸浪三四郎の憔悴した姿だった。

「帆村さん。お駄賃にちょっと返事をして下さい」

と風間記者は鉛筆を舐め舐め格子の間から顔をあげた。

「真犯人戸浪三四郎は、目立たぬ田舎爺に変装したり、美人に衆人の注意を集めその蔭にかくれて犯罪を重ねた、いいですね」

帆村は軽くうなずいた。

「戸浪三四郎が目星をつけておいた掩護物《えんご》は片方の耳の悪い美女赤星龍子だった。龍子の隣に席をとった彼は消音ピストルを発射して巧みにごまかした。ところが龍子の聴力は余程恢復していたので、とうとう龍子に犯行を感づかれた。そこで彼は殺意を生じたが、マンマとやり損じた。いいですね、帆村さん。

ええと、それから、龍子は重傷だが、一命をとりとめると噂が耳に入ったので、戸浪三四郎は彼女の跡を追って伝研の病室へ忍び入り、機会を待った。チャンスが来た。寝ている龍子の心臓のあたりをポンポン射った。イヤ消音ピストルだからプスプス射ったというんですね、そこを待ち構えていた刑事諸君の手でつかまっちまった。ぼくの手柄は手前味噌ですから書きません。無論戸浪が犯行につかったインチキ・ピストルも発見された。いいですね、帆村さん。

うまく龍子を射殺したと思ったのは戸浪の思いちがいだった。

龍子は目黒駅にいるとき死んでいたのだった。生きているような噂が拡がったのは、犯人をおびき寄せるため帆村探偵の案出した手だった。戸浪は、探偵小説家の名を汚し、彼の変態的な純情（？）に殉じた、とでも結んでおきますか、ねえ帆村さん」

帆村は静かに笑った。

「戸浪君は車内ではピストルをどこに隠してたか……」

「ああ、それを忘れちゃっちゃ、お手柄がなんにもならないな。エエと、戸浪はピストルの口を、上衣の右ポケットの底穴から覗かせて射ったため、ぼくの外には誰も気がつかなかった、というのはどうでしょう」

轢《れき》死《し》経験者

永瀬三吾

ながせ　さんご

本名同。明治35年9月、東京に生まれる。浅草オペラ華やかなりし頃、ペラゴロの一人であった由。義太夫に熱をあげた連中を「どうする連」と称したように、「ペラゴロ」とは浅草オペラの熱烈なファンをいう。後年、氏は中国に渡って新聞社の経営にあたるも、敗戦に遭《あ》って事業を失い帰国する。そして、短篇《軍鶏《しゃも》》をひっさげて「宝石」に登場、常連作家を経て編集長に迎えられ、それは江戸川乱歩編集長に替わるまでつづいた。

この一篇は僚誌「探偵倶楽部」の昭和27年11月号に発表され、作者自身がすっかり忘却していたものである。

郊外S駅の近くにも飲み屋はたくさんあるが、その中で高級を誇っている酒場モーム。そこの常連である僕は、いつものようにウイスキーをなめ、いつものように、顔なじみの女給としゃべっていた。

「恋愛はいいよ。熱烈なら熱烈なほどね……」

といつものように……。

すると横から、

「恋愛なんかつまりませんよ。人生はもっと強い刺戟がなくちゃ……」

三十ぐらい、色の黒い男が僕等の話へ割り込んできた。話相手が欲しかったのだろうと思って、

「じゃ、その強い刺戟っていうのは何ですか」

「ハハ……生と死の、右か左かはっきりわかれる瞬間、その境目にたつことです。ハハ……そんな抽象的に言ったっておわかりになりますまい。例えば……そうです、ではその話の前に一つあなたにうかがいましょう。鉄道線路に寝ている上を列車が通ったら死ぬでしょうか、死なないでしょうか」

「もちろん死ぬでしょう」

「誰だってそうおっしゃる。ところが死にません」

「死ぬ、必ず死ぬ」

僕は酒の肴か中和剤のつもりで話を受けだした。

「死にません。消して死にません。ハハ……詭弁じゃありません。よござんすか、どんな鉄道線路だって枕木は車輪の通るレールより低いんです。そして車体はそんなにレールすれすれにはありませんから。枕木の上に寝ていれば絶対に車輪には触れないし、車体の底にも触れません」

「なるほど、それは科学ですね。理屈ですね、しかし実際上それで生きていたら生きていたほうが奇蹟だ！」

「科学を認めながら奇蹟だとは変ですね。もちろんレールの上に寝て……レールの上って、本当はレールの上じゃありませんよ。実際はレールとレールの間の枕木の上なんですが、そこに寝てですね、ですから寝返りなんか出来ません。うっかり、首を曲げようものならたちまち顔はぺろっと剝げるか吹き飛ぶか……」

その男の表情が深刻で、手真似が真に迫っていたので、「キャッ！」女給が叫んだ。男はそれをちょっと横眼で冷笑して、

「科学では必ず生であるものが、一歩あやまてば必ず死、これなんです。さっきあたしが

言った生と死の境というのは……」

「それをあなたは想像してスリルを楽しんでるんですね」

「想像だなんて、想像だけならまだどんなスリルだって……あたしは実験したいんです」

「結構！」

　僕はこの男が酔ってると思ったので、いい加減な返事をした。

「ハハ……あたしが酔って出鱈目《でたらめ》言ってるんで、どうせやりっこないと思って、結構だなんて……じゃあたしが実験して、列車が通過したあとからひょっこり立ちあがるかどうか、懸賞金を出しますか」

「出すとも、五万でも十万でも……」

「よし……」

　その男は元気をつけるつもりかどうかそんな態度で新しく酒を注文した。

　そして女給に、

「可能か不可能かやってみせるよ。ちょっとでも首をあげたり足を動かせばお陀仏《だぶつ》だけれど、要するに呼吸《いき》を殺して、冷静でいれば絶対に轢かれないですむもんだよ……」

と、また、くどく説明した。それからしばらくして、僕は化粧室へ行き、戻ってみるとその男の姿が見えなかった。僕の居ない間にこそこそと逃げ帰ってしまったのだと思った。

「ハハ……実験するなんて言いだしちまって引っ込みがつかなくなり弱ったらしいね」

それから僕はまもなく酒場モームを出て、家へ帰ろうと踏切りまで来ると、横合から声をかける者があった。その男だった。

「実験に立ち会って下さい」

「………」

「この辺は人通りがあるからもう少し向うがよい、それに線路が一直線だと汽車が発見して停まるおそれもあるんで、あまり見通しのきかない曲線《カーブ》がいいです」

男は僕を引っぱってぐんぐん線路づたいに歩きだした。僕は少し無気味になった。この男は自殺する気でいるんじゃないだろうか、そして、その最後のふんぎりがつかないんでこんなことに勢いを借りようとしているのではないか、と……。

「君！　君は自殺する気じゃないだろうね」

「とんでもない……ハハ……あたしは、あなたが科学を信じないで奇蹟だなんて言うから、それでただ実験をしてご覧に入れるだけです。ハハ……賭が怖くなりましたか」

男はちょっと立ち止って僕をすくめるように睨んだが、またすたすたと歩いてゆく。

「ここが適当だ……」

男は線路上に立った。月光を浴びて悠然と……。

「その場になると妙に止めようとしたくなるらしく、それはかえってあなたにも危ないから、少し離れて見ていて下さいね」

僕は彼が自殺志願者でないと判った以上、本当に線路の上に寝るとは思えなかった。そこで気のついたことは、この男は詐《かた》りだ！　汽車がくれば誰だってあわてて止める。そして賭のこともあるから、いくらか金をやって実験を思いとどまらせる。この手だ。よし、そんなら詐《かた》られんぞ。

「賭をした以上、中途で止めたりするものか」

こっちが脅かしてやるぞと先手を打つ気持で言った。

「ぜひそう願います」

顔色一つ変えない。横着な奴め、常習犯だな。

「今までの人は、そばに見ていたということで自殺幇助罪《じさつほうじょざい》になる心配もあるからどうしても止めずにはいられなかったろう。しかし僕は平気だ」

「自殺幇助罪、なるほど万一あたしがやり損なって、そんなことになるといけませんがその時は面識も何もないと頑張ればいいじゃありませんか。そして、あたしの方は、遺言を残しておきましょう」

彼は懐中《ポケット》の名刺入れから、西刈丸三郎という一枚の名刺を出して、それに鉛筆で走り書きした。月光で読める。

（失恋す。人生よさらば、皆さんさらば……）

そして男は腕時計をじっと見ている。遠くから汽車の音が聞えてきた……。

彼は線路上に仰向《あおむ》けに寝てしまった。鉄路は怪しく底光って細く長く続いていた……。

「止めないぞ、俺は血を見るのが好きなんだ」

虚勢だが、僕は負けまいとして、自分に言い聞かせるように叫んだ。

レールがゴウーと激しく震動し、汽車はいよいよ間近に迫った。彼がいつたまらなくなって跳ね起きるかとじっと見据えていたが、強情にピクリともしない。月の光のせいか、蒼ざめて見える……。

曲路から機関車の顔が黒々と大きく大入道のようにかぶさってきた。驀進！

僕はあわてた。彼を引き起こす余裕がなく、自分だけ飛び退《の》いた。その瞬間、車輪が異様にキシンだような音を耳にした。もういけない。僕は振り向く勇気がなくなっていた。真紅な血の海の中にこなごなになった男の映像が見えた……。

僕は一町ほどを夢中で走った。交番へ届けようと思っていたらしく、その道順でモームの前へ出た。水を飲みたくて中へ入った。

「さっきの男がとうとう線路へ臥せちゃったよ……汽車が来た。轢かれたに違いない……」

するとマダムと話しあっていた一人の客が、

「そうか、それはよかったですな。今話していたんです。たいていの人は引き止めてしまう。そして金をいくらかやってしまう。人間の長所というか弱点というか、そこにつけこんでくるなんて怪しからん奴ですからね」

「しかし轢かれちゃったんでは届けないわけにも」

「えっ？　本当に轢かれたんですか。こいつはますます愉快だ。あいつはこの術《て》でいままで何人か詐《かた》っていたらしいんで、わたしは奴の横着な面の皮を引き剝いでやりたかった……」

「あなたもかね合の勝負をやりましたか。で、その時あの男は飛び起きましたか」

「いやついに起きない」

「じゃ汽車の下に入っても死なないもんですか」

「ハハ……本当に下になって死ななければ奇蹟じゃありませんか。誰が死ぬのを承知でやるもんですか。奴は上り線と下り線を知っているんです」

「でも真ッ正面に汽車は……」

「それなんです。奴も考えていますよ。五メートルぐらいの鼻さきへ来て転轍されるんです。しかも奴が寝ているのを遮ぎるようにこっち側の線へ転轍されて汽車は入ってくるのだから驚きます。本人は一メートルのところへ寝ていても平気ですが、でもちょっと度胸は要りますね。こっちは見ているだけで思わずハッとして眼をつぶってしまい、汽車が行き過ぎてもなかなか線路を見られません。その間に奴は汽車の通った線の方へ素早く寝返るようにして移る……そしてそこからふらっと立ち上がられると幽霊のように見えて、前に寝た線路と線路が違うかどうかまでは誰にもなかなか……」

「じゃ今日も死んではいない、死んではいない……」

僕は自分が欺かれたことを忘れて、嬉しくなって叫んだ。

その客はそれからあと親切そうに注意してくれた。

「奴はあなたが途中で見ていられずに逃げたと知って、きっと〝汽車の下になったがちゃんとこうして生きている。懸賞金をくれ〟と言ってきますから、そしたら、いやちゃんと見ていた、そんな手に乗るかと素っ破《す》抜《ば》いておやんなさい」

僕はこの話を聞かなかったら欺かれるところだった。もしその男が来たら懸賞金はやらない――持ってもいない――が、いくらかは与えようと思って、翌日は一日中待っていたがついにその男は来なかった。

そして夜になってから、昨夜の客があらわれて、夕刊を見せてくれたが、その記事で二度驚いた。

〈失恋自殺――今朝S駅附近の線路上に背広服を着た若い男の轢死体を発見した。覚悟の自殺らしく、西刈丸三郎《にしかりまるさぶろう》という名刺に、〝失恋す。人生よさらば、皆さんさらば〟と鉛筆で走り書きした遺書らしい物が残されてあった――〉

やっぱりあの時轢死したのだった！

「かれは自殺へ追い詰める最後のひと勇気が足りなくて、賭をふんぎりにしたのだろうか。

すると、僕は自殺を思いとどまらせる、つまり引きとめてやるべきだった。彼はそれを待ってたかもしれない。僕は彼を見殺しにしたのか、自殺幇助したことになるかも……」

　するとその客は笑って、こともなげに、

「ハハ……あなたは小説家みたいだ。あたしは駅へ行って調べてもきました。なァに奴は昨夜のあの時間が、上り線の修繕中で、単線運行だったのを知らなかっただけですよ」

「それでは、あの男は今あの世に行っても、自分が轢死したとはゆめ思っていないわけですね」

観光列車V12号

香山　滋

かやま　しげる

本名は山田鉀治《こうじ》。明治37年7月に東京の牛込で生まれた。法政大学に学び、大蔵省に勤務した。

昭和22年の旧「宝石」に《オラン・ペンデクの復讐》を発表して、一躍流行作家となった。氏の作品は異郷を舞台にとり好んで太古への郷愁を描いたものが多かったが、社会派推理小説がもてはやされるのに反比例して作品の数が減っていった。昭和50年2月に死去。

この一篇は「探偵倶楽部」昭和26年2月号に載った。

1

　中央アフリカ、ウガンダの首都ナイロビを発し白領コンゴのルウェンゾリ山麓に達する、Ｒ・Ｔ・Ａ・鉄道会社ご自慢の観光列車Ｖ12号は、おりからの月明に総ジュラルミンの車体を白銀色にかがやかせながら、ヴィクトリア湖横断鉄橋を驀進《ばくしん》しつづけている。

「やっと湖の上へ出られて、せいせいしましたわ――いままではまるでジャングルのトンネルをくぐってばかりいたみたい！　たまには綺麗な蘭の花や、可愛い猿の群れにもおめにかかれましたけど、恐ろしいブッシュマンが槍を持って窓すれすれにかけ寄って来たり、幽霊みたいな狒々《ひひ》がのぞき込んだり――ちっとも楽しい気持ちになんかなれませんでしたわ」

　サンドーラ・シルヴィアーニ公爵夫人は、ほっとしたという風に、ゆたかな鳶色《とびいろ》の髪をゆすりあげて、声には立てずに笑って見せた。

　小柄で、どちらかといえば娘々して見えるサンドーラ夫人の、瞳だけは、全体の調和を破るほど太陽をまともに受けた黒曜石《こくようせき》をおもわせる冷めたい色にかがやいていた。

「奥さんのようなお若い方が、しかし、よく、こうした暗黒の国とまで言われている奥地の旅をお連れもなしで思い立たれましたね」

その不可解な瞳をじっと覗き込みながら、田辺龍治は、さっきから何度も尋ねようと焦っていた質問を思い切って口に出した。

「だって、観光列車が出来ましたもの。さもなかったら、とても、恐ろしくって……」

「もちろん、奥さんのご旅行は、ヴィクトリア湖観光だけではないのでしょうね？」

「どうしてですの？」

サンドーラ夫人は、可愛く小首をかしげて意味もなく笑った。

「あたくし、毎日毎日が退屈の連続ですもの——こう見えても、あたくしって、とても冒険好きなおきゃんなんですわ。故郷のヴェスヴィアスには何遍も登りましたし、コルシカ島では野生の羚羊《かもしか》射ちで一等賞を獲りましたのよ。たいへんな女勇士《アマゾン》——そんなふうに見えませんこと？」

「おうらやましい境遇ですな。私なんぞ、年から年中アフリカ中をほっつき歩いてダイヤモンド原鉱を買い漁っている、宝石商の哀れな傭い人に過ぎません」

べつだん自分を卑下《ひげ》したわけではない田辺龍治は、しんじつ、生きた宝石運搬機械に過ぎない自分をあわれに感じて、大きく溜息をついたのであった。

「いまもそのご用？」

「そうなんです。ルウェンゾリの山麓に、イグフという集落がありましてね、そこに私の商会直属の集荷所があるんです……もっとも、これは絶対に世間には秘密にしてあるんですが……」

言いかけて、田辺龍治は、自分の軽はずみに赤くなりながらハッと口をつぐんであたりの気配をうかがった。

「ご心配ありませんわ。ここは最後部の展望車ですし、ほかに相客なんかありませんもの――あたくしが、自分のわがままから買い切ってありますの。でも、あたくし自身に信用が置けないのでしたら別ですけれど」

「とんでもない。それどころか奥さんのような方には、これから私の商会の上得意になっていただこうと思っているところです」

「もうそのお話、止めにしましょうね」

故意に話題を打切って、サンドーラ夫人は、ベルを押してボーイを呼んだ。

「カザノヴァのマラスキーノと黒キャヴィアを――」

ボーイが引き退ったあと、田辺龍治はびっくりしてつぶやいた。

「たいしたものですね？　アフリカ見物の車中だというのに……」

「あたくし、自分で持って参ったのですの――マラスキーノに黒キャヴィア――この取り合わせが、とても好きなんですもの。きっと、あなたにもお気に召していただけますわ」

たくましい裸の腕に大きな銀盆をのせて、再びあらわれたボーイは、二人の間の小テーブルには置かず、車体右寄り欄干近くの籐テーブルに銀盆をおろした。

「こんどベルを押すまで、扉に鍵をかけておいて頂戴」

「かしこまりました」

チカッとサンドーラ夫人の面に眼を注いでボーイは慇懃に一礼して立ち去った。

「さあ、こちらへいらっしゃいませな――」

手を取って、サンドーラ夫人は田辺龍治を欄干の横木に背をもたせかけられる位置に掛けさせ、自分はその正面の籐椅子をひきつけた。

月光が、こぼれあふれんばかりに銀盆の上にふくれあがりサンドーラ夫人の面を正面切って照らし出した。

「奥さんはお美しい！」

差されたグラスをグッと乾して、田辺龍治は、サンドーラ夫人の濡れた唇に、焼きつくような眸を吸着させた。

「月光のせいですわ――あたくし、わざとこうして月の光をまともに受ける位置を選びましたのよ、あたくしって、いけない女かしら？」

半ば露わな胸を高く息づかせて、サンドーラ夫人は、艶でやかに田辺龍治を見据えた。

「あたくし、あなたにお願いがありますの」

ふいに、サンドーラ夫人は、テーブルに上半身をのり出して息のもつれ合う近さまで顔を寄せて、しいんと囁いた。

「どんなことでも——私に出来ることでしたら喜んで！」

田辺龍治はサンドーラ夫人の匂やかな息に軽い眩暈《めまい》をさえ感じながら眼を見張った。

「たったひと目でいいの——さっきあなたのおっしゃった宝石集荷所を見せていただきたいのですけど——」

「どうしてですか？　奥さん——」

「あたくしの退屈凌ぎ——それだけですわ。決して口外はしませんから。女って、美しいもののためには、どんな犠牲でも払うものですよ」

いきなり、サンドーラ夫人の朱色の唇が、田辺龍治の唇に覆いかぶさった。

列車は、遥かの闇の奥にまで一直線につづく架橋をひたむきに走っている。もはや湖心をいくらか出はずれていた。

「ごらんになるだけでしたら……しかし、イグフ集落は、とても奥さんのような方には恐ろしくて行けますかどうか——」

「恐ろしいって？　蛮族《バーバリアン》？」

「そうです。私達の商会が、毎年銃器と塩とを送って手なずけてある護衛役のブッシュマン族です——奴らは、見知らぬ外部の人間が宝庫に近づくのを発見したら、何の弁解も聞かないうちに、その人間を毒矢でハリネズミにしてしまいますでしょう」

「あたくし、肌に海亀《タートル》の油を塗って、あなたの女奴隷になって鎖でつながれて行きますわ」

「それほどまでにお望みなら、ご案内しましょう。そして万一のことがあった場合の合言葉――ロカム・ルク・ルク・ルーニー・ルーニーの合言葉をお忘れにならないように」

「ロカム・ルク・ルーニー――覚えましてよ……でもそれ、どういう意味ですの？」

「私は月からやって来た――という意味です」

「ぞくぞくしましてよ、久しぶりの冒険《アヴァンチュール》！　いっそあたくしそのままあなたの女奴隷になってしまいましょうかしら？」

ふいに脊髄をかけあがって来る情炎の泡に、田辺龍治はこらえ切れなくなり籐椅子の腕に肘を突っ張って立ちかかろうとしたときだった。

ダーン
時ならぬ銃声に、車輛内の乗客がいっせいに恐怖の叫びをあげて立ちあがった。

その叫びの中に、田辺龍治の叫びも混っていたことを誰ひとり気に止める者もなかった。

彼のからだは、スイッチを仕掛けられた横木をもろに外され、後ろざまにもんどり打って疾走中の展望台から湖中にほうり出されたのだった。

「ふ、ふ、甘っちょろい馬鹿鴨さん！」

はだかった胸元をかき合わそうともせず、サンドーラは、展望台に凝立したまま、泡立つ湖面に投げキッスを送って笑いこけた。

「どうだ、うまく行ったようだね」

粘っこい薄笑いをうかべて入って来たのは、さきほどのボーイである。

「いかなくってさ——そのかわり、いつものように現物をせしめたわけじゃないよ。でも長いこと、マルベール商会の秘密倉庫にさぐりを入れていたけど、こんな手近にあろうとは気が付かなかった」

ボーイが吸いつけて差し出したタバコをふーっと吹いて、サンドーラは、黒曜石にかがやく瞳をめらめらと燃えあがらせた。

「ふん、宝の山の地図は、ちゃんとせしめてあるだろうな？」

「地図もくそもありゃあしない。ほら、いつかすぐそのそばまで行って、あやうく毒矢のハリネズミにされそこなったイグフの集落よ。合言葉は、ロカム・ルク・ルーニー——これだけ解ってりゃあ、あとはなんにも要りゃしないさ」

「そいつは大成功だった。それにしてもまた一つ罪な殺生をやったというもんだ」

「さっき、あんたがカムフラージのために射った禿鷹？」

「それと、おまえが、どんでんがえしを食わせた男よ。いまごろは、剃刀《かみそり》のような歯を持った水棲王蛇《ハイドロフリイス》によってたかってこま切れにされてしまったことだろうさ、は、は」

「どう？　これならいっぱし原住民に見えるでしょう？　マイケル」

サンドーラは、丹念に海亀の脂で塗り固めた裸身を驕慢に反りかえらせて、檳榔《びんろう》の種を嚙んだ血のような唾をペッと吐き捨てた。石灰水でちぢらせたバサバサの髪が風に吹きあおられ、耳に垂れた真鍮の輪が触れ合って下品な音を立てた。

ボーイに身をやつしていた常習列車盗賊マイケルは、この異様な妻の変身に、しばらく遠ざかっていた慾情を駆り立てられたもののように、ぐっとサンドーラの腕を引き寄せた。

「まんざら捨てたものじゃないな、サンドーラ。ついでに一生そうやっていてもらいたいものだ」

「いやなこった。ほんものの女奴隷じゃあるまいし――」

右足首に嵌められた鉄鎖を腕にからめて、マイケルはサンドーラを引きずる形に、イグフ集落への山道を急いだ。

日はまだ高い。道は火山灰におおわれた厚い砂海で、それの途切れたところから先は、不規則に凝固した熔岩の窪が、あたかも月世界の表面をおもわせて、はるかの尾根まで広がっている。

「なるほどね――私は月からやって来た《ロカム・ルク・ルーニー》か。は、は」

「痛いッ！」

ゆうべはカンガルーの皮靴にカシミア絨毯を踏んだサンドーラ・シルヴィアーニ公爵夫人も、きょうは女奴隷サンドーラとなって、裸足に尖った熔岩を踏まなければならない。たらたらと血の流れる足指を、さすがにいたましく見やりながらマイケルは歩速をゆるめた。

「ほんの少しの辛抱だ。荒稼ぎには肉体の苦痛がつきものだよ」

「ふん、ご親切があったら、ちっとは抱いて歩いてくれたってよさそうなものじゃないか」

「馬鹿な――どこの世界に主人が女奴隷を抱いて歩く風景がある。その辺の灌木簇《ブッシュ》から、いまだって原住民の眼が光っていないとは限らないんだ。見ろ」

指さされた数ヤード先手の灌木茨《スピレア》の茂みの間から、蝮《まむし》のようにギラつく警戒の眼がしいんとこちらに向けられていた。

道は小断崖の縁に出て、そこからは遥か下谷に、イグフ集落のニッパ椰子で葺いた円形小屋が点々と見下ろされた。

サンドーラは、獣のようにハアハア息をつきながら、それでもやっと、小断崖を降り切って、番犬代りに巨大な沙漠狼《ハイエナ》のつながれている集落の入口に歩み進んだ。

と、いきなり、バラバラッと十数名のブッシュマンの群れが二人を取り巻いた。

「誰だッ?」

その中のひとり、顔一面怪奇な刺青《いれずみ》で隈取った土人が、鋭い誰何《すいか》の声をたたきつけた。

「怪しい者ではない。俺は、たぶん今日ここへ宝石箱を取りに来るはずのリュウジ・タナベの代人だ。マルベール商会の支配人で、在庫品の点検かたがたやって来たマイケルという男さ」

拙い土語を混じえて、マイケルはそう弁明してから、額に浮いた脂汗を碁盤縞《ごばんじま》のハンカチでそっと拭った。

「女は?」

「俺の使用人だ。ナイロビの奴隷市場で買ったばかりのアバズレだよ――よく逃げ出そうとして暴れるんでね――」

マイケルは腕にからめた鎖を故意にガチャつかせて見せた。

半信半疑の囁きが、いっとき原住民の女の群れの中に交わされていたが、しばらくして、今度は別の、おそらくはそれがイグフ集落の酋長であろう、白髪の老人が代って尋ねた。

「合言葉を知っていなさるだろうね?」

「もちろん――ロカム・ルク・ルーニー」

唇に薄笑いを浮かべて、マイケルは落着いた声で言い放った。

「おかしい！」

酋長は、小首をかしげて、犀のような眼をしばたたいてマイケルを覗き込んでいたが、やがて決心したというふうに、ぼそっと呟いた。

「だが、その合言葉を知っている以上信用せんわけにはいかん――ついて来なされ」

ほっと安堵の胸をなでおろして、マイケルは、むしろ邪慳《じゃけん》にサンドーラを引き立てながら酋長のうしろに従った。

いくつかの民家のあわいを縫って、二人がみちびかれたところは、木造のかなりガッチリした作りの倉庫だった。さっき小断崖の上からは、その片鱗さえも目にうつらなかったほど、小屋自体が巧みな迷彩をほどこされてあり、その周囲には、植物の蔓をいっぱいからませた巨木の無花果《いちじく》がほとんど小屋を覆いかくしており、その戸口にも二頭の沙漠狼《ハイエナ》が、冥府の獣じみた眼をらんらんと輝かせている。まことに、巨万の財宝の集荷所にふさわしい警戒ぶりである。

マイケルは、気付かれないようにサンドーラを顧みて、にっとほくそ笑んで見せた。サンドーラの、やや蒼ざめた面には、マイケルほどの得意の色はうかがわれなかったが、それでも、永いこと憧れていた宝庫が手のとどくところに存在するという意識が、彼女の頬をあからさまに上気させていた。

小屋の厚い扉は、酋長の腰袋からおもむろに取り出された鍵によって開かれた。

最初の一室はガランドウ。次の室も、粗末な椅子、テーブルを置いてあるだけで、それらしい気配も装飾もない。用心のほども思いやられて、それだけに最後の部屋への期待は大きく、マイケルの眼は、掠奪者特有の貪婪《どんらん》な炎に青っぽく燃えあがって見えた。

ついに、奥室の扉はひらかれた。三方の壁につくりつけられた飾り戸棚《ケースメント》をうずめて、燦然と輝く、数かぎりない宝石群――紅玉《ルビー》、青玉《サファイア》、黄玉石《トパーズ》、柘榴石《ガーネット》、蛋白石《オパール》、ジルコン――およそ、アフリカ産以外のものまでも、このような文化果つる地の、最も安全な秘庫にわざと集められているものであろう――南阿キンバーレーから運ばれたとおもわれるダイヤモンド原鉱は床をせましと累積され、その磨きあげられた数千カラットに及ぶ粒顆《りゅうか》は、掬《すく》うものの掌を待つもののようにケースメントにこぼれあふれている。

今は見栄も外聞も忘れはて、偽マルベール商会支配人マイケルは、手当り次第鷲摑みにしてポケットというポケットをふくれあがらせた。

その有様を、扉口《とぐち》に仏像のように立ちはだかって腕を組んだまじいっと見守っているイグフ集落酋長の面は、不思議に静かな色に澄んで、筋ひとつ動かすでもなかった。

「厄介をかけた。観光列車に待っている取引員との時間の約束があるから、今日はこれで引きあげる――いずれ近くまたやって来るつもりだ」

挨拶もそこそこに、マイケルは酒に酔ったような足取りで、サンドーラを眼でうながした。扉は、酋長の手で再び閉ざされた。

「おいサンドーラ、これだけでも俺達は一生遊んで暮せるぞ。それだのに、誰ひとり知らない手つかずの宝の山が、あとにちゃんとお控えなさっているんだ。しかも、イグフ集落の奴らは、完全に俺たちを信用していると来やがる！」

マイケルは、小断崖を登りつめた台地に腰をおろして、掌の上のダイヤモンドを弄びながら声をおののかせて憑かれたもののように喋舌《しゃべ》りつづけた。

「あっはっはっ」

いきなり、サンドーラは、乾いた笑いをたたきつけた。

「大欲張りの馬鹿鴨さん！　あんたは、これだけで諦め切れずに、また、ノコノコと出かけるつもりね」

「当りまえよ——ほんもののマルベール商会に感づかれない前に、俺は仲間を商会員に仕立てて、あの小屋の砂粒ひとつ残さず戴きにあがるとするんだ」

「あたしは嫌やよッ」

サンドーラは咽喉に滲み出た汗を指でぬぐい取りながら吐き出すように叫んだ。

「そんな危い芸当のお相手は真っ平よ、マイケル。ブッシュマンの原住民たちは、もうちゃんと感づいているんだから」

「そ、そんな馬鹿な！」

「あんたはまるで宝石の光に、頭が泥亀みたいに馬鹿になっているんだわ——考えてもごらんよ。これだけのダイヤモンドが、こんなにやすやすと手に入るなんて！　あはは、あっはっは」

　サンドーラは裸の胸をゆすりあげて笑いころげた。

「どうしてあいつたちは少しも抵抗しなかったの？　どうして、どろぼうみたいにポケットに詰め込むのを黙って見ていたの？　あんたの合言葉を信用したからだ、と思ったら大間違い――あんたは、イグフの酋長の罠にちゃあんとかけられっぱなしでいるのを気付かないほど馬鹿になってしまったんだわ」

「じゃあ、いったいどうだと言うんだ？」

「あれだけの宝石類が、たとえ奥まった部屋にしろむき出しで安置されているはずがないじゃないの――博物館の陳列棚じゃあるまいし――あれはみんな囮よ、偽せものなのよ」

「ええッ」

　マイケルは、あらためて掌の上のダイヤモンドを陽に当てて眺めまわした。

「精巧な贋造品《がんぞう》だもの――あたしにだって見分けはつきゃしないわ、でも、そうとしか思えないじゃないの。真物《ほんもの》は、あの小屋の、どこか別の、地下室にでもかくされてあるに違いないわ」

「それまで解っていながら、何だっておまえは……」

「愛しているわ、マイケル！　あたしはあんたを、あれ以上危険に晒させたくなかったの。

あいつ達は、きっとあたしたちが近くまた現れるのを待って、手ぐすね引いて毒矢を研いでいるでしょうよ」

「ようし、そういう魂胆なら、こちらは武装して機関銃で応酬してやるッ」

「それなら、あたしも一緒にやるわ。これだけの大仕事が、そう甘っちょろく運ぶものですか――荒稼ぎには肉体の苦痛がつきものよ。ふっふ」

「まぜっかえすな」

苦り切ってマイケルは立ちあがった。

「ナイロビへ引き揚げて、明日中に、仲間のほかに腕っぷしの強そうな奴を出来るだけ集めてくれ――あすの夜行V12号列車はおれたちで買い切りだ！」

3

その夜のナイロビ発――ルウェンゾリ行きヴィクトリア湖観光V12号列車は、およそ観光列車にそぐわない乗客だけで占められていた。もしも、何も知らない外人客が、どういう間違いでか乗り合わせたとしたら、その人は多分それを兇悪な囚人護送列車だと早合点したことであろう。普段の半分に減らされた連結四輛の内三輛には、ぎっちりと、国籍のほどもさだかでない雑多の人相のよくない男たちが塡《つ》めこまれていた。それに続く後尾展望車に隣合った一輌には、銃器、弾薬の木匣《きばこ》が積みあげられ、マイケルがたったひとりで張り番役を引き受け、たいくつしのぎのボトルを引き寄せてチビリチビリやっている。

「ちと大袈裟過ぎたかな——これじゃあ、まるでエチオピア遠征に出掛けるみたいだ！」

マイケルは片隅の機関銃にチラッと眼をやって苦笑した。

——たかがイグフ集落襲撃でしかないのに——

しかし、こうした、行き過ぎとさえおもわれる周到な用意は、すべてサンドーラの指図に従ったものであった。彼女の意見では、少くともあれだけの財宝を護るためには、相当の火器の類が、集落民に行き渡っているに違いないという推測であった。

彼女自身は、ふたたびサンドーラ・シルヴィアーニ公爵夫人に戻って、展望車のソファに収《おさま》って、しごくのびやかに支那扇を胸元にはためかしている。彼女の瞳には、永い間の憧れであったモナコかモンテ・カルロあたりの豪華なサロン生活が、夢ではない実感となって、まざまざとちらついていた。

万華吊灯《シャンデリヤ》の光に、チュールが、エジプトの空の星のように輝くイヴニングドレスの裾を曳き、広やかな胸には、菫色《すみれいろ》のダイヤのペンダントが冷え冷えと肌に触れる。取り巻きの男たちはみんな礼儀正しくてハンサムだ。氷を砕いてオリーヴの実を浮かせたフルーツ・シャンパン、小指をピンと張って取りあげる可愛いい日本陶器のコーヒー茶碗、おそろいの衣裳をつけた玩具のようなバンド、なにもかも忘れて夢中になってしまえるルーレット、来る日も来る日も、楽しい怠惰と男心を弄ぶ快感。

それからそれへと思いめぐらす幻想を中断させて、ドアが軽くノックされた。

「入ってもいいことよ、マイケル——せっかくの楽しい夢を邪魔されるのは残念だけど——」

うきうきと、振りかえってドアに向けたサンドーラの眼が、いきなり現実の醜さでこわばった。

マイケルではない——きのう狩り集めた臨時雇いの、逞しいからだつきのカンカン虫風情の浮浪人である。

「何の用?」

サンドーラは、鋭い叱責を眼に含めて、きっと相手を睨み据えた。

「いや、別段に用事というほどのことではありませんがね——」

テラテラと妙に光る肢体をボロ服の間からのぞかせたその男は、無遠慮にサンドーラの前の籐椅子に腰を落着けた。

「なにしろ、わしに当てられた車《はこ》の連中と来たら鼻持ちなりませんや。臭くて無作法で、おまけに男のくせにフィンランド女みたいにおしゃべりと来ている。こんなときには、湖の涼風にあたりながら、奥さんのような美しい方と静かにお話するに限りますな」

流暢な英語だった。いずれは、欧米のどこかの都市を食いつめて流れて来た経歴の持主らしい。

「それだけですの？　あたくしに何か特別のご用がおありではなくて？」

言葉をあらためて、用心深く男の面に喰い入りながら、サンドーラはからだを固くした。

「とんでもない——仕事のためとは言いながら、せっかく観光列車に乗り込みながら、展望車で涼まないという法はありませんものね」

男は、ポケットからくしゃくしゃになったタバコ袋を取り出して吸いつけた。貴婦人と同席しながら、同意も乞わない態度を、サンドーラはとがめ立てるほどの気持の余裕さえ失いかけていた。

列車は快ろよいリズミカルな車輪の音をひびかせながら進行しつづけている。それまで天井にでも貼りついていたらしい、喪服をつけたような真黒な蛾が、バタバタと舞いおりて、サンドーラの鼻先に鱗粉《りんぷん》をまき散らして湖上の闇の中に飛び去っていった。

「しかし、海亀《タートル》の脂というものは、便利なものですね、奥さん」

ふいに、男は、たばこの煙を天井に吹きあげながら、何気ないふうにひとりごちた。

「黄色い肌の東洋人を潮焼けした労働者にも見せかけられれば、公爵夫人を女奴隷に仕立てることとさえ出来るとは——」

ハッと電気にでも打たれたもののように、サンドーラは、美しい眉をひそめた。

「なんのことをおっしゃったのですの？」

「いや、ふっと、そんなことを思いついたまでですよ、奥さん――」

男は眼の隅で、サンドーラの表情をかきさぐった。彼女の面は、月の光をまともに受けて、陶器のように真白ろんで見えた。

ヴォルカーノ・ルウェンゾリの空一帯が、ほのかな鮭肉色に染まっている。音もなく、火の山は小噴煙を吐きつづけているらしい。

「静かな夜ですね、奥さん――こんなときには、ちょっと贅沢をして見たいとは思いませんか……例えば、マラスキーノと黒キャヴィアというふうな取り合わせで……」

サンドーラの額には、こまかい汗の粒があからさまに浮かび上って見えた。

「どうなさいました？　そうですね、こちらの方が風通しがいい――さあ、ここへ席をおうつしなさい」

男は、欄干の横木に背をもたせかける位置にサンドーラを掛けかえさせた。気も転倒したサンドーラは、まるで夢遊病者のような泳ぐかたちでそこの籐椅子に腰を沈め、乾いた唇をそっと舌先でしめした。

「奥さんはお美しい！」

男は、しいんとサンドーラの面に喰い入りながら、太い溜息といっしょにささやいた。

「奥さんはお美しい！――わしは、いつだったか、いや、そんなに遠い昔ではなく、つい近くに、そんなことを言った覚えがある――もっとも其の時には、奥さんは今みたいに逆光線ではなく、月の光をまともに受けて……たとえば、それがここでの話だったら、ちょうど今わしが坐っている位置にあなたがおいでになってね」

サンドーラは、苦悩の呼吸に、胸をはげしく起伏させ、襟元のボタンを寛ろげながら、チラッとドアに視線を投げた。

「ボーイを、いや、失礼――マイケルさんをお呼びになりたいのではありませんか？」

「止してッ！」

サンドーラは、乳房のあわいを流れしたたる汗を拭おうともせず、悲鳴に似た叫びをあげて立ちあがろうとしかけたが、膝頭にはそれに応ずるだけの力さえなかった。

「あたしをもうこれ以上苦しめないで、リュウジ！」

それには構わず、男は立って扉をひらいた。うず高く積まれた弾薬箱の上にうつ伏して、マイケルはぐったりと気を失っている。

「なにもかも、あなたの計画ね」

唇の端を醜く歪めて、サンドーラは、みずからの乳房をもみしぼって叫びあげた。

「そうです、奥さん――」

田辺龍治は再び引きかえして、サンドーラの真向いに腰をおろした。

「計画したのはたしかに私です――だが、もしも奇跡が私に恵みを与えてくれなかったら、おそらくは再び生きて、奥さんの前に姿をあらわせなかったはずです」

「どんな奇跡？」

「剃刀の歯を持った水棲王蛇《ハイドロフリイス》が、一昨夜にかぎって湖底ふかく沈んだまま現われなかったこと――もうひとつは、ルウェンゾリ火口調査団のヨットが折よく通りかかって、溺れかかろうとする私を救いあげて、イグフ集落に送りとどけてくれたことです」

「イグフ集落の酋長に姿をかえていたのも、あなたでしたのね？」

サンドーラは、ぐっと肩をおとして、力なくつぶやいた。

「ご想像におまかせしましょう」

この頃から列車は、どうしたことかスピードをぐっと落としたようすだった。

「あたしを恨んでいるのね」

半ば開かれたままの、サンドーラの唇は、すっかり血の気を失ってかすかに痙攣して見えた。

ふいに、サンドーラは、夜鳥のような鋭い叫びをあげて立ちあがると、背中を欄干の横木に押しつけたまま両肘を突っ張った。

「誰か、誰か来てッ！　殺されるッ、あたしは殺される！」

とたんに、列車は、すーっと停車した。一昨夜、田辺龍治が死の湖に転落したと同じ場所であった。

「マイケル！　ああ、駄目だ――誰か、誰でもいい早く来てッ」

拳を嚙んで、サンドーラは恐怖の眼をぐりぐりと廻転させた。

「お呼びになっても無駄ですよ、サンドーラ！　この列車には、私とあなた以外には、誰ひとり乗り合わせてはいません」

田辺龍治の語調は、しかし、訴えるような哀愁のひびきにうちふるえていた。

「そ、そんな筈は……」

「ついさっき、ここへ戻る前に、私は連結器《カープラー》をはずして置いたのです。この展望車は、ひとりぼっちで、ヴィクトリア湖のまんなかの鉄橋に取りのこされているのですよ、は、は」

力のない、空っぽな笑いだった。

「どうなさるお積り？」

汗だらけの顔を、いまはしっかりと田辺龍治に向けあげて、サンドーラは息をつめた。

「私の、私の計画の最後の幕切れを演ずるだけのことです」

「復讐？」

「とんでもない、サンドーラ！　私はこんどほど、人間というものの心の不思議さに惚れ惚れしたことはない。たった一刻の出会で、私はサンドーラ！　あなたに、三十五年の私の生涯を捧げてしまう決心にまで追い込まれてしまったんだ。不思議だ、じつに不思議だ！　だがそうする以外には、私にはこれから先生きてゆける道のないことがはっきり解ったんだ！」

最後の叫びをあげかけて大きく開いたサンドーラの唇に、田辺龍治は、ガッとみずからの唇をおおいかぶせるようにからだごとのしかかってしっかりと抱きしめたまま、右手で展望台の横木をはねあげるスイッチを、むしろ静かに押しつけた。

殺意の証言

二条節夫

にじょう　せつお

雑誌「推理界」の昭和44年9月号に掲載された。この作者はそれよりも七年前の「宝石」37年6月増刊号に第一作を書いている。本篇執筆当時の氏は富山県の敷島紡績笹津工場に医長として勤務していた。この作品について「推理小説はなんと言っても第一にトリックですが、物理的トリックは既に考えつくされています。新しい道は心理的トリックの開拓にあるかと思います」と書いており、それが作者の姿勢とみてよいだろう。二条節夫、本名は竹島丞次《じょうじ》。大正12年2月4日、東京の生まれ、鎌倉に住む。

終列車

黒いうしろ姿が足早に靴音だけを残して過ぎた。背をまるく、肩を落としたその影に朝の生気はなかった。今朝のコンコースの活気にあふれた雑踏と、むせかえる人いきれが夢のようである。置き忘れたような疎《まばら》な人影の中に、私はおぼつかない足を運んだ。その足どりは一日の仕事の疲れのせいばかりではなかった。ここ数日、私の頭は鉛を流し込んだように重かった。いつも厚い鉛の壁が私の思考をはばんだ。いまの私にはその壁を突き破って、問題を解決する気力も根気もない。

大阪発二十三時五十分の東京行き終列車は、すでに十番ホームに待っている。階段を上ってとっつきの車輛のドアを入った。この終列車に乗るのは今夜で二度目である。私は経理会議に毎月一回は大阪の本社に出てくる。支店の経理課長には定例の集会だった。会議は昼過ぎに始まって夕刻散会になる。と同時に十数名の参加者たちは、一杯飲みに行くつれ、麻雀卓を囲む仲間、パチンコ屋をのぞくマニアなど、三つ四つのグループに散るのがつねだった。

その夜の麻雀はさっぱりだった。ツキが回らないというのではなく、実のところあの問題で麻雀どころではなかったのだ。私は一電車でも早く彦根に帰りたかった。もっとも彦根に帰ったからといって、楽しいわが家が待っているわけでもなかったが、私が抜ければメンバーが崩れるというので仕方なくつき合わされた。

二か月ほど前にもこの終列車に乗ってこりごりしていたので、これには乗りたくなかった。米原行きの最後の電車のあと二十三時過ぎに富山行きの急行がある。この急行は彦根にも停まるのでぜひにも間に合わせたかった。

それに乗りそこなうと、終列車は彦根着が午前二時過ぎになる。この時刻でも客待ちのタクシーはあるので、寒い人気のない夜道を歩くことはないが、私がこの終列車を嫌ったのは、なんとも無気味なこの列車の雰囲気であった。時刻表を見ると、この列車は浜松あたりで朝の通勤列車の仲間入りをして、東京に着くのは午後一時四十五分、なんと大阪、東京間を十四時間もかかっている。

時間の許す限りつき合わされて、何かいやな予感めいたものを感じながら乗った車内は、四人掛けの座席のところどころに撒いたように黒い人影があった。彼らは彫りかけの彫像のように、無表情に重い背をもたれていた。蒼黒くよどんだ顔が薄目を開けて通路に視線を送る。大方は厚ぼったいジャンパー姿か、流行遅れの重いオーバーの中年の男たちだった。どこまで行くのか、棚にはほとんど手荷物らしいものはない。話し声一つない車内を無気味な静けさが占めていた。私は棚の上に書類入れを載せると、窓際に片肘ついて煙草をくわえた。麻雀をしながら飲んだビールのせいもあって、けだるく眠かった。別に貴重品を持っているわけでもなく、一寝入りしてもという気持からか、煙草を消すと眠るともなく目を閉じていた。

私は不意に肩を叩かれてハッと目を開けた。慌ててふり向いた私の横に、黒い制服姿の背の高いやせぎすの男が立っている。不意のことで私の胸は早鐘のように打った。

「どちらまでですか」

私の狼狽のようすに気の毒に思ったのか、その声は思いがけず穏やかだった。黒い制服の男が警乗の警官だ、と気づくまでには二、三秒の時間があった。

「ええ、彦根までです」

「棚のカバンに大切なものはありませんか」

「ええ、書類だけです」

「どうも失礼しました」

慌てることはなかった。なるほど深夜の車には警乗でもいなければ無用心で……、それにしても近ごろの警察は親切になったもんだ。私はふたたび目を閉じた。快いリズミカルな車の震動が夢心地に誘う。うとうとしかけたとき、急に背からうなじに強い震動で目がさめた。車のカーブかブレーキのせいらしかった。開けた目の前に男が坐っている。丸顔で額が少しばかりはげ上がって蒼白い顔に、目が落ち窪んで、癲癇質《てんかんしつ》のような病的な顔だ。

まだ列車は京都に着いていなかったと思う。四人掛けの座席はどこでもあいているのに、なぜ私の前にその男は坐ったのだろうか。

私は男に気どられぬように棚に目をやったが、書類入れはそのままである。電車と違って長距離列車は大阪、京都間は停まらないから、京都まで途中で乗ることはできない。とすれば男は大阪から乗っていたはずだ。彼は警乗の警官が過ぎてから、私の前に席を移したことになる。妙なことだった。

彼は黙って私を見ている。彼とまともに視線を合わすのも間が悪いので、私は膝頭の方に目をやった。あとで思えば目を閉じて男を無視すればよかったのだが、それも無愛想に思われた。いや、目を閉じるのは不安だったのかもしれない。といって見も知らぬ初めての男に話しかける話題もない。新聞か週刊誌でもと思ったが、生憎《あいにく》持ち合わせなかった。気まずい思いを破るために私は煙草をとり出した。

それを見て、男は左手でオーバーのポケットを探るようにしている。私がライターをつけて一服したとき、男は煙草を抜こうとして妙にぎこちない手つきをしている。ライターを手にしたまま、私は彼が煙草をとり出すのを待った。男は一本の煙草を出すのに、えらく手間をかけている。私はその手元を見るともなく見ていた。

「あっ」私は咽喉まで出かかった声を飲み込んだ。見てはいけないものを見てしまったのだ。男にライターの火を貸してやろうとした好意が、とんだ気の毒なことをしてしまった。彼の右手の親指は、その付け根からなかった。

「どうぞ」ライターの焔を彼の顔先に出した私の手は、小刻みに震えていた。

「どうも、どうも」

男は白い歯を見せて目尻に笑いを浮かべた。その微笑に私の緊張はわずかに緩んだ。

「お気づきでしたね」

男が話しかけてきたのは一息、二息煙草を深く吸ってからであった。

「えっ」

「初めてお逢いして、なんですが、世の中には奇妙な話があるもんです。奇妙な話というよりは、奇妙な体験というべきですか。お気づきでしょうが、このなくなった親指の話です。なぜ私がこの指を失ったか……。やくざの世界では不義理の詫びに小指をつめるといいますが、なぜ私がこの親指をなくした、とお思いですか」

男は私の顔をのぞき込むように前屈みに顔を寄せた。

「…………」

急にそんな質問をされても答えようがなかった。

「事故ではないんです」

「では」

た。

「自分でやったんですよ。嘘のような話ですが、自分で落としたのです」

男はなんでもないような口調で喋った。聞いた私はサッと頭から血が下がって、目の前が一瞬暗くなるようだった。男は私が受けた衝撃には、まったく気づかぬように話を続けた。

「親指というのは一番大切な指ですね。特に右の親指は。もちろん、なぜそんな馬鹿なことをしたとお思いでしょう。タコ師というのが四、五年前に新聞で話題になったことがありますね。飯場の渡り者の労務者が自ら小指を切断して、何百万円かの労災保険をだまし取った話です。彼らは一度切ったその傷口を、よその地方へ行って二度、三度と切っては、同じ小指で何回か保険金をだまし取ったそうですが」

「そう言えば聞いた覚えがあります」

「私はもちろん、金のためにやったんではないですよ。実は私には妙な癖があるんです。たとえば駅のホームで電車などを待つとき、危険ですから白線の内側で……などと注意のアナウンスを聞くと、私は白線より一歩も二歩も注意深く下がるんですが、いよいよ電車が近づいて轟音がきこえてくると、何かホームの前の方に引き込まれるような気がしてきます。前に引き込まれるぞ、あぶないぞ、と思うとなおのこと落ち着かなくなって、無意識に飛び出すような気がしてきます。そうなると私は、ともかく一歩も動かないように、必死になって身をこわばらせて耐えているのです。電車のスピードが落ちてもう大丈夫だというまで、その時間の苦しみといったら大変なことです。また音楽会でオーケストラを聴いているとき、満場が水を打ったように聴きほれているのに、不意に自分が声を出したくなる、なにかその静粛の緊張に耐えられないように感じることがあります。その不安を意識すると、いまにも奇声を上げやしないかと、それこそ両手に脂汗がにじんでくるのです」

男の広い額には、自分の話にその時の緊張を思い出すように脂汗が浮いてきた。

「なるほどその気持はわかります。私も高所恐怖症で、テレビ塔のような高い所から下を見ると、目がくらくらするくせに、吸い込まれるように窓ガラスに近づくんです」

「こういう私の癖は医学的には、不安神経症とでもいうのでしょうか。ところでこの親指の事件も、この不安神経症がもとなのです」

男はそのあとをしばらく躊躇《ため》っていた。

「いまにして思えば、あの小説を読まなければ、こんなことにはならなかったんですが、ご存じかどうか。おそらくはよほどの推理マニアでないと、お読みでないと思いますが、古い外国の短編の推理小説ですが、女性ばかりを狙って、つぎつぎに突発的な扼殺が続発するのです。被害者たちは市井の平凡な女性たちで、女性という以外にはまったく共通点、つながりがないわけです。理由なき殺人ですね。もちろん、最後に犯人は逮捕されます。その小説殺人の動機は女性の白い首を締める瞬間の得体の知れない快感だというのです。その小説の狙いは、この奇妙な動機と、もう一つは犯人の意外性にあるわけですが」

「薄気味の悪い小説ですね」

「そうなんです。たしか〝白い首〟という題でした。白い首を締めるときの生あたたかい特異な感触、その魅力に引かれてつぎつぎに扼殺を犯すわけです。白い首の生あたたかい弾力が、いや、いまこうして話していても、あの小説の妖しい魅力が私の胸に蘇ってきます。それを読み終わったとき、私の胸に共鳴の鼓動が高鳴りました。あの小説の巧みな描写を、あなたにお伝えできないのが残念です。あの小説によって、私の性格の中に隠されていたサディズムがよびさまされた、というのでしょうか」

そういう男の目はものに憑かれたように妖しい光を帯びている。

「なるほど」

「その小説がどんな影響を、私に与えたかおわかりですか。それからというもの、白い首の妖しい魅力の虜《とりこ》になった私は、毎晩のようにあの小説を読みました。筋書きはわかりきっているのに、あの主人公が首を締める瞬間、私の体の中に燃え上がる興奮が、毎晩のようにあの小説へ私を誘うのです」

「…………」

「その結果はどうなるか、おわかりでしょう。とうとう私は実際に白い首を締めてみたい、一度やってみたい。この手でそれをやってみたら、どんなにすばらしい快感を、この指に感じられるか、そればかり考えるようになってしまったのです。恐ろしい誘惑です。逃げようとすればするほど、あのホームに近づく電車の轟音と同じで、私は毎晩のようにあの小説を読みました。そして私の心の中にはいつか機会があったら……」

男は疲れたように言葉を切った。

「しかし、私はある日思い切りました。こんなことを続けていては、実際私は犯罪を犯しかねない、と真剣に考えました。思いきってあの本を川に投げ捨ててしまいました。しかし本を捨てると、事態はなお深刻になったのです。どうしても私はもう一度あの小説が欲しくなりました。あの恍惚感は麻薬のように、私の体を蝕《むしば》んでいたのです。本屋に頼みましたが、なに分にも古い本で、すでに絶版で手に入りません。方々の古本屋もあさりましたが、それも無駄でした。満たされない思いに寝つきの悪い床の中で、文字どおり輾転反側の夜が続きます。そんなある晩、ふと目を開けると、庭からガラス戸越しに入る月の光が妻の顔をほの白く浮かせて見せます。形のいい頤《あご》から、そこに見えるのは白い首です。やや太り気味の白い首は、いかにも弾みがありそうです。そう思ったとき私は電気にかかったように、体中の筋肉がこわばるのを感じました」

男は一息入れるようにポケットの煙草を探した。私はライターの焰を男の前に出した。しかし彼は火をつける間も惜しむようにすぐに話を続けた。

「私が妻の白い首を締めたいと思ったのは、この瞬間でした。いま目の前にあるこの白い首を、ひと思いに締めつけてみたい。あの小説の犯人の恍惚感がおれのものになるのだ。すばらしい誘惑です。しかし私には妻を殺さねばならぬ理由は、爪の垢ほどもないのです。私の理性は激しくその誘惑を拒みます。しかし私の手は心と反対に、白い首の方に動き出そうとします。私は両手をしっかり胸の上に握りました。この両手が離れないように」

男の一言、一言が布に浸みる油のように私の皮膚に浸み込んでくる。

恐ろしいというよりは、怖いもの見たさの好奇心が、私の心を潮のようにひたしてゆく。

「さて、この先、どうなると思いますか。ともかく妻の白い首は、毎晩私の横になにも知らず寝ているのです。いつこの手がそれを締めるかわからない、チャンスがあれば、理性に一瞬の隙間があれば、私の手は不意に彼女を襲うに違いありません。私はまったく自分自身に責任が持てなくなりました。とうとう思いあぐねた末に……」

「もう結構です。私は……」

私は身震いが止まらなかった。

「怖いのですか。せっかくですから最後まで聞いて下さい。もう少しです。私は誰かにこの話を、ぜひ聞いて貰いたかったのです。ある晩ついに私の手は、妻の白い首に向かって動き出したのです。その晩は珍しく晩酌が過ぎたので、咽喉が乾いて、夜中に水を飲みに立ったのです。蛍光灯の下に白い首があります。アルコールのせいか、私の理性は半ば眠っていたのです。両手が首にかかって輪をつくりました。そのとき不意に彼女が大きく寝返りしたのに慌てて、私は思わず手を引っ込めました。私はその寝返りにハッと目がさめ、いま自分が大変なことをしようとしていたのに気づきました。その夜、私は真剣にこの手の処置を考えました。あなたが私の立場にあったらどうするでしょうか。いや、実際にこの悲惨な心理を体験しなければ、答えは出ないでしょう」

「………」

「ある朝、私は新聞の政治面を見ていました。〝核兵器の廃棄〟という大きな見出しの活字が目に入りました。これだ。このとき天啓のように閃きました。これしかない。これによって私は破滅から救われる。核兵器の廃棄は人類を核戦争から救う、ただ一つの途です。同様に私を救うのは、この手を廃棄することとです。私はこの突飛とも思われる着想を、どんな苦難にも耐えて実行しようと決心しました。文字どおり至難な業です。手を廃棄すると言いましたが、両手を手首から切断するわけにはいきません。そこで考えたのです。私の手が白い首を締めないように、万一締めても決して彼女を殺すことができないようにしようと、そのためには一番力の入る指を切断することとです。一番力の入る指といえば、この右の親指です。親指を失えば握力は半減します。さてどうやってそれを実行したものか」

彼は私を見つめるように視線を凝《こ》らした。私はその視線に耐えかねるように吐き気を催した。

「顔色が悪いようですね。不愉快な話をお聞かせしましたが、これが最後です。私は製材所を経営しています。製材所には右の親指をなくした男が多いのです。丸ノコという電気ノコをご存じですか。モーターで動く、あのやかましいノコです。材木を右手で刃に当てていくのです。材木の右端を持って押すわけですが、最後のところでうっかり左側に出ている親指を、一緒にやってしまうんです。長い間製材をやっていると、一瞬の油断からこれをやるものが多いのです。私はある夜、残業の見回りに行って、仕事を手伝うふりをして、事故に見せかけて一思いにやってしまったのです。指の元に煮え湯をかけられたような一瞬、覚悟のこととは言え、思わず目を閉じ、いや、目の前が真っ暗になって倒れました」

私は吐き気を耐えきれずトイレに立った。やっとの思いで胸元につかえるものを吐き、何回か洗面所でうがいをして席に帰った。席を外していたのは何分ぐらいだったか、はっきりしないが、私はその男を目印に戻ったのに、男の姿はどこにも見当たらない、男は消えてしまった。しかし、私が元の席を間違えたわけではなかった。私が戻った席の棚には、見覚えのある私の書類入れが載っていた。

私がトイレに立った間に駅に停まり、あの男は降りたのか、ともかく薄気味悪い話を残して男は消えてしまった。

あの終列車で会った男は、実在の人間だったのか、私が終列車の中で頭に描いた幻想だったのか、はっきりしなかった。ただ私にはっきり言えることは、あの男は〝白い首〟という推理小説を読まなければよかったと言ったが、私はあの男に会わなければよかった、あの話を聞かなければよかった、と思うようになった。その日以来、彼から暗示にかけられたように、私は頭の一隅につねに〝白い首〟を意識した。私は彼に感応されてしまった。私はあの日から妻の白い首が目について仕方なかった。いままでまったく意識したこともなかった首に、絶えず私の視線はひきつけられた。

もっとも私が妻の白い首を意識するには、意識するだけの理由があったのだ。私の心に潜在するものが、あの日以来、私の心に黒い焔をつけたのだった。あの男は妻との間は円満で、彼女を殺す理由は、爪の垢ほどもないといった。しかし私と妻との間には、大変な問題が起こっていた。妻はまだ何一つそのことを知らないが、大阪の会議に出る一週間ほど前から、私は大きな難問を抱えていた。

私の課の若い娘との間に、一年ほど前からひそかな関係があった。そんなことになったのも、責任の一端は子供を産めない妻にもあったが、いまさらそれをいってもどうにもならない。週に一、二回彼女のアパートに寄るのが、先の見えた中年男の生き甲斐といえば侘しかったが、私にはそのひと時が、なにものにも替え難い悦楽であった。会社をひけてから二、三時間のことで、もちろん泊まることはなかった。彼女と私の間には堅い約束があって、人前では決して素振りも見せなかった。家内には遅くなるのは社用と称していたが、彼女は露ほども疑いの目を見せたことはなかった。三十人ほどの支店の従業員も、誰一人気づくものはなかった。

このつい一週間ほど前まで、すべては順調であった。いつかは別れる時が来るとは思っていたが、破局は思いがけない形で訪れた。

抱擁の耳元でK子が囁いた言葉に、私はどきっとした。

「奥さんと別れて」

「そんな無茶な、それでは約束が違うじゃないか」

二人の間は、K子がこの支店にいる間だけという約束だった。まして妻と別れ話なんて、私はわずかながらも日日の小遣は渡していたし、彼女もそれ以上の要求はしなかったのに、いまごろ急にとんでもない話だった。

しかし、こういう話は約束が違うといったところで、片づくものではなかった。そんなひと言でわかるくらいなら妻と別れてくれ、といい出すはずもなかった。私はなんとか言いくるめて、逃れるようにアパートを出た。しかし次の密会の別れ際に、私はさらに大きなショックを受けた。

「三か月目よ、絶対に産むわよ」

K子は私の返事を待たないで、とどめを刺した。

私が妻と別れないなら、それは仕方ないが子供だけは産みたいという。それが女性の本能だ、という彼女に下手には逆らえなかった。私自身も自分の子供は欲しい。しかし立派な夫と信じ切っている妻に、この秘事を告白することはとうていできない。まして別れることなぞ。一方、K子に宿った新たな生命は一日、一日その存在を主張するに違いない。いったいどうしたらいいのか。私はまったく窮地に追い込まれた。あの話を聞いたのはその時であった。それは悪魔の囁きにも似ていた。

私の心に殺意が生じた。私は妻の寝顔をじっと見つめては、思いをめぐらした。白い首をひと思いに、と思うと鼓動が早鐘のように打って、こめかみのあたりの血管が鳴るのがわかる。

しかし、いまやっては駄目だ。寝室でやってしまっては破滅だ。逃げ道を作らなければ。理性が私の心を抑えた。私はそれから機会を待った。窮すれば通ず、というのか思いがけないチャンスが巡ってきた。

会社から帰って、テレビの前に夕刊を広げている私に、夕食の仕度の妻が、

「ソースが切れているの、ちょっと行ってきますわ」

障子越しに声をかけた。六時を少し回ったばかりだが、日の短い季節はすでに外は真っ暗である。私の家のあたりは城下町の名残で、土塀と垣根に囲まれた静かな屋敷町で、そのころになると、人通りは少なかった。私は霊感のようにこの時だと思った。この時を逃

してはならない。巧まない時を選べ、と私の心に呼びかける声を聞いた。

妻が出てから時間を見はからって、その跡をつけた。幸い人影は見当たらない。彼女の後ろ姿に追いつくと、足音を忍ばせて、背後に寄った。両手をのばして一気に、闇の中にほの白く見える首を締めた。文字どおり生まれて初めての経験だったが、あっけないことだった。低い呻き声とともに、彼女の体の緊張が抜けた。締めた手を離すと崩れるようにうずくまった。

私はすぐに現場を離れ、わが家に戻って夕刊を手にした。私は夕刊を手にしたとき、案外自分は平静だと思ったが、目ばかりが活字を追って、なにが書いてあるのかまったく読んでいなかった。

警官が来たのは、私が家に戻ってから十五、六分してからだった。私は人声に読みさしの夕刊を持って玄関に出た。

「お宅の奥さんが、そこの小路で倒れています。至急来て下さい」

「えっ」

私は棒立ちになって、しばらく玄関から動かなかった。この演技は見事だった。事件現場はわが家から二町ほど離れ、もちろん、犯行の目撃者はなかった。倒れている妻を発見したのは、学校帰りの高校生で、彼は足もとにうずくまる妻の体につまずきそうになって、驚いて抱き起こした。彼女はすでにこときれていた。

検屍の結果、扼殺であることはすぐに判明した。私が詳しい訊問を受けたのはいうまでもないが、妻が家を出てから夕刊を読んでいた、という私の供述はそのまま受け入れられた。犯行には手袋を使ったので、白い首には一つの指紋も残らなかった。それに私たち夫婦の間は円満で、私には彼女を殺す理由が見当たらない、ということが、私をまったく捜査圏外においた。

事件は迷宮入りの様相を濃くした。しかし、なお私は用心して一か月余りK子の部屋を訪ねるのを我慢した。

「奥さんはお気の毒にね」

久びさに私を迎えたK子は、ひと言だけ事件に触れた。会社ではもちろんK子とその話はしなかったから、その言葉が彼女のただ一つの感想だった。私は黙って頷いた。彼女が犯人を私だと知っているのか、どうか、その言葉からは判らなかった。

「私一つだけ秘密があるの」

K子は勝ち誇ったように、瞳を輝かした。

「三か月目なんて嘘だったの」

その言葉は脳天に打ちおろされたハンマーであった。私は女を恐ろしいと思った。心の底から恐ろしいと思った。男は女の罠に掛かって、自ら身を亡ぼしてしまうのだ。私はそう思いながらも、この高価な犠牲を払って得た獲物を、手離す気にはなれなかった。いや、私の方が獲物だったのだ。

ついさっきまで、私の生命を吸いとるように誘った彼女の白い首が、私の左の肘の中にあった。白いというよりは、真珠色にみずみずしい艶が若さを誇っている。私は心からその白い首を美しいと思った。その瞬間、私の心を旋風のようなものが激しく襲った。私の上半身は彼女の方に向きを変えた。気がついたとき、私は思いきり両手に力をこめて、白い首を締めていた。私の手に残った感触は、妻の時とまったく同じだった。快感というのだろうか、快感のあとの虚脱感というのだろうか、私は両手を広げて長い間見つめていた。

われに返るとことの重大さに気づいた。ともかく、彼女の死体を何とかしなければならない。このまま明朝までここに置くわけにはいかない。明朝死体が発見され、その死因が扼殺とわかれば、いくら何でも今度は、私が第一に疑われるのは明らかだった。二人の女性が相次いで同じように、殺され、その二人の被害者にとって、私がただ一人の共通の関係者である。一人は妻であり、もう一人は部下である、とすれば動機はどうあれ、私が容疑者と目されるのは当然だった。

私はK子が突然蒸発したように、見せかけようと考えた。彼女の下着や身の回り品、黒いパンプスなどをスーツケースにつめた。この一組の旅行道具は、彼女の失踪を旅行に偽装するためである。

部屋をきれいに片づけ、来客のあったことを思わせる灰皿、茶碗などは洗い、私の指紋はハンカチで拭き取った。仕事を終わったあとは、若い女の部屋らしく整然と、小ざっぱりした部屋になった。

死体とスーツケースの処理は、アパートの住人たちが寝静まった深夜、車を使った。彼女の部屋が一階の裏口に近かったのは幸いだった。街から一時間ほど離れた雑木林に埋めた。車を持っていたのがほんとうに役立った、と思ったのはこの時が初めてだった。

地中深く埋められた死体は、寒い季節なので腐敗することもなく、臭気を放つこともない。当分発見されることはあるまい。一人前の人間が蒸発するように突然、消息を断つ事件はたびたび聞くことである。彼女の失踪は急に旅行に出た、ということで片づくはずだ。

翌朝からのことは私の予想どおりであった。K子の兄夫婦が二日目に郷里から呼ばれて、合鍵で部屋を開けて貰った。化粧道具、パンプス、スーツケースの消失など、すべての状況は彼女の旅立ちを思わすのに十分だった。

彼女の失踪を私に結びつけるものはなかった。第二の事件も無事に終わった。無事というのは妙な言い方だが、私にとって発覚しなかったことは、一応無事ということであった。緊張の数日が経って気分が落ち着いてみると、私は何のためにK子を殺したのか、考える余裕ができた。

妻の場合には理由があった。気の毒だが三角関係の邪魔者を除くことであった。それなのに、K子まで殺したのはなぜか。彼女が妊娠と詐《いつわ》ったことに、私は大きな怒りと恐れを感じたが、決して殺意は持たなかった。せっかく大きな犠牲を払った獲物を、なぜ台なしにしてしまったのか。彼女の白い首を美しいと思った、あの瞬間、何か得体のしれない狂暴な風が、私の心を襲ったとしか思えない。私の両手はまったく私の意識にはかかわりなく、白い首に向かって動いたのだ。この瞬間だけ私の理性は空白だった。存在しなかったのだ。実に恐ろしいことである。

第二の事件も無事に終わったといったが、決して無事ではなかった。いつまた盲目の瞬間が、私の両手を第三の獲物に向かわすかもしれない。二度あることは三度ある。私の手はあの終列車の男が話した〃白い首〃の小説の男とまったく同じ状態になってしまった。女性的とさえ思えるこの白い細い指が、やがて私を破滅の終局へ導くに違いない。私はそれを信じないわけにはいかなかった。しかしまだ逃れる途は、ただ一つ残されている。あの男のように親指を処理することだった。

私は仕事の合間に、ペンを持つ親指を見つめる自分に気づいた。それにしてもあの男に会いさえしなければ、あの話を聞かなければ、こんな悲惨な状態になることはなかったのに……。私はあの終列車の男を激しく憎んだ。

私は妻の事件があって、経理会議を一回休んだ。次の会議があった。会議の内容も私にはうわの空だった。会議が終わると、先々月と同じメンバーに誘われて、また麻雀パイを持つ破目になってしまった。私は早く帰りたかった。今夜こそ終列車には乗りたくない。このまま会ったあの男の、落ち窪んだ目と蒼白い顔は、この二か月の間、私の眼底から消えることはなかった。私をこんな悲惨な地獄に落としたあの男、二度とあの男には会いたくない。あの男に会った終列車には乗りたくない。

しかし、その夜も終列車までつき合わされてしまった。終列車の中はこの前とまったく同じだった。十人余りの男が押し黙って、影絵のように背もたれに寄り掛かっている。私はひとり放心したように車窓を見ていた。先刻まで溢れるように流れていた多彩なネオンの灯が乏しくなって、車はかなりのスピードで暗夜を走っている。

ふと通路に人の気配がして、私は横を向いた。いつの間に来たのか男が立っている。夢ではないかと私は目を疑った。あの男だった。終列車の男だった。

「またお会いしましたね」

男の白い歯が冷たく笑いかけた。私は思わず体をうしろに引いた。

「お会いできましたね。今夜あたりお会いできると思っていました。大阪へは会議かなにかで」

「………」

男は当然のように私の前に腰をおろした。

「実はあれからあなたを探していたのです」

そうでなくても人気のない車中は寒いのに、私は身震いするようだった。いったい、なぜ私を探していたのだろうか。彼は私がこの二か月の間に何をしたか、知っているのだろうか。男は上半身を私の方に寄せて低い声で言った。

「やりましたね」

「えっ、なにを」

「図星でしょう」

「なんの話ですか」

「いいや隠さないでも、わかっていますよ。新聞に載ってましたね。彦根で妙な事件がありました。たしか前にお会いしてから、しばらくあとのことです。人妻が通り魔に扼殺されましたね。目撃者もなく迷宮入り、犯行の動機はまったく不明。物盗りでもなく、暴行というのでもなく、動機は怨恨かって言ってましたが、妙な事件でした。〝白い首〟とまったく同じです。私はあの記事を読んでピンときました」

「なんて馬鹿なことを。第一、私はあなたなんて知りません。前に会ったこともありません」

私は必死に反駁したが、男は私の言葉などまったく意に介さないように話を続けた。

「そうですか。関係がなければ結構です。しかしあなたはどう思います。あの事件」

「…………」

「あの事件はきっと第二、第三と続きますよ。一度知った快楽の魅惑を避けることは不可能です。いや人知れず、すでに第二の事件が起きているかもしれません。力に心酔する一瞬の恍惚感は、たまらないですね。制御の効かなくなった二本の手が勝手に動き出す。恐ろしいことです」

男はこの二か月の、私の行動と心理を見透かすかのようであった。

「あなたはいま親指の処置に迷っていますね。思いきりよく、私のようにやってしまうことです。一ぺんに気が楽になりますよ。終わったことはいまさら仕方ないことです。それだけは確かなことです。使いたくとも使えないんですから。これに限ります」

「…………」

「あなたは人間の手の機能について、考えたことがありますか。考えてごらんなさい。人間の善意のすべては、この手から生まれたんです。人間が一般の動物とはまったく別格の文化を作ったのは、私たちが四つ足をやめて直立し、手を歩行運動から解放し、手の自由な運動を獲得したからです。人間は手を自由に使って道具を作り、道具を使うことにより文化を作りました。もちろん、その陰にはすぐれた頭脳の働きがありますが、しかし考えてごらんなさい。人間の築いた文化のすべてが善と言えるでしょうか。たしかに人間は多くのすばらしいものを創りましたが、その反面人間ほど自然を破壊し、また人間自身を破壊しているものはないでしょう。人間が罪悪からまぬがれたいなら、その力を放棄することです。人間の力の根源はその親指ですよ。この間も私は言いましたね。親指の力は絶対ですよ。あなたが破滅から逃れる途は、危険な武器を捨てることです。まさしくあなたの親指は悪魔です。悪魔は追放しなければなりません」

「…………」

「私をごらんなさい。親指一つの犠牲で、そういっても、大変高価な犠牲ですが自由を得ました。決心はつきましたか。そう、私があの話をしたばかりに、とんだことになりましたね。十分責任は感じています。お手伝いしますよ」

私の顔を覗き込むように言った。

「さあ、善は急げと言います。ここにちょうどよく切れるナイフを持っています。なに、ひとときの辛抱です。ここへ指を出しなさい。さあどうぞ」

男の言葉には威厳があった。私は息を殺して動かなかった。助けを呼ぶにも、声が出ない。咽喉が渇いて唇がひきつってしまった。男の左手はオーバーのポケットを探っている。

「決心して手を拡げなさい。どうしても決心がつかないなら、私と一緒に警察に自首しますか」

彼の左手には無気味な黒いジャックナイフが、判決文のように、私の生涯を決めようとしていた。

「やりますね。よろしい。それが一番いいことです。あとは私が引き受けます。安心してまかせて下さい。さあ右手ですよ」

私の右手は抵抗もせず、男の言葉に操られるように、彼の前に広げられた。男は不自由な手つきで、大きなナイフの刃を鞘から起こした。それは天井の薄明りを映して鈍い光を放っている。男の口元がきびしく結ばれた時、冷たいものが私の右の親指の根元に触れた。電光のように痛みが走って、そこに赤く滲み出るのを見た一瞬、私は目を閉じた。と同時に、

「むう」

鈍い呻き声が聞こえた。しかしその声はすぐに、咽喉の奥で押し潰されるように消えた。私の両手は無意識にその力を一段と加えていた。男の手から落ちるナイフが、床に鈍い音を残した。彼の上半身が私の体に倒れかかってきた。そのとき私は自分のしたことを知った。私の両手は男の首を締めていたのだ。右手の親指を失った男は、あまりにも無力であった。

俺はいまこそあの男に復讐したのだ。俺を苦しめ地獄に落とした男に。

私は動かなくなった男の体を座席に横たえて、立ち上がった。列車はブレーキをかけてスピードを落としている。ホームの蛍光灯が急に車内を明るく映した。

「ひこね。ひこね」

聞きなれたホームのアナウンスにハッとして、私は駆けるように車を降りた。私が大変

なことに気づいたのは、駅前に並んだタクシーの扉に手をかけた時だった。すでに終列車はホームを離れている。私は大変なことをしてしまった。書類入れを棚に置いたまま忘れて降りたのだ。その下にあの男が死んでいる。

終列車〈完〉

訊問

「小沢さん、あの小説〝終列車〟をお書きになった意図をお話し願いたいんです。私のような素人には、ともかく異様な小説という印象が強くて、なに分にも、象徴的なものを狙ったんだとは思いますが、よくわからないんです。いかがなんですか」

「別に小説の意図を改めてお話しする必要はないと思います。読む人それぞれの感じ方があり、受け取り方があります。私が説明しても、それが果たして的確な説明になりますか、どうか。小説は作られた時、社会に発表されたとき、作者からは独立した一つの生命を持っていると思います。それは読者と小説との対話の中に生きるものではないでしょうか。警部さんご自身の理解の仕方で結構なのです」

「そうですか。私は商売柄か、三、四年前にありましたね、西日本連続殺人事件の扼殺魔や、最近の連続ピストル殺人の犯人の心理を分析したのではないかと思います。一度知った力の優越を誇示する快感が、理由なき殺人を呼ぶ、といった非常に不安定な心理状態ですね。このような事件の犯人は多分に社会の底辺で、不満の鬱積した生活を強いられた人たち、という感じがしますね。一度知った力の誘惑が、自分の過去に対する反動として押えきれない……。いや小説の話からちょっと横道にそれたようですが」

「なるほどそういう読み方もありますね。しかし私が描こうとした一つは、人間の持つ巨大な力についてです。それも悪の力についてです。いや、悪の力というよりは力は悪なのだ、という考え方です。権力を持つものはその権力の威力を知ったとき、それは悪に転換すると言いたいのです。力はすべて悪につながるものです。人間は優れた頭脳から大きな力を持ちました。大きな文化を築きました。しかしその反面、その大きな力がいかに本来の人間性を破壊し、罪悪の根源になっていることでしょうか。人間は自らの開発した力を制御できなくて、その力ゆえに自滅しますよ」

「たしかにそういう一面はあります。地上最大の力といえば原子力ですね。その核兵器の脅威なぞ正しく、お説のとおりです」

「あの小説で親指のない男が核兵器廃棄の新聞の見出しから、親指の切断を思いつく。力の象徴としての核兵器を、あの小説では親指に置き換えたわけです」

小沢は警部に頷くように言った。

「しかし、小沢さん、それにしても薄気味の悪い小説ですよ。不毛の赤茶色に冷えた熔岩台地の夕闇。私の精いっぱいの文学的表現ですが、そんな寒ざむとした感じがしますね」

警部はてれくさそうに苦笑いを見せた。

「その点はもちろん意識して狙ったんです。そうお読みいただければ、私としては成功したわけです」

「おかげであの小説に対する作者の意図がだいたいわかりましたが、今日おいで願った本題について、少しお訊ねいたしたいと思います」

警部は下がり気味の眼鏡を直すと口調を改めた。

「あなたはあの小説からなぜ、今回のような不幸な事件が起こったとお考えですか。奥さんの死体の前の机に、あの小説が載った同人雑誌があったということは、その二つの間に繋がりがあると考えられるのですが。あの雑誌は偶然机の上にあったのでしょうか」

小沢は考えているように黙っていた。

「奥さんのご不幸が自殺であるとすれば、机の上の同人雑誌はちょうど遺書が置いてあるような、そんな位置ですね。空間的にも、心理的にもそんな位置です」

「まったく家内は馬鹿なことをしてくれました。私にはもちろん自殺としか思えませんが、遺書がないものですから、自殺の原因は推察するより仕方ありません。おっしゃるとおりあの小説が遺書の代りであるなら、家内が小説を誤読した、としか考えようがありません」

「ではあの小説について、奥さんとお二人で話し合われたことはありますか」

「いいえ、ひと言も」

「では奥さんが誤読されたと言われますが、どのように誤読されたのですか」

「…………」

「あなたはあの小説を発表される際、このような不幸な出来事を、まったく予測なさいませんでしたか」

警部は彼の返事を待ってしばらく間をおいたが、小沢はそれにも答えなかった。

「同人仲間では、この小説の発表に多少異論があったように伺いましたが……。三角関係の果てに邪魔になった妻を扼殺する。あの酷薄さが、奥さんの心に暗い影をおとさないか、とは思われませんでしたか」

「私は夢にも妻があの小説からショックを受ける、とは思いませんでした。小説を一人称で書くのは技法の問題です。一人称だからそれが実際の私だと思われたら、これはまったくナンセンスです。こんなことは常識ですが。第一私と妻の間はあの小説に設定した環境とは、縁もゆかりもありません。ご存じのように私は商社の経理課長ではありません。家内は高校の英語の時間講師と、翻訳のアルバイトで食いつないでいる万年文学青年です。

ご存じのとおりスーパーの事務員をして、恥ずかしい話ですが、それで生計をというような次第です。あの主人公と似ていることといえば、妻に子供がなく、二人が結婚して十年あまりという点だけです」

「なるほど、しかし結婚して十年あまり、子供さんに恵まれないという共通点は、夫婦生活の心理的な背景としては大切ですね」

「そう言われますとたしかに不注意でしたね。しかし売れない小説を年に二、三回同人誌に発表する貧乏文学青年に隠れた愛人なんて、それこそあの話はすべてフィクションです。強いて言えばあの終列車、大阪発二十三時五十分の終列車の異様な無気味さは事実です。しかしあの列車も今度の改正で、とうとう消えたそうですね」

「たしかに一人称小説だからといって、その主人公が作者自身とは限らない。おっしゃるとおりです。しかし奥さんの立場から読めば、多分にひっかかるものがあったのではないですか」

「その点はいま考えれば、なきにしもあらずという感じもします。しかし彼女に死ぬほど大きなショックであったというのは、まったく大変な誤読です」

「その点はいずれまた伺いますが、あなたはあの同人雑誌を二冊貰ったそうですね」

「ええ、一冊は自分用、自分用というよりむしろ保存用です。せっかく自作の発表ですから。もう一冊はふだん用といえば妙ですが、人に貸したりして汚れても、失ってもいいと思って」

「その一冊を奥さんに渡したというわけですね」

「そうです。半年ぶりの作品の発表で、家内にも読ませたかったのです」

「奥さんの事件のあった夜、あなたは同人の集まりに出ていた。その夜は麻雀の徹夜で朝帰りでしたね」

「ええ、先日も話したとおりです。批評会のあとで例のとおり麻雀になったもんで、そればかりはあの経理課長と同じです。とうとう朝帰りになってしまったわけです。あとで思えば、麻雀などしなければよかったとも思いますが、もっとも自殺する気なら、あの夜でなくてもいつかはしたでしょうが。なんともあと味の悪い思いです」

事件が起こったのは小沢の小説の載った同人雑誌が発行されて、約二十日後のことだった。

彼が徹夜麻雀から自宅に帰ったのは午前八時半ごろだった。それまでも徹夜麻雀は月一回ぐらいはあった。裏戸は彼の帰るまでは錠を掛けない習慣になっているので、小沢はいつもの調子で、なにげなく台所に上がった。常ならこの時間には消えているはずの天井の蛍光灯が、白白しい光を板の間に投げている。台所の隣の四畳半の居間に入ったとき、彼は小さな坐り机の前に、座布団に俯している妻を発見した。一瞬、彼はハッとするように身を引いた。

彼はすぐ声をかけて、妻をゆり起こしたが返事はなかった。覗きこんだ横顔には死相がはっきりと表われている。ゆり動かした体には弾力がなく、すでに死後の硬直が始まっていた。彼は近所の赤電話から掛かりつけの医師に妻の急死を知らせた。

小沢の呼んだ医師は現状を一見して変死と判断した。医師からの変死の届け出で、警察から検屍の一行が来たのは九時半近くであった。

鮮紅色の死斑から青酸性毒物による中毒死であることは一見して推定された。小机の上には毒物を入れて飲んだと思われる牛乳が、コップに半分ほど残っていた。そのコップのかたわらに、牛乳が底に一センチほど残った牛乳瓶と、四角のプラスチック製の砂糖入れがあり、牛乳瓶にかぶせる薄青色の透明なビニール紙と、紙蓋が無造作に砂糖入れの横にあった。机の下には小さな白い薬包紙のような紙がまるめてあった。

しかし警部の目をひいたのは、机の上の薄い雑誌だった。えてしてこのようなときは、雑誌やノートの間に遺書がはさんであるからである。

「この雑誌は」

見かけぬ雑誌に警部は小沢に訊ねた。

「これは私の小説仲間の同人雑誌です。今度私の小説が載ったものです」

警部は表紙から四、五枚めくったが、遺書らしきものはなかった。

次の間は六畳の寝室だったが、部屋は整然として、荒らされた模様はまったくなかった。

「小沢さん、誰かあなたの留守の間に、他人がお宅に入ったような形跡はありませんか。一度よくお調べになって下さい。自殺のようにもお見受けしますが、遺書のようなものはありますか。よく調べて下さい」

同行の捜査員が協力したが、他人の入った形跡もなく、机の引出しやタンスの引出しなどにも、遺書めいたものは発見されなかった。

「一応自殺の線が強いようですが、死因の解明のため屍体の解剖を行ないたいと思います。ところで、早速ですが、奥さんに自殺の心当たりでもおありですか」

警部の問いに小沢は答えた。

「いや、まったく思いもかけないことです」

検屍の一行は牛乳コップ、牛乳瓶、その紙蓋、砂糖入れ、机の下にまるめてあった紙、同人雑誌、その他を参考品として署に持ち帰った。

結局遺書は発見されなかった。解剖の結果は胃から青酸カリが発見され、死因は青酸カリによる中毒死で、死亡時刻は午後十時ごろと推定された。コップに半分ほど残った牛乳から青酸カリと糖分が検出された。

一方、牛乳瓶の底に一センチほど残った牛乳からは、青酸カリも糖分も検出されなかった。牛乳のコップと牛乳瓶からは、不鮮明ながら彼女の指紋が採取された。

これらの条件と夫の小沢の話を総合すると、朝夕、牛乳を一本ずつ飲むのが彼女の習慣であるが、その夜いつものように午後十時ごろ、牛乳を瓶ごと薬罐《やかん》で温め、コップに入れ砂糖と青酸カリを混ぜて飲んだ、と推定された。あらかじめ白い紙に青酸カリを用意したと考えると、遺書はないが自殺の線が有力であった。

小沢が批評会に出席したのは午後七時ごろで、彼が麻雀の徹夜をしたことは同人の証言から明白だった。彼が自宅に八時半ごろ帰着したのも、同人宅を出た時間から考えて間違いなく、また小沢が医者に自宅付近の赤電話から、至急の往診を頼んだのは、その十分ほど後のことだった。万一他殺と考えても、彼には完全なアリバイがあった。

またもし他殺であるなら、犯人は当然、牛乳瓶に青酸カリを混入しておくはずであるが、瓶に一センチほど残った牛乳から毒物が検出されなかった、ということは他殺の線を否定する有力な根拠であった。

しかし一応、署側は小沢の身辺を洗ってみたが、彼が妻を殺す原因は見当たらなかった。その一方、同時に彼の妻が自殺する理由も見当たらなかった。結局、捜査陣はこの死因の謎を解く鍵は、あたかも遺書のように、小机の上に残された同人雑誌の奇妙な小説〝終列車〟にあるように考えざるを得なかった。

自殺であるなら、その同人雑誌は書かれなかった遺書の代りだったのだろうか。万一、彼女の死が巧妙に考えられた他殺であるなら、この同人雑誌が殺人の動機を語るのではないだろうか。警部は小沢との対話の中に死因の謎を解きたいと思った。

「さっき小沢さんは奥さんにあの小説を誤読された、とおっしゃいましたが、果たして誤読だったのでしょうか。死という厳粛な事実は、誤読というような簡単なことからは起こらないと思うんです。あの小説に奥さんが自殺を決意されるほど重大な内容があったなら、当然お二人の間に、その問題について話し合いがあったはずです」

「…………」

「奥さんがあなたに話し合う余地がないと考えられたのなら、あの内容があまりにもショッキングであった……。奥さんは絶望なさったということになりますね」

「だから私はそれを誤読だと言うのです」

小沢の広い額の眉が動いた。

「小沢さん、私はあの小説を読んで、若いとき読んだある小説を思い出しました。あなたは文学を専攻される方だから、多分お読みになったと思いますが、谷崎潤一郎の『呪われた戯曲』という初期の作品です。私は今度の事件でなんとなくこの小説を思い出しました。非常に印象の深い小説で、私の記憶の片隅に残っていたのです。お読みになった覚えはありませんか」

小沢を見る警部の目が眼鏡ごしに光った。

「私も谷崎の小説は好きで学生時代によく読みました。題を言われても、ちょっと記憶にはありませんが、内容を話していただけば思い出すでしょう」

「今度の事件と似通《にかよ》ったところがあるんです。最近読み返したのであらすじを話しましょう。作家である夫に愛人ができて、妻がうとましくなるわけです。夫はそのことを戯曲として書くわけです。その戯曲には自分たち夫婦の現実をそのまま描き、最後の場面で、夫は恋の邪魔者である妻を絶壁から突き落として、殺してしまいます。やがて夫はその戯曲の舞台と同じ山に妻を連れ出し、その恐ろしい戯曲を妻に読ませながら、最後には戯曲の場面とまったく同じように、彼女を絶壁から突き落としてしまう。戯曲の作家の妻はこうして殺されるわけです。戯曲を読ませながら恐怖心を起こさせ、そのとおりに殺してしまう。ざっとこんな話です」

「そうです。思い出しました。その戯曲が小説の中で劇中劇のように扱われているんですね、随分複雑な構成でしたね」

「私は谷崎の才気の溢れた作品だと思います。ところで、小沢さんの戯曲で殺される代りに〝終列車〟で夫の愛が若い愛人に移ったことを告白され、自殺に追い込まれる。これは失礼な仮説ですが、ハッハハッハッ」

警部は最後を笑いにまぎらわしながら、その職業的な勘を逃すまいとする鋭い視線は、小沢をじっと見守っていた。

「馬鹿げた妄想ですよ。警部さん、あの小説の狙いは、最初に説明したように力の悪、大きくいえば人間界の絶望を描いたのです。そんな次元の低いものではありません。小説の解釈はご自由ですが、まったくの誤読です。第一、谷崎さんの作品はあくまで小説です。妻の自殺は現実の話です。それを混同されてはたまりません。私ははっきり言いますが、隠れた愛人などありません。半分妻に養われているような貧乏文学青年、いやもう中年です。小説で妻を死に追い込むなんて、夢のようなことは言わないで下さい」

「いや、しかし生活力うんぬんで男女の仲を割り切れるものでもないでしょう」

「なるほど、しかし現代の女性はご存じのとおりドライですよ。誰も私なぞ相手にするはずがありません。自嘲ではないですが、その点は自信があります」

小沢は薄い唇に冷たい笑いを浮かべた。

「あなたのお話を真実と認めましょう。そうすると奥さんは誤読される理由もなかった、ということになります。では、奥さんはなぜ死なれたのですか。自殺する理由はなかったということです。理由なしに自殺する。狂人でもない限りあり得ないことです。これは大きな、新たな疑問です、どうお考えになりますか、小沢さん」

警部の言葉に小沢はしばらく考えていた。

「妙なこと言われますね。繰り返して言いますが、だから誤読としか考えられないんです。家内の死は自殺以外に何が考えられると言うんです」

「たしかに状況としては自殺としか考えられませんね、しかし私には誤読というのはどうも納得できません。私としては奥さんの自殺の動機さえ解明されれば……」

警部は小沢の発言をうながすような口調で言った。

「………」

「奥さんは遺書代りにあの同人雑誌を死の枕元に置いた。あの状況からそう考えるのが妥当のようです。あの小説が遺書であるなら、あの小説の内容によって、奥さんは死を選ばざるを得なかったとしか考えられません。奥さんはあの本を置くことによって、あなたには自殺の理由がわかることを知っていたはずです。あなたは何か真実を隠している。あなたがどんな真実を告白なさろうと奥さんの自殺に対し、あなたはその責任を問われることはありません。その点は絶対に心配は無用です」

「………」

小沢は黙っていた。

「あなたはご自分の愛人の強い要求によって、奥さんが邪魔になった。あの小説によって奥さんを絶望の淵に陥れ、死に追い込んだ。私たちはそう考えざるを得ない。奥さんは不実なあなたに絶望するとともに、死をもって抗議した。しかも同時に気の毒なことにそれがあなたの狙いだった」

警部の語気は激しかった。それはあたかも小沢に挑戦するようだった。しかし小沢は何を考えているのか答えなかった。

「だからといって、あなたは奥さんの自殺に対する責任を、法律上問われることはない。しかもあなたはあくまで誤読だと言って、それさえ認めません。ひどい言い方かもしれませんが、一種の完全犯罪ではないでしょうか」

小沢の顔は警部の一言、一言に次第に紅潮してきた。警部は小沢の反応を待つように言葉を切った。小沢の頰の筋肉がこまかく痙攣《けいれん》を起こして口元がゆがんだ。警部は長年の経験からいま、小沢がドロを吐く時がきたと思った。

「小沢さん真実を言って下さい。自殺であるなら罪にはならないのです。ただ私たちは真実が知りたいのです」

「ひどい、警部さん、まったくひどい。あれはあくまでフィクションなんだ。いったいどこに私の愛人がいるんだ」

彼は気色ばんで言った。

「言い過ぎましたか」

二人の間にしばらく沈黙が続いた。警部は小沢の思考がまとまるのを待つように煙草をつけた。

「警部さん、完全犯罪とはひどいことです。たしかに心の底に私は妻の死を望んだかもしれません。しかし……」

小沢もそこで煙草をとり出した。

ったのです。事実は……」

「やっぱりそうでしたか」

「警部さん誤解しないで下さい。実は私こそ被害者だったのですよ。真実はあの裏返しだったのです。事実は……」

「えっ、どういう意味です」

「しばらく待って下さい」

吸いかけたばかりの煙草を灰皿の底にこするように消すと、小沢はしばらく目を閉じた。

「完全犯罪とまで言われて……。恥を忍んで話します。私こそ妻のために苦しんだのです。妻にこそ愛人があったのです。あの小説自体はまったくフィクションです。架空の話です。しかしただ一つ、いやただ一人実在の人間がいるのです。小説の主人公が終列車で奇妙な話を聞いた男、あの製材所の経営者こそ妻の愛人だったのです。『あの男に会いさえしなければ、こんな悲惨な状態になることはなかったのに、私はあの終列車の男を激しく憎んだ』あの小説にそう書いたのを覚えています。あの文章から、妻はあの男との不義が露見したことは、はっきりわかるはずです。この悲劇は中年になっても、妻を幸せにすることのできなかった男の末路です。考えれば妻の心が私を去ったのも、頷けないことはないのです。しかし、私にとっては耐え難い恥辱です。私はあの小説の最後で、男を締め殺して『俺はいまこそあの男に復讐したのだ。俺を苦しめ地獄に落とした男に』と書きました。ペン先に心の奥底から憎しみをこめて書きました」

小沢は話し終わると肩の重荷をおろすように深い息をついた。

「私が殺したかったのはあの男です。妻が死を選んだのは、妻の心です。決して私は妻の死を願ってはいなかったのです。妻が謝れば許すことはできました。私が夫として十分な能力がなかっただけに、妻の立場には、怒りは怒りとして、同情の余地はありました。警部さんこれで納得がいったことと思います。決して私は妻の死を願ったのではありません。しかし彼女は自ら播いた種を刈り取ったのです」

崩壊

警部は若い署員に茶を持ってこさせた。二人はたがいに疲れたというように顔を見合わせ、うまそうに茶を飲んだ。

小沢は小沢なりに、警部は警部なりに深い感慨があったに違いない。

「これは話すべきことではなかったのです。妻が死んだいま、すべては過去のことです。この悲劇は私の人生の断層のようなものです。心のうちの傷をさらけ出してしまいました。警部さん、この話はここだけのことにして忘れて下さい。やがて時の経過がこの痛手を、いやしてくれるのを待ちましょう」

「………」

警部は何を考えているのか小沢の言葉には答えなかった。

「警部さん、長いこと話しました。これでいっさいがおわかりと思います。では私は」

小沢は机の上の煙草とライターを手に立ち上がった。その顔には先刻までの苦渋の影はなかった。彼が一、二歩、歩いたとき、

「小沢さん、ちょっと待って下さい」

警部が声をかけた。

「小沢さんあなたの〝殺意の証言〟は終わりましたね」

「えっ、なんという言葉です」

「いいえ、そう気にしないで下さい。あなたには大変お話しにくいことを立ち入って伺いました。申しわけありません。あなたの真実の告白によって一切の事情が判明しました。奥さんはあの小説を読むことによって、製材所の経営者とのひそかな関係をあなたに気づかれたことを知り、自ら清算されたと……」

「そうです」

「ではちょっとお訊ねしますが、よく考えると妙なことがあります。あの雑誌を死の枕元に置いたのは、あなたに罪を詫びるためだったのでしょうか。またはあなたに自殺の理由

を知らせるためだったのでしょうか。私が奥さんの立場で考えれば、大変なショックを受け、自分の不貞をひそかにあばいたあの小説を、二度と手にする気はしなかったはずです。なぜ自殺するかは、あなたにははっきりしているわけです。奥さんはあえて自分にとって不愉快な小説を、死の枕元に置く必要はなかったと思われるのですが」

「さあ、私にはその辺のことはよくわかりませんが、死を覚悟する瞬間の人間の気持は、どこか理性のアンバランスがあるはずですから」

「どうも根拠が薄弱のようですね。小沢さん、こう考えたらどうですか。あの雑誌を奥さんの死体のそばに置いたのは、小沢さん、あなたご自身ではなかったのですか」

「えっ、馬鹿な、そんな馬鹿な」

小沢の顔は蒼白になった。

「いいえ、私は決していい加減なことを言っているんじゃあないんです」

「なぜそんなことを私がするんです」

小沢の声は震えを帯びていた。

「小沢さん、あなたはあの雑誌を遺書の代りに見せかけるために、奥さんの死後、私たちを呼ぶ前に小机の上に置いたのです。それに違いありません」

「いったいなんということです。警部さん、あなたは今になってなんということを。あの雑誌は遺書の代りと考えられる、と先ほど言ったのはあなたではないですか」

「たしかに言いました。ただし自殺であるならです」

「…………」

「あなたは大変よく考えています。あの状況で万一、他殺と疑われることがあってはいけない。遺書がなければ自殺には弱い。そうあなたは考えた。あの小説によって奥さんの自殺の動機が説明できる。あなたの再再の言葉のように、誤読したということで。そのために衆人の目の届くところに、あの雑誌をあたかも遺書のように置かねばならなかったのです」

「それはあなたの一方的な解釈だ」

「いいえ、決して一方的な解釈ではありません。あなたは先ほど、私の追及に耐えかねて誤読説をついにあきらめましたね。あなたから〝殺意の証言〟を引き出すのに私は大変苦労しました。たしかにあれはあなたの真実の告白です。しかし、あなたにはもう一つの真実が隠されているはずです。あなたは奥さんを殺したかったのです。いや殺したのです」

「馬鹿なことを、妻は自殺です。自殺ではないですか」

「一見自殺に見えます。しかしあれは他殺と疑えば疑えるのです。奥さんが毎晩寝る前に牛乳を飲む習慣を利用して、奥さんの帰宅前に牛乳瓶に青酸カリを入れておく。ビニールの覆いや紙蓋を細工するのはわけないことです。はずしても簡単に元に直せます。何も知らない奥さんはその青酸カリ入り牛乳を薬罐であたため、コップに開けて砂糖を入れて飲む。半分ほど飲んだところで妙な味や臭いに気がついてやめるが、まもなく机の前に倒れる」

「やめて下さい、勝手な話は。何一つ証拠はない。勝手な推理だ」

小沢の目は怒りに異様な光を帯びた。

「妻が勝手にしたことです。自殺ではないですか。いったいあの残った牛乳瓶に青酸カリはあったのですか」

「小沢さん、よくご存じですね。おっしゃるとおりです。底に一センチほど残った牛乳からは青酸カリは検出できませんでした。なぜあなたはそれを知っているのです」

「もちろん、私が青酸カリを入れたのではないからです。もし私があなたの言うように家内を毒殺したなら、あの牛乳にも青酸カリが検出されるはずです。馬鹿ばかしいことは訊かないで下さい」

小沢は勝ち誇ったように言った。

「そうです。そのとおり、こんな簡単なことは素人でも気がつきます。私はこう考えます。あなたはもう一本同じメーカーの牛乳を用意したんです。そして麻雀から帰った朝、計画どおり奥さんは死んでいる。われわれに届ける前に、用意した牛乳瓶を開けて一センチほど底に残し、あたかも奥さんが飲んだ牛乳瓶のように見せかけたんです。瓶をすり替えたわけです。もちろん、元の毒入りの瓶はどこかに捨てましたね。なぜあなたはそんな複雑なことをしたか。元の青酸カリ入りの牛乳瓶を洗っておいてもよかったのだが、そうしたのでは犯人が洗ったと思われてまずいので、そこまで考えたわけですね」

「なるほど、大変お見事なトリックの解明です。恐れ入りました。そして朝帰ってから青酸カリの小さい紙包もわざと机の下に置いた、というわけですね」

「そのとおり。ご自分で認められるとおりです。なおつけ加えれば牛乳瓶を奥さんの死体に持たせて、指紋もつけましたね」

「よくわかりました。説明のとおりそのトリックは私にもやれればやれそうです。しかしまったくあなたの大変無礼な推理としか、答えようがありません。一方的な推理で殺人犯にされてはたまったもんじゃありません」

小沢はあくまで平静な口ぶりで言った。警部は黙って彼に喋らせた。

「捜査課の方がいかな推理をしようとご随意です。しかし何一つ証拠がありません。やればできる可能性と、やったということは天地の差ですよ」

小沢は胸を張るようにして警部を睨んだ。しかし警部は平然として腕をくんだままだった。

「小沢さん証拠はあるんです」

「えっ」

「じつは奥さんはあの小説を読んでいなかったのですよ」

小沢は警部の言葉を理解しがたいというように、しばらく口を開けたままでいた。

「いったい、なぜそんなことが言えるのです。あの雑誌に妻の指紋がなかった、とでも言うのですか」

「いや指紋はたしかに表紙から採取されましたよ。あの雑誌をあなたが奥さんに渡したことは間違いありません。奥さんは受け取ったから指紋は残ります。なお牛乳瓶のように死後、念のためにあなたは奥さんに持たせたかもしれませんね」

小沢はまだ負けたとは思わないようであった。しかし彼は警部の落ち着いたようすに、いぶかし気に頸をかしげた。

「それでは家内があの小説を読まなかったとは証明できませんよ。表紙以外のページに妻の指紋がなかったとでも言うのですか」

「いいえ、そんなことは言いません。指紋の採取は、ガラスや、プラスチックなど平滑なものからは容易ですが、紙質の悪い雑誌からは必ずしもできるものではありません。あの雑誌のページから奥さんの指紋が採取されなかったとしても、奥さんがあの小説を読まなかったとは断定できないのです」

「そのとおりです。あなたは何を言おうというのです」

小沢はいらいらして語気を強めた。

「決定的な証拠があるんです。小沢さん、あなたはあの雑誌、奥さんに渡した雑誌をよくご覧になりましたか」

「…………」

「あなたはあの雑誌でご自分の小説を読みましたか。あの小説はあの雑誌で十二ページになりますが、皮肉なことにちょうどあなたの小説の始まる前のページから四枚、八ページですね。ページの上端の紙が先の方で三センチほど切れていないのです。しかも切れない上端が二枚重なっています。両片にして四枚になります。ページ数で八ページが切れていません」

小沢は静かに首を垂れた。

「いいですか、とんだ製本のミスです。あなたの小説の始まる前のページをめくらなければ、あなたの小説は始まらないのです。あなたの小説の最初のページが、ひらけないままになっています。その八ページが切れていなければまったくあの小説は読むことはできません。奥さんは残念ながら、あなたの力作をお読みになっていなかった。おわかりですか。私たちは参考物件としてあの同人雑誌を持ち帰り、あなたの小説を読もうとしたんですが、すぐにそれに気がつきました。すんでのところであのページの上を切り離そうとしましたが、一瞬ひらめくものがあって思いとどまりました。危ないとこでした。私は同人雑誌の発行所へ行って、改めて完全なものを一冊貰いました。その雑誌には同人の方の印を押してもらいました。大切な証拠物件と明白に区別するためです。いずれ公判の際、そのページの切れていないものは証拠物件として提出します」

「…………」

「小沢さん、何かおっしゃることはありませんか。あとは説明しないでも、明晰なあなたのことだからおわかりでしょうが、奥さんはあの小説をお読みではないので、あなたに製材所の経営者との不義を知られた、とはご存じないはずです。だから奥さんには自殺する理由はまったくなかったのです。あなたのおっしゃる誤読も、何もしてみようがなかったのですよ。奥さんはあの小説を読んでいないので、かりに自殺としてもあの小説を机の上に置く理由は、成り立ちませんね。いや、あの小説を読まなかった以上、自殺するはずのないのは明明白白です。いずれにしてもあなたはトリックのお膳立てをやりすぎて、あの雑誌を遺書代りに見立てたことが行きすぎだったのです。あまりに出来すぎのトリックに、思わぬ盲点が隠されていました。あの製本のミスに気がつけば。まったくあなたには思いがけない不注意でしたね」

「…………」

小沢は何か言いたそうに、口元を動かしたが、すぐには言葉にはならなかった。

「小沢さん、あなたはまだ何かおっしゃりたいようですね」

警部は小沢の発言を促すように言葉を切った。

「家内はあの小説を読まなかった。そうでしたか。やっぱり……」

小沢は両肩を落とすようにして言葉を続けた。

「小説を読まなければ自殺するはずがない。なるほど……しかしそう断定できるのですか。家内の心をすべて、あなたには見通せるのですか。いかなる理由で家内が自殺したか。たとえば愛人との間がまずくなった。これはもちろん、私の仮定ですが、そういうことも考えられます」

「小沢さん、あなたの強弁もおっしゃるとおり、あり得ないことではありませんね。しかし私たちが他殺の疑念を持ったのは、あの現場を見たときです。あなたの案内で居間の隣の六畳間に入りました。六畳間は寝室でしたね。整然として荒らされた形跡はありませんでした。もちろん外部から他人が入った形跡はなかった。そこにはあなた方ご夫婦の夜具が二組並んでいました。私がじっとそれを見つめたとき、あなたの横顔に暗い翳が走りました。一瞬、眉をひそめたのを見逃しませんでした。あなたは医者を呼ぶ前に夜具をしまうことを忘れましたね。警察へ変死の届けを早くしなければ、工作したことを見破られてはいけない、とあせったのでしょう。自殺される奥さんがなぜ夜具を敷くでしょうか。もし蒲団の中で死にたいと思われるなら、ご自分のもの一組を敷けばよかったのではないでしょうか。奥さんは毒入り牛乳を、蒲団の上で飲むはずですね。コップは当然その枕元にあるはずです。そして奥さんは寝室で倒れるのが順序です。いや、もう一歩つっ込んで考えれば自殺なさるなら、牛乳をわざわざ薬罐であたためるような、手間もいらなかったと思います。コップに水を入れて青酸カリを溶かせばよかったのです」

「………」

「小沢さん、あなたはこれも情況証拠だ、推察にすぎないとおっしゃりたいのでしょう。私たちはあなたのところから持ち帰った参考物件を、丹念に調べました。その結論は他殺であるなら、先ほど話したとおり、あなたが牛乳瓶をすり替えたはずです。なんとかしてこれを証明したい。捜査陣は必死にとっ組みました。小机の上にあった一センチほど牛乳の残っている瓶が、あなたのお宅に配達されたものではないことを、証明できればよいのです。小沢さん、あなたは私たちの推理に何一つ証拠はない、と先ほどおっしゃいましたね。果たしてそうでしょうか」

警部は小沢の眼に視線を合わせた。

「まず残された牛乳瓶と、台所にあったもう一本のあき瓶、奥さんは朝晩飲まれたそうですが、あなたの証言から、その朝奥さんが飲まれたものですね、それを調べましたが、両方とも日東牛乳のもので、まあこれは当然のことでしょう。次にその朝飲まれたあき瓶のわきにあった紙蓋と、現場の机の上にあった紙蓋を調べてみました。ご存じでしょうか、牛乳の紙蓋には日付が印刷されています。二年ほど前ですが、牛乳の鮮度が大きな問題になったことがあります。その発端は、あのころは紙蓋に大きく曜日が印刷されていましたが、夕方になると、翌日の曜日のものが店頭に出回っているとか。そんなことから曜日は一日も二日も先のものがつけてあって、実際の生産日とは違う、あの日付は信頼できない、と騒いだのは例の主婦連ではなかったですか。それはともかく、現在は新聞の活字より少し大きいアラビヤ数字で、日付が紙蓋の中央に印刷されています。私はその二枚の紙蓋の数字をくらべました。事件の日は七日でしたね、奥さんが毒を飲んだと推定される夜です。紙蓋の数字が両方とも5でした。牛乳販売店に問い合わせますと、七日の朝配達する牛乳は、前日六日の午前十時過ぎごろメーカーから店にくるそうです。それは五日に生産したもので、5の日付です。それを販売店は数百本も入る大きな冷蔵庫に保管する。そして翌朝、各家に配達します。ですから七日の配達牛乳は五日に生産された5の日付でいいわけです。ということは、あの二本の牛乳は七日の朝お宅に配達されたものかもしれません。机の上の一本が七日の配達とは違うものだ、とは証明できないわけです。販売店の話では、店頭では七日の午後になって、5の日付のものが売り切れれば、当日の午前十時過ぎにきた6の日付が出回るそうです。もしあなたが午後に牛乳を買ったなら6の日付だったかもしれない。あなたはこの点では幸運だったのです。私たちは手がかりを失いました。しかし一方にはあの同人雑誌のページが切れていない、という有力な証拠があり、しかもあの小説の異様な内容、そして先に述べた寝室の状況、自殺にしては複雑な服毒の方法。それらを総合すると、示す方向は明らかに他殺です」

警部は飲み残しのさめた茶を一気に飲んだ。

「これから先はわたしたち刑事の、捜査係の執念、根性です。どこかに見落としはないか。何回目かの会議のとき若い刑事が言ったんです。うちの家内は毎日二本牛乳を取っているが、時に飲み忘れて前日のが残ったり、腹の調子が悪くて飲めない時は断わることがあると。私は毎日確実に配達されていると思っていましたが、実際にはそういうことがあるわけです。そこであなたのところの配達の実情を調べてみました。小沢さん、あったんですよ、配達されない日が。いや二本とも断わったんではありませんが、月に二、三回は一本だけの日がありました。やはり若い刑事が言ったように、残った牛乳のある朝は一本だけ貰ったんです。このことがどんなに重大なことかおわかりですか」

「…………」

小沢は何も答えなかった。

「店にしてみれば二本の契約だから困るわけですが、競争の激しい商売だけに、月に二、三回のことは仕方なかったんです。小沢さんあなたはいっさい牛乳を飲まないから、その辺の事情は知らなかった。そこに盲点がありましたね。一か月に二、三回、その可能性があったのです。確率は十分の一です。配達記録によれば七日の朝は一本です。その点は配達員からも確認しました。配達は午前七時ごろですが、奥さんが台所の裏口で一本だけでよい、といったので、配達人は手帳にチェックしています。だから奥さんの手元の冷蔵庫には、六日に配達された4の日付のが一本残っていたわけです。奥さんは七日の朝、5の日付のを一本貰うとすぐそれを飲んだ。古い前日のものを朝飲んで、新しいのを晩に飲むのが順序かもしれませんが、冷蔵庫に入れれば、今ごろの季節では二、三日は心配ないから、受け取ったものをすぐ飲んだわけです。だからあき瓶のそばに5の日付の紙蓋があったわけです。奥さんが出勤したあとで、あなたが買ってきたすり替え用の牛乳の紙蓋も5の日付です。多分あなたは5と5を照合して安心したのでしょう。冷蔵庫にある一本、あなたが毒を入れて、晩に飲ませた牛乳もその朝の配達なら、当然日付は5であるはずです、前日の残りものとは知らないあなたが、そう信じたのは無理ありません。あなたはビニールの覆いの上から、その小さな数字4を読み取ることはしなかった」

淡淡と語ってきた警部は最後で語調を強めた。小沢は顔を伏せたまま身動き一つしなかった。警部はさらに話を続けた。

「4の数字に気づかぬまま、あなたはその紙蓋も瓶と一緒に犯行の翌朝、始末してしまった。小沢さん、この紙蓋の日付が決定的な物証です。なお補足して説明すれば、犯行に使った牛乳瓶と紙蓋は、もちろん捨てなければなりませんが、紙蓋だけはあなたが買い求めた瓶の紙蓋を捨て、古いものを残してもよかったようにも思います。そうすればその日付からすり替えの事実は証明できなかった。そう思いましたが、もう一歩深く考えれば、古い紙蓋を捨てなければ、それからわずかでも牛乳に溶かした青酸カリが、検出される恐れがあったわけです。もしあなたが、冷蔵庫に残っていた牛乳が、前日のものであったという事実に気づけば、事件の進展はまた変わっていたでしょう。最後に一言加えれば、あなたが買った牛乳ビンを毒殺用に使っていれば、おそらくはこのすり替えは立証されなかった。そこにもあなたの失敗の原因がありましたね」

警部は静かな口調で噛んで含めるようにのべた。そこには大きな自信が感じられた。

小沢の蒼白な顔は、子供が泣き出す直前のように醜くゆがんでいた。

「あなた以外の誰がこれをやったというのです。私たちは殺人の物証はつかんだ。しかしあなたの動機がつかめなかったのです。さきに私があなたから殺意の証言を得た真意はここにあったのです。いま物証と心証が揃ったというべきですね。小沢さんあの訊問には多少のトリックは使いましたが、決して私は奥さんの死を自殺とは断定して話はしませんでした。その点は了承して下さい」

小沢の蒼白な顔が絶えず小刻みにひきつった。

二人の間には長い沈黙が続いた。やがて小沢の頬にわずかに血の色が戻った。

「すべては明白になりましたね。警部さん、最後に一言私にも言わせて下さい。初めから殺意があって、あの小説を書いたのではないのです。私があの小説を書いた動機は、最初にお話しした私の人生観からです。あれは私の文学です。私の数少ない作品の中で自負できるただ一つの傑作です。そう信じています。決して殺人の道具にしようとして書いたのではないのです。私の文学精神の結実が、あの『終列車』です。これだけは信じて下さい」

「…………」

「生活力のない私は、あの製材所の経営者の財力に負けました。私はそれでも家内があの作品を読んで反省することを期待したのです。しかし期待は甘すぎました。あの雑誌を渡して十日あまり経っても、なんの反応もありません。半年ぶりに発表した夫の小説に、露ほどの関心も示さない。私は最後の破局を覚悟しました。近ごろ不毛の愛という言葉がありますが、私たちの間には愛という文字さえ不要です。いうなれば私たちは不毛の夫婦でした。私の作品は完全に黙殺され、私の全人格は無視されました。そのとき、噴煙のように湧き上がる灼熱した殺意が、はげしく私の理性を焼きつくしたのです。いま、彼女はあの作品のページさえめくらなかった、一行すらも読まなかった、それを知って、私の殺意は正しかった……」

小沢は崩れるように机にうつぶした。彼の背を見つめる警部の眼にはわずかに光るものが浮かんだ。

寝台急行《月光》

天城　一

あまぎ　はじめ

本名は中村正弘。大正8年1月、東京は神田の生まれである。昭和22年の「宝石」2・3月合併号に発表した《不思議の国の犯罪》を皮切りに、《夢の中の犯罪》《明日のための犯罪》などの密室短篇を書き、本格物の読者に強烈な印象を刻みつけたが、ほどなく余技作家としての筆を折って大阪学芸大学の数学教授に専念し、子弟の育成にあたった。

天城一が再び余技作家としてペンをとり始めたのはごく最近のことで、同時にこの密室専門作家は幅をひろげて鉄道物をも手がけるようになった。本篇の初出誌は「幻影城」の昭和51年2月号である。

菅野六助をだれも本名では呼ばない。ダンロクで通じる。ダンロクのダンは旦那のダンだ。大柄、色白のふっくらした顔、どこからみても、大店《おおだな》の旦那だ。動作もゆったり、声も太い。みるからにおっとりとしている。この押し出しが、ダンロクの商売道具だ。

ダンロクの職業は箱師だ。鉄道がダンロクの職場だ。鉄道で働くすべての者が、箱と愛称する客車が舞台だ。旅客が顧客というところは、鉄道屋と変りはない。いや、ダンロクは自分も鉄道屋の一人だと思っている。箱師のいない鉄道なんて、わさびの抜けた刺身も同じだ。一流の列車には、一流の箱師が乗り合わせてこそ、一流なのだ。

ダンロクは一流の箱師を以て任じている。臭い飯は三度も食った。押しも押されもせぬプロだ。家出娘のハンドバッグをかっぱらうなど、箱師の風上にも置けぬやつだと、軽蔑しきっている。ダンロクの顧客は上客だ。だが、上客相手ともなると、元手がかかる。一等寝台に乗れば、五千円は軽くかかる。

六十二年の初冬の日曜日の朝、まだ明け切らぬ寒い時刻に、ダンロクは熱海駅のホームに立っている。寝台急行《彗星》から降りたばかりだ。懐《ふところ》には、目星をつけておいた男の枕の下から、ありがたくちょうだいにおよんだ札束がうなっている。用事がすめば長居は無用だ。客が騒ぐ前に姿をくらますことは、箱師の定石だ。このごろはダンロクの顔も売れて、東京附近では仕事がやりにくい。早いところ、足跡をくらまさなければ、せっかくの稼ぎがむだになる。

ダンロクはダイヤは諳《そら》んじている。本職の鉄道屋はだしだ。熱海で《彗星》を降りれば、わずか十分間の待ち合わせで、伊東発の湘南電車が入ってくる。大船で横須賀線にのりかえ、横浜から京浜線に乗ればもう安心だ。

六時五十五分、寝台急行《月光》が入ってくる。定時だ。数人の客がまばらに降りる。ボーイが寝台を畳みだすのは七時からなので、まだ束の間は列車も静かだ。ダンロクは《月光》を見送るつもりだった。なのに、どうしたわけか乗ってしまう。箱師の本能だろうか。最後部から二輛目、1号車のまえのデッキから、だれか降りたのか、ドアが開いていたのだ。ダンロクは誘い込まれる。

マロネ40型の一等寝台だ。ダンロクはこの型の車は好かない。戦後、米軍の指示によって製作した旧一等車だ。スタイルが古くさいのはがまんできるとしても、片デッキという代物は箱師向きではない。ことに1号車の場合、うっかり入れば袋のねずみだ。逃げ道がない。ふだんのダンロクならば敬遠するところだ。

悪魔に魅入られたとしかいいようがない。ダンロクは室内に足を踏み入れる。B寝台十六はプルマン式開放寝台だ。いくらかざわめいていて、二、三人が通路に立っている。だ

マロネ40型　　ＡＢ１等寝台（Ａ1-6．Ｂ7-22）

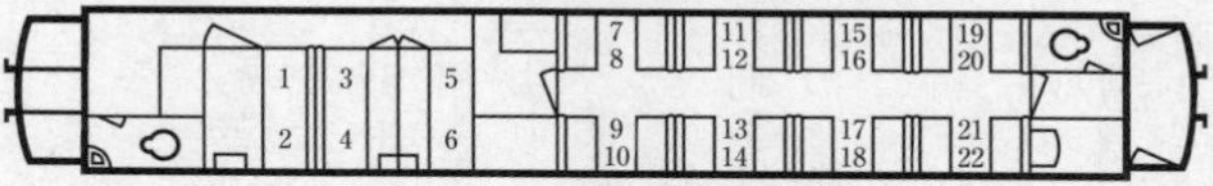

銀河・明星・彗星・月光

れにも咎められず、ダンロクは通り抜ける。その先には、コンパートメント式の三室がある。二つは鍵が閉まっているが、最後の一つＡ１Ａ２の扉は鍵がかかっていない。ダンロクが暗い室内へすべりこんだとき、列車は動きはじめる。六時五十七分だ。

室内はスチームが利きすぎて、むせるように暑い。生臭いような香ばしいような臭いがダンロクの鼻をくすぐるが、鼻の利かないダンロクはすぐなれてしまう。列車がトンネルにすべりこんで物音が高くなったとき、ダンロクはペンライトを取り出す。上の寝台は空いている。下段では、男が上半身裸で毛布から乗り出している。枕を胸に抱いた寝姿は異様だと、ダンロクの頭をかすめるが、熟睡の様子に安心してたちまち忘れる。

思いがけぬ幸運、箱師冥利につきると、ダンロクが思ったのも無理ではない。横浜までじっくりと腰を据えてひと仕事と、取りかかったのが運のつきだ。閻魔の庁よりこわいと先輩の箱師がいっていた警視庁捜査第一課の手に落ちる第一歩を、ダンロクは踏みだしていたのだ。

「なあ、ダンロクさんよ、もう吐いてしまったらどうだ。あっしがやりやしたと、いえば、こっちの苦労も終りになる。おまえさんだって、きれいな体になってさっぱりとするんだ」

＊

若月刑事は四十前だが、苦労を重ねたせいか老けてみえる。戦時中は特攻機のパイロットだ。何度か出撃したが目標を発見できずに帰投した。最後に出撃したときは、雲から出たとたんにヘルキャットの編隊の待ち伏せにあい、僚機はすべて撃墜された。若月も頭を負傷し、乗機は方向舵を吹きとばされたが、粘ったあげく密雲の中に逃げこんだ。粘り強いのが若月の身上だ。

若月刑事は、何十分かまえにいったせりふをくりかえす。寸分もちがってはいない。ダンロクの背筋が寒くなる。先輩が、捜査一課は鬼よりこわいといった理由が、すこしずつわかってくる。

ダンロクは吐き出せるものは全部吐いたのだ。前科三犯のベテランだ。警察をはじめて踏むかけ出しではない。どんなところか、いささか心得がある。しかし、これまでの相手は所轄署の窃盗係だ。泥棒とお巡りは持ちつ持たれつの仲だ。お互いにプロだ。攻防の秘術の限りを尽すが、きれいなものだ。わなもかけるしかまもかますが、そこには底がある。

いわば、武士は相身互いだ。ところが、捜査一課の刑事は底が知れない。プロといえたもんじゃない。ないことまでほじくりだそうとする。

　ダンロクは音《ね》をあげる。

「ねえ、だんな、かんべんしてくださいな。もう知ってること、みんな、はいたんでさ。けっして、あっしがやったんじゃないんで」

「じゃ、はじめっからいってみな」

　これだ。ダンロクはうんざりする。これで何度目か、もうダンロクには数え切れない。すこしでも話がちがうと、とことんまで喰いさがってくる。

　ダンロクはだんだんと投げやりになるのがわかる。そこがこわいんだ、と先輩はいっていたが。

「お宝をいただいて、やれ一服と思いやしてね。ひょいと寝台みたんでさ。それまで、眠ってるとばっかり思っていたお客が、死んでるのがわかったんでさ」

「いつごろだ?」

「七時半ごろでがしょう。時計みてたわけじゃないんすが」

「なあ、ダンロクさんよ、そこがこちとらにゃ気にいらんのだ」

「どうしてです、だんな」

「前科三犯、腕利きの箱師のおまえだ。枕さがしに三十分もかかったなんて、まるで素人じゃあないか」

「だからさ、いったでしょうが、だんな。思わぬ獲物でさ。獲物追う猟師山を見ずっていうでしょうが。すっかり夢中になったんでさ。洋服だの鞄だの、あちこちさがして、百五十万円もみつかったんでさ。これが夢中にならずにいられますか。つい、時間がたってしまったんで」

＊

1号車のボーイ細野竜次は、ダンロクの太い声を聞いて、大きくうなずく。

「あの人にまちがいありません」

制服をぬいではでな私服に着替えてしまった細野は、鉄道員というよりも、繁華街でよく見かける軟派の不良少年に似ている。細野は鶴見刑事相手に、事情説明に必死だ。だれも細野を疑ってはいないのだが、再度の呼び出しで細野はおびえている。

「申し上げましたとおり、七時前に起きまして、服装を整えました。熱海を発車しましたところで、B寝台のほうから、客席の整頓をはじめました。枕や毛布などを集めまして、カバーをはずし、寝台を客席に変えます。満員でしたが、作業は順調にはかどりまして、七時半ごろには、A1とA2だけになりました。そこでドアをノックしますと、あの太い声で（横浜まで待ってくれ）といわれました」

細野はもじもじする。鶴見刑事は目先の利く男だ。規則違反だろうといえば、相手が縮みあがることを察する。

「待ってやったんだな」

「はあ。まあ、そうです」

「チップをたんまり握らされたのか？」

「はあ。五千円ほど」

「殺された男にか？」

「いえ連れのお方にです」

「連れはどこで降りたんだ？」

「存じません。東京までの切符をお持ちでした。京都駅でチップを下さったときに、なにか、重要な話し合いがあるんで、近づくのを遠慮してくれと、くれぐれも頼まれましたんで。給仕室まで、私を連れてお入りになり、ドアを閉め切って、声をひそめてお話しになりましたんで」

細野が知っていることは、あとは僅かだ。横浜駅の発車間際に、いまから思えばダンロクにちがいないが、大柄の紳士が細野の肩を叩いて、

「一番奥のコンパートメントが大変だ。すぐ専務車掌を呼んできたまえ」

とせきたてた。細野が専務車掌を呼んできたときには、列車は横浜駅を離れ、ダンロク

は逃げ去ったあとだ。

警察側に幸運、ダンロクには不運なことに、横浜駅で鉄道公安官が《月光》の1号車からゆうゆうと出て行くダンロクを目撃している。捜査側は、ダンロクが犯人だと飛びついた。島崎警部が反対したが、いつものことだ、ご高説はあとでと、聞いてはいない。異口同音、ごもっともというが。

「箱師が熟睡している被害者を刺したなんて、おかしいじゃないか」

現場を見れば、被害者が熟睡していたことは疑問の余地がない。犯人はゆっくりとねらいをさだめ、心臓をひと突きで刺している。返り血が飛び散らないように枕を使った手口は、日本では珍しい。プロの殺しの手口に似ている。箱師のすることではない。

多くの刑事は、島崎ほど思索家ではない。思案よりも行動に傾いている。ダンロクの手口カードを調べて、情婦の家に立ち寄ると判断を下す。所轄署の刑事を加えれば、優に一コ分隊にもなろうかという大勢の刑事たちが、ダンロクの情婦の家を七重八重に囲んで張り込む。日曜日の午後、ダンロクは待ち伏せの網にかかった。

粘りに粘ったすえ、若月刑事もダンロク犯人説を諦める。神奈川県警から来た捜査員がしぶしぶダンロクを引きとる。強力犯係にとってはつまらぬ獲物だ。だが、ダンロクが犯人でないときまれば、殺人は熱海以西の出来事、神奈川県警の出番ではない。

「こりゃ、むずかしい事件になるぞ」

と、若月刑事がうなる。

行きずりの犯行という当初の推定は覆る。ダンロクのために多くの金が残っていたとすれば、金目あての強盗殺人ではない。犯人は百五十万円余りの金に目もくれてはいない。

捜査はふりだしからやり直しだ。

行きずりの殺しでなければ、被害者の身許は捜査の出発点だ。幸いに、ダンロクは現金以外には手をつけていない。住所・氏名はすぐわかった。名前は宇津見善三といい、貿易商というよりブローカーといったほうがわかりがいいだろう。会社は大阪の北のビルの中にある。住まいは堺の南、浜寺にある。

「だれか、大阪へやらなくちゃいけませんね」

島崎の右腕、岩美部長刑事が憮然とした表情でいう。

「いまとなると、途中で降りた相客が怪しいですな。どこで降りたんですかなあ。人相風体はボーイの細野から聞いてありますが、京都から熱海まで、東海道は広いですからなあ」

ダンロク犯人説の急先鋒だった若月刑事が情けなさそうに述懐する。

島崎だけが涼しい顔だ。東京駅へ警察関係の友人を見送りにいって、スピーカーに呼び出される。

「島崎さん。警視庁の島崎さん。7番線、《月光》の1号車まで、至急おいでください」

そのときから、島崎は事件にかかわりあっている。被害者の身許を知ると、すぐ手を打つ。

「柳を大阪へやってあるよ」

＊

柳刑事は優男《やさおとこ》だ。どこから見ても、およそ刑事らしくない。有名なブルジョア中学校を卒業して、専門学校に進学がきまっていたのだが、戦災を受けて、両親姉妹も財産も失った。途方にくれて焼け跡にたたずんでいるとき、顔見知りの老巡査が通りかかった。警察の門を叩いたのは、そんないきさつからだ。もしあのとき、若月兵曹に行き会っていたならば、神風特攻隊員になって、散華《さんげ》してしまっていたかもしれない。闇屋のボスにでも会っていれば、東京の夜のいい顔役になっていたかもしれない。とにかく、人生はわからないものだ。

日曜日の朝、かなり名の売れたレビュー・ガールだった美人の妻君と子供を連れて、久方ぶりの家庭サービスと、そろって家を出たところをパトカーに押えられる。島崎警部からの伝言だ。

「パトカーに乗って東京駅に行き、一番早い列車に乗って大阪に向かえ。委細別命する」

東京駅にかけつけたが、九時半の《第一宮島》には間に合わない。十時の《いこま》だ。

パトカーの交信で、扱っている事件が《月光》殺人事件だとわかるが、7番線へ上がってみると、《あさかぜ》が停っていて、問題の《月光》は回送されてしまったあとだ。《いこま》が発車するまで、だれとも連絡がとれない。「委細別命」の別命がこない。やっと京都駅で買いこんだ夕刊で、事件のあらましがわかるが、関東の殺人事件に関西の新聞は冷たい。くわしいことはわからない。

十七時二十五分、《いこま》が大阪駅に着く。どうしていいやら途方にくれているところを、肩を叩かれる。

「柳はんとちがいまっか？」

どう見ても商家の番頭だ。ずんぐりとした体の上に、四角い顔がのっている。いやに短く刈った裾刈りの髪はごま塩だ。四角い顔がますます四角に見える。

「府警の堅田いいま、お見知りおき」

柳には相手がそういったように聞える。いやに語尾をけちるやつだ。あっけにとられている柳にかまわず、堅田刑事はことばを重ねる。

「警視庁切っての色男や、おうてみりゃわかるていわれましたんや。さすが、いい男でんな。おなご泣かせはったんとちがいまっか」

大阪人は調子がいい。これでは、相手が刑事でも、財布に気をつけねばなるまい。

堅田刑事は柳をうながして階段を降り、道路を渡って、阪急電車の改札口へ案内しながら早口にまくし立てる。

「柳はん。あんた、運がええ方や」

「運がよれけば、刑事なんかしてませんよ」

「いやいや、なかなか運のええお方や。そやなかったら、こんなにうまく運ぶはずおまへん」

「そうですかねえ」

柳はなんのことやらわからない。いいかげんな相槌を打つ。

「東京の警視庁から協力要請いうてきはったときは、こらあかん、被害者の相客さがせなんて殺生や、そう思いましてん」

「どうしてですか」

「今日は日曜日だっせ。会社は休み。そやさかい、会社相手のダフ屋も休みや。どこへ行って聞こかて、あきまへんわ。せっかく柳はんが来はっても、早《はよ》て明日や、そ思てましてんねん。ところが、ついいましがた、豊中の金浜良夫てお人から、電話おましてん。《月光》にのってたんはわいや、と。あんた運のええお人や」

日暮の早い初冬の日曜日の夕方だ。電車はかなり混んでいる。ショッピング帰りの家族連れが多い。電車に乗っても、堅田刑事は相変らずまくし立てる。

話題は一転して、被害者の宇津見善三について、堅田刑事の調査の報告といえば体裁はいいが、又聞きの又聞き、つまりゴシップの類《たぐい》だ。どこまで本当かわからない。

宇津見はあまり堅気の貿易商ではないらしい。四十五ぐらい、脂ぎった中年男で、色好みらしい。家を浜寺に構えているが、耳の遠い老人夫婦に留守を任せて、ほとんど帰らない。金廻りがよく、女には金に糸目をつけない。噂話のいくつかを、微に入り細をうがって面白おかしく話す。柳は退屈はしないが、ときどききわどい話が出て、あたりの視線を集めるのに閉口する。

客がいくらかまばらになって、二人がならんで座席に坐ったとき、堅田刑事が声を低めて語った話だけは、柳刑事の職業意識をくすぐる。

宇津見は金にあかせて、さるキャバレーのナンバー・ワンに手を出す。女のうしろにはある暴力団の幹部がついている。夜の巷《ちまた》では話題になる。こんどこそは宇津見もただではすむまい。ダンディ共は大いに期待をよせる。しかし、ただですまなかったのは、暴力団幹部の方だ。組の事務所を出て、車に乗ろうとするところをピストルで撃たれる。頭部に三発の銃弾、即死だ。白昼の町中の出来事、目撃者がたくさんいる。犯人は通りがかりの車の中から、サイレンサーつきのピストルを射ったのだ。車は盗難車、まもなく近くの駐車場でみつかる。事件は迷宮入りだ。暴力団の縄張りは、つねづねいがみあっていた他の暴力団に乗取られる。

「ほんまの殺し屋やて、府警部内じゃえろう評判や、えらいこっちゃて」

「宇津見を調べましたか?」

「アリバイがおますんや。関西の財界のおえらいさんと一緒や、どうもこうも、ならへんがな」

*

豊中は海のない鎌倉だと、堅田刑事は柳に売りこんだが、阪急電車を降りてみた感じでは、鎌倉よりは杉並に似ている。

暮れ切った町の中を、どう引き廻されたのか、柳刑事はおぼえきれない。堅田刑事にまくし立てられているうちに、金浜良夫という標札のついた門前に立っている。

金浜の家は、百坪ほどの敷地に生垣をめぐらしている。屋敷というほどのものではないが、近ごろでは豪邸の部類だろうか。通された応接間は洋室で、成り上がり者らしく美々しく飾り立てている。

堅田刑事は案内役で、中へ入ると柳が主役に廻る。

「宇津見さんと《月光》にお乗りになったそうですね?」

金浜はでっぷりした男だ。年のころは五十二、三だろうか。てかてかした丸顔、すこしかん高い声だ。

「そうです。こみいった商談がありましてな。宇津見さんはお忙しいお体なので、ご上京の折りにごいっしょしたわけでしてな」

「東京まではおいでになりませんでしたね」

「さよう。たいへん面倒な商談でしてな、よもや京都までにすんでしまうとは思いませんでしたからな」

金浜はことばを切って、タバコをとりだすと、重そうなライターで火をつける。ゆっくりと煙を吹き出し、柳と堅田の二人の顔を交互に見比べる。

「ははは、隠してもむだですな。大阪を出ると、すぐ商談をはじめたんですがな、宇津見さんはなかなか折れ合わんでして。京都に着いたときには、こりゃ徹夜で談合せにゃならんと、覚悟を決めたんですわ。ところが、ちょっと座をはずして戻ってみますとな、宇津見さんは意見を変えとった。OKというわけで、用はすみよったんですわ。話がつけば、なにも東京まで行く必要はないですからな、私はすぐ下車しましたよ」

「ほう。京都で下車されたんですか。それからあと、被害者は一人で旅をつづけたというわけですね」

「そうですな」

「あなたはどうなさいました？」

「京都から国電で引き返しましたよ。十一時二十分ごろ京都を出る電車でした。快速はもうありませんから、神戸行の各駅停車ですわ。大阪に着いたのが十二時十分すぎ、まだ阪急高塚線の終電に間に合うと思ったのが、不覚でしたな。終電はいれちがいに出ていったばかりでしたな」

「どうなさいました？」

「タクシーに乗らざるを得ませんわ。千円ほどはりこみましたがね、一時前にはこの家に戻りましたよ」

金浜夫人が呼ばれる。夫に比べて、生活にやつれたという感じの中年の女だ。夫が一時ごろ帰ったことを裏書きするが、アリバイとしては弱いものだ。タクシーのナンバーは記憶していないという。裏付けをとるのは一仕事だ。

念のため、柳は翌日、日曜日の朝の行動をたずねる。金浜は案外にあっさりと返事をする。

「朝寝坊しましてな。起きたのは十時すぎでしたかな。朝飯をたべて、タバコが切れましたんで角のタバコ屋まで散歩がてら、タバコを買いに行きましたよ」

帰りがけに、その角のタバコ屋に寄る。堅田刑事がうまく話を持ちかけて、店番の娘はなんの疑念も挟まずに、金浜の話を裏書きする。

＊

夜はふけた。室内は寒い。島崎は貧乏ゆすりをする。どう考えても貧乏くじだ。朝から夜中まで働きづめだが、事件は警視庁の仕事ではない。警察人の日常語でいえば、《部屋》が立たない。捜査の主体は静岡県警だ。捜査本部を置くとしたら熱海か静岡だ。ところで、静岡県警はなかなか人をよこしてくれない。捜査の舞台が東京か大阪というのでは、無用の物入りだ。確認を要求する。解剖の正式報告を待ってはいられない。岩美部長刑事を走らせたが、なかなか戻らない。

時計が十一時を廻る。一日中かけずりまわって、《月光》1号車の乗客を訪ね歩いた刑事たちも、収穫もなく、家路へ足を引きずっているはずだ。島崎は、自分が担当した事件ではないが、白昼の国電の中で起った殺人事件を思い出す。閑散時だが、三十人ぐらいの乗客はいたのだ。警察に名乗り出たのは数人で、あとはわからない。犯人を目撃したというのはたった一人で、その目撃者でさえ、犯人の人相風体を記憶していない。担当の伊勢警部は手の打ちようもない。事件は真っ直ぐお宮入りだ。

「旅は道連れ、世は情け、というのは、昔のことかね」

と、伊勢警部は嘆いたが、こんどはこちらの番だ。イロハがるた〈旅はひとりぼっち、世は無情〉と書き替えよう。

やっと岩美が戻ってくる。

「どうだ？」

岩美は肩をすくめる。

「執刀の先生に会ってきたんですがねえ。日曜日なんで、若い講師の人でしたよ。たいへん控え目でしてね。たぶん、死亡は七時ごろだろう、六時から七時半の間と思うが、五時から八時の間でないとはいえない、四時前ということはあり得ない、というご意見でしたね」

「すると、犯行は静岡県ということだね」

「そうです。《月光》は浜松発三時五十七分ですから、浜松以東熱海以西です」

これで、犯行が静岡県で行われたことは確定する。あとは通知すればいい。すこし肩の荷がおりた、と思ったとき、柳刑事からの電話を思い出す。

「金浜のアリバイのほうはどうなる？」

「時刻表を調べてみましたがね、静岡で降りたんじゃ、大阪へ正午までには戻れませんね。浜松で《月光》から降りれば、どうにか豊中へ十一時ごろ戻れるんですがねえ」

「金浜のアリバイは成立するということになるね」

だが、そのとたん、電光のように島崎の頭の中を想念が過ぎ去る。

「《月光》を横浜で降りて、すぐ羽田に行けばどうだ？　飛行機という手だってあるだろう？」

「豊中は大阪空港の正面だそうですからね、私もそう思いました。時刻表で調べたら、日航一〇五便九時発には無理としても、全日空一七便羽田発九時四十分、大阪着十時五十五分には間に合うでしょう」

「お誂え向きじゃないか」

「私もそう思いましてね、羽田空港へ電話をかけてみたんです。あいにくと、今朝は大阪空港は冷えこみがきつくて、霧が発生し、十時半ごろまで閉鎖していたんで、大阪行の旅客機は十時すぎまで羽田を飛び立ってはいないんですよ」

せっかくの唯一の容疑者には、これで逃げられてしまう。五里霧中だ。伊勢警部の二の舞いになるだろうか。

島崎は首を振り、岩美にいう。

「明日は明日の風が吹くさ。寝るんだな」

＊

月曜日、〝明日の風〟が思いもかけぬ方向から吹いてくる。Zホテルのオーナーの特別室、ホテルの従業員が〝Rルーム〟とよぶ部屋に、島崎は招かれる。背の高い、品のいい美女が、黒衣に身を包んで、にこやかに迎える。上流社会についての、島崎の秘密のインフォーマーだ。

島崎は仏頂面だ。いつもお世辞の一つぐらいは欠かさないのだが、今日は別だ。

「忙しいんですよ」

「《月光》殺人事件でしょ。だから、来ていただいたのよ」

「被害者も関係者も、あなたの社会の人ではありませんがねえ」

「ところが、父が青くなってるの。事件を至急解決しないと大変だってね。ここに来たの、
半分は父の命令よ」

「お父上が……」

島崎は絶句する。彼女の父は政界の長老、だれもが名前を知っている政治家だ。

「いかが、私の情報、お買いになる?」

「値段はいくらですか?」

他人に聞かれたら、誤解を招きかねない不謹慎な発言だ。代価は金ではない、条件だ。

「私の情報を信用して、絶対に調べないこと。守れないとおっしゃるなら、話さないわ」

断わるわけにはいかない。殺人事件の裏で、政界の長老が青くなるほどの情報は、島崎が独力で捜したところで、摑める道理がない。

「約束しますよ」

美女の頰に微かな笑いの影が流れる。いたずらをはじめる前の、いたずらっ子の浮かべる笑いだ。

「宇津見という被害者は、ベトナムの秘密情報機関の幹部、日本駐在の責任者なの」

「日本人がですか?」

「二十年前に日本に来て、それからずっと暮しているから、日本語はぺらぺらだし、終戦のどさくさで戸籍も持っているけど、ベトナム人なの。噂によると、ゴ・ジン・ジエム大統領の身内で、なかなか幅が利くんですって」

「ベトナム政府が日本から盗む情報なんてあるんですか？」

「ないわ。でも、仕事はあるのよ。ベトナム大使館の監査、もっと正確にいえば、輸入の許認可権を握っているの。宇津見がＯＫしなければ、ベトナム政府の輸入許可がおりないのよ、大きな権限だわ」

「ベトナムへの輸出なんて、高が知れているでしょう？」

「島崎さん、世界情勢を知らなくては、大探偵にはなれなくてよ。この秋から、ゴ・ジン・ジエム大統領とアメリカのロッジ大使の仲が急速に悪くなっているのよ。そこで、ベトナム政府は、緊急物資の調達先を日本に物色しているの。島崎さんの事件に関係があるのは、インスタント・ラーメンだけど」

「インスタント・ラーメンを輸出するんですか？」

「非常食に打ってつけなんですって。手軽だし、カロリーはあるし、交通の途絶したところにもってこいなんですって」

「一金二十円じゃ、額は知れてるでしょう」

「量が多いのよ。さしあたり、十億円ぐらいの取引なの。このアイディアを売りこんだのは、桐原清介という貿易商——ほんとはブローカーね。ベトナムにくわしいそうだわ。父の口ぶりじゃ、昔は日本の情報機関のエージェントじゃないかと思うわ。自分の金でマーケット・リサーチをして、ゆけるというので宇津見に売りこんだそうよ。コミッションは一千万円と売り上げの一パーセント。話はほとんどきまりかけていて、桐原は許認可権を売りつける商社とわたりもついていたの。最後の段階で、金浜というブローカーに割り込まれたのよ」

「金浜のアリバイは調べましたよ」

「調べるまでもないわ。金浜はうまくやったんだから」

「一千万円以上のコミッションを出したんですか？」

「お人形のようにきれいな上流夫人を提供すると約束したのよ。ほんとうにお人形のようにきれいだけど、頭もお人形なみね。元華族のお姫様で、名前はX夫人としておくわ」

「お友達ですか？」

「まあね。ゆうべ、私のところへ青くなっておいでになって、伊東の別荘で週末すごしたって、アリバイを頼まれたわ」

「お断わりになったでしょうね」

「引き受けたわ」

「まさか！　偽証すれば、いくらあなただって、ただではすみませんよ」

「X夫人が宇津見を殺していないと確かめたわ」

「人形のような美人がいったからですか？」

「私、それほど阿呆に見えて？　X夫人にはアンフェタミンを飲ませたの。ご存じでしょ、自白薬よ。昔のキネヅカをとって、X夫人の意識下まで、厳しく訊問したの。私が無意識に殺人を犯していないかは確信が持てないけど、X夫人が人を殺していないことは、確信できるわ」

「わかりましたよ、X夫人の無実は信じます。だが、X夫人がどこで《月光》に乗り、どこで降りたかは、知らせてほしいですね」

「乗ったのは京都、降りたのは熱海、伊東の別荘に帰るつもりだったの。丹那トンネルの中を走っている間に、コンパートメントを出て、3号車から降りたといってたわ」

「そのとき、宇津見は生きてたんでしょうね？」

「もちろんだわ。うわばみのようないびきをかいてたっていってたわ」

　島崎は首を振る。

「もう一つ、うかがいたいんですが、X夫人はどんな弱味をにぎられていたんです？」

「かなり年上のお兄様がいるの。昔の夢が忘れられない愚か者よ。小切手を偽造して、金浜に握られたのね。いまどき家名のため、妹が人身御供になるなんてひどい時代おくれだわ。お兄様なんか、刑務所に入れておしまいなさいって、固くいいきかせたわ」

＊

警視庁へ島崎が戻ると、岩美部長刑事がただ一人で、ぶつぶつ呟いている。

「どうしたんだい」

「どうしたもこうしたもありませんよ。さっき、静岡県警の捜査一課から、阿賀野警部がやっと来たんですがね」

「来たのかい。引き継いだか？」

「それが、引き受けないんですよ。四の五のといいましてね。あんまりつべこべいうんで、一喝くらわしたら、白状しましたよ」

「何をだい？」

「かけ出しの警部で、はじめての事件だって。課長から固くいい含められたそうです。万止むを得ない限り引き受けるなって。だから、自分の目と耳で確かめない限り引き継がないですってさ」

「それでどうしたい？」

「ご自分はダンロクの再訊問に横浜へ行きましたよ。よっぽど歩いて行かしてやろうと思ったんですが、早く引き継いでくれないと困るんで、私の車を若月に運転させて、行かせましたよ。連れて来た若いかけだしの刑事は、解剖の先生のところへやるというんで、鶴見を案内に附けました」

「地方課の連中の仕事だろう？」

「連中、話の途中で呆れて逃げて行ってしまいましたよ、よろしくってね」

島崎も苦笑する。忙しいときに、捜査の主体が手助けどころか邪魔にきたようなものだ。岩美がおこるのも無理はない。島崎は残りの連中の消息をきくと、岩美はさらにふくれっ面になる。

「加古は乗客の間を聞いて廻ってますが、一等寝台の客なんて、みんな気取った紳士淑女ばかりで、知らぬ存ぜぬわかりませぬで、らちあきませんよ。柳は大阪で、被害者の女関係を洗うといって張り切ってました」

島崎はもう一度苦笑する。柳は女を訊問させたら天才的だ。宇津見の相手の美人たちの間を泳ぎまわって、さぞかし微妙な物語をかき集めることだろう。

「だれか連れて行きたかったんだがね。ここをあけてゆくわけにもいかんね。よろしくたのむよ」

あっけにとられる岩美をあとに残して、地下鉄虎の門駅に向かう。

*

桐原の会社は日本橋のはずれの古いビルの一隅にある。小さな会社だ。受付けもいなければ秘書もいないらしい。机に向かっている社員はふりむきもしない。奥の社長室のドアをノックすると、太い声が返ってくる。

社長室といっても、薄暗い小部屋だ。装飾一つあるわけではない。デスクが一つと、安手の三点セットがあるだけだ。

あいさつをすませて向かい合って坐ると、島崎は桐原の威圧を受けたような、なんとなくぎょっとした印象を受ける。一メートル七十の細身だが、肩が怒り、細い顔は緊《しま》っている。眼光は鋭い。背広の下には鋼《はがね》のような筋肉が張っているにちがいない。町で会ったならば、同業だと思うだろう。年は五十前後だが老けて見える。

「ご用件は？」

桐原に先を越される。

「昨日、宇津見という人が殺されました」

「承知しています。新聞で見ました。たいへんびっくりしました」

「そのことで伺ったんですが」

「なにか？」

「アリバイをお示しいただきたいんですが」

桐原の眼に光が走る。殺気と表現するものだろうか。島崎はぎくりとくる。

「君、おれを疑っているのか？」

「別に。関係者のアリバイを調べるのが、仕事ですからね」

「そうか。おれは《第二なにわ》に乗っていた。大阪発二十一時四十五分、東京着七時五十分だ。これでいかんか？」

「お知り合いとお会いになりましたか？」

「会わん。隣の席の人と二、三あいさつを交し、マッチを借りて、返すのを忘れた。それだけだ。名前は聞いとらんな」

「証明にはなりませんね」

桐原は眼を走らせ、窓外を一、二分見る。ゆっくりと太い声でいう。

「高円寺駅前に《ぷふあいら》というコーヒー・スタンドがある。旅行に出る前におやじ

駅名＼始発駅		大阪	大阪	大阪	伊東
始	発	21 45	22 15	22 30	6 30
豊橋	発	レ	レ	レ	…
二川	〃	レ	レ	レ	…
新所原	〃	急	急	急	…
鷲津	〃	（第2なにわ）	（彗星）	（月光）	…
新居町	〃				…
弁天島	〃				…
舞阪	〃				…
高塚	〃	レ	レ	レ	…
浜松	着	2 48	3 43	3 54	…
	発	2 51	3 44	3 57	…
天竜川	〃	レ	レ	レ	…
磐田	〃	レ	レ	レ	…
袋井	〃	レ	レ	レ	…
掛川	〃	レ			…
菊川	〃	レ	（寝台専用列車）	（寝台専用列車）	…
金谷	〃	レ			…
島田	〃	レ			…
藤枝	〃	レ			…
焼津	〃	レ	レ	レ	…
用宗	〃	レ	レ	レ	…
静岡	着	4 14	5 10	5 24	…
	発	4 16	5 13	5 27	…
草薙	〃	レ	レ	レ	…
清水	〃	レ	レ	レ	…
興津	〃	レ	レ	レ	…
由比	〃	レ	レ	レ	…
蒲原	〃	レ	レ	レ	…
岩渕	〃	レ	レ	レ	…
富士	着	4 52	5 54	6 06	…
	発	4 53	5 55	6 07	…
吉原	〃	レ	レ	レ	…
東田子の浦	〃	レ	レ	レ	…
原	〃	レ	レ	レ	…
沼津	着	5 17	レ	レ	…
	発	5 19	レ	レ	…
三島	〃	レ	レ	レ	…
函南	〃	レ	レ	レ	…
熱海	着	5 40	6 48	6 55	7 01
	発	5 42	6 50	6 57	7 03
湯河原	〃	レ	レ	レ	7 10
真鶴	〃	レ	レ	レ	7 14
根府川	〃	レ	レ	レ	7 19
早川	〃	レ	レ	レ	7 25
小田原	着	6 08	レ	レ	7 28
	発	6 10	レ	レ	7 32
鴨宮	〃	レ	レ	レ	7 36
国府津	〃	レ	レ	レ	7 40
二宮	〃	レ	レ	レ	7 44
大磯	〃	レ	レ	レ	7 50
平塚	〃	レ	レ	レ	7 57
茅ヶ崎	〃	レ	レ	レ	8 03
辻堂	〃	レ	レ	レ	8 09
藤沢	〃	レ	レ	レ	8 15
大船	〃	6 58	レ	レ	8 22
横浜	着	7 17	8 26	8 35	8 41
	発	7 19	8 28	8 37	8 43
川崎	〃	レ	レ	レ	レ
品川	〃	7 40	8 49	8 58	9 04
新橋	〃	7 46	レ	レ	9 11
東京	着	7 50	9 00	9 09	9 15

に封筒を預けておいた。そこへ、封筒を取りに行ったな」

「いつごろですか？」

「九時二十分すぎだ。そうだ、九時二十三分だ。時計を合わせたからな、よく憶えている」

「それから帰宅なさったわけですね」

「いや、家には戻らん。すぐここへ来た」

「日曜日にですか？」

「部下の大野谷がサイゴンに発つことになっている。部下といっても、おれの従弟だがな。そいつに渡す書類が入っている。ここで落ち合うことになっていたからだ」

ちょっと、島崎はひっかかる。

「落ち合うとおっしゃいましたね。その大野谷さんも、大阪へ出張していたんですか？」

「そうだ。大野谷はおれの右腕だ。大阪でいっしょに仕事をしていた」

「同じ晩にお帰りになるのに、別々ですか」

「あいつが断わったんだ。従弟といっても、すこし年がちがうからな。おれと旅行じゃ、肩がこるというんだ。それは口実で、大阪にいい女でもいて別れを惜しみたかったのかもしれん。なにしろ、あいつはまだ若いからな」

島崎は次の質問を押える。大野谷が《月光》に乗らなかったか、ときけば、おれは知らんと答えるだろう。相手はもうサイゴンだ。なんとでもいえるだろう。

「宇津見さんが死んで、あなたは助かったという人がいますが」

桐原の眼にはふたたび光が走る。こんどこそ殺気というものだ。

「帰ってくれ。つまらんあてつけの相手をする暇はないんだ」

＊

《ぷふあいら》という名前のコーヒー・スタンドは、駅前とはいっても裏通りだ。島崎はさがすのに手間どる。スタンドのおやじは中年の気のいい男だ。時間帯をはずれて、店の中にはお客はいない。

「変った名前だね。なんて意味だい？」

「そうなんですよ、旦那。前の持主がインテリでしてね、あっしにゃ、よくわかんないんでさ。でもねえ、固定客もついていましてね。そのままなんですよ」

「日曜も無休だってねえ」

「そうなんですよ、旦那。前の持主も、それでへこたれたんでしてね。あっしも休みたいんですがね、お客の中にゃ、日曜出勤のお方もあるし、休みでもここで朝のトーストを食うんだってえ方もあるし、休まれちゃ困るといわれましてね」

「ところで、昨日の朝、桐原さんは来たかね？」

「おいでになりましたよ。きまって、『なあ、おやじ、何時だ』てのがお癖でね」

「何時だった?」

「九時二十三分でしたよ。念を押されましたからね。時計をお合わせでしたね」

「封筒預かったんだってね」

「そうなんですよ、旦那。金曜の夕方いらっしゃいましてね、これから大阪へ行くんだ、預かってくれっていわれましてね」

「うちは近いんじゃなかったかい」

「そうなんですよ。旦那。あっしもそう思いやしてねえ。ところが、桐原さん、うちまで帰っちゃ汽車におくれるってんでさあ。預かると、一目散に駅へ飛んでおいででしたよ」

「なにを預かったんだい?」

「大きなハトロン紙の封筒でしたね。桐原商事と印刷されてましたね。封がしてありましたから、中味わかりませんが、書類のようでしたね」

「すぐ帰ったってね」

「いや、ごゆっくりとコーヒーとトーストをおあがりになってましたね。右手に封筒をぶらさげになって、のんびりと出てゆかれましたよ」

「封筒だけかい、持ってたのは?」

「そうなんですよ、旦那」

「金曜大阪へ行くときも手ぶらかい？」

おやじはしばらく考えこむ。島崎の顔を不思議そうにのぞく。

「そういや、桐原さん、大きな鞄もってましたね。いつも持って歩かれる黒い革の鞄ですよ。かどに大きな傷がついてましてね」

「服装も同じかい？」

「そういや、おかしいですね。金曜日の夕方には黒いオーバーを着ておられましたが、昨日は着ておられませんでしたねえ」

＊

高円寺駅にもどると駅長室を訪れ、名前と身分を告げて、鉄道の電話を借りる。東京駅の遺失物係を呼び出す。事件が起ったときから丸の内署の刑事が一人、張り込んでいる。とくに当てがあってではない。岩美が気を利かせて配置しておいたのだ。《月光》の遺失物を取りにきた者をチェックするためだが、当てもなく網を張ったわけだ。

「そちらに、黒い大きな手鞄が、黒いオーバーといっしょにないか？　もちろん、《月光》の遺失物だ」

丸の内署の刑事はすぐ電話口に戻ってくる。

「あります。六号車の二十番寝台のところに遺留してありました」

「まだそこにあるかい？」

「あります」

「すまんが、一課の岩美部長刑事に届けてくれ。張り込みはもういいから」

島崎は駅長に礼をのべながら、まんざらでもない気分だ。山勘が当ったときの、いい知れない満足。

（これだから、この商売、止められない）

電車のシートに背をもたせて、島崎は勝利の快感を味わいつづける。あとは桐原の逮捕状を請求するだけだ。その功は、静岡県警の若い警部に譲ろう。証拠はそろった。鞄とオーバーがあれば、桐原が《月光》に乗ったと、証明できる。

ウィーク・デーだ。電車は次の中野駅から快速になる。昔は急行といったものだ。島崎が中学生のころから始まった。当時は、スピードに感心したものだ。今から思えばたわいがない。中野―東京間十五キロを、二十分で走る……。

思わず島崎は腰を浮かす。東京から中野まで快速で二十分以上かかる。《月光》の東京着は、たしか九時九分だ。《ぷふあいら》に九時二十三分に現われることはできない。ことに、昨日は日曜日だ、快速電車は運転してはいない。高円寺に着くのは早くて九時四十分だ。

電車は大久保駅を走りすぎて、山手線とアンダー・クロスする。島崎は苦笑する。なんて間抜けな、山手線があるじゃないか。東海道線から高円寺へ行くのに、東京を廻れば遠廻りだ。品川で降りて、山手線で新宿まできて、中央線にのりかえればいい。だが、頭の中でそろばんを弾いてみると、計算が合わない。《月光》の品川着は八時五十八分だ。品川から新宿までは約二十分、新宿から高円寺までは七分だ。のりかえに時間がかからないとしても、高円寺のホームに立つのが九時二十五分、《ぷふあいら》に顔を出せるのは九時二十七分だ。実際はもっとかかる。九時三十分ごろになるだろう。

七分間！　きわどいアリバイだ。島崎は桐原の顔を思い浮べる。プロの顔だ。刑事でなければ高度の熟練した犯罪者だ。数分間のアリバイをつくり、身をゆだねる。場数を踏んでいなければ、こんな綱渡りは計画しないだろう。計画しても実行できないだろう。

電車はトンネルに入る。間もなく四ッ谷だ。島崎の心は暗くなる。勝利の希望は消える。思いもかけず、島崎は強力な敵と直面していることにはじめて気付く。〝Rルームの美女〟がなにげなく口にしたことばの意味が、島崎にはやっとわかる。

島崎は心も重く、四ッ谷駅のホームに降りる。バスという乗物があまり好きでない島崎は地下鉄への階段を登る。長いブリッジで、職人風の年配の男とすれちがう。低く吹く口笛に、島崎は気をとられる。昔の古い流行歌《東京行進曲》のメロディだ。この曲がいつごろはやったものか、島崎は知らない。島崎が憶えている歌詞は一小節だけだ。

突然、島崎はぎくりとして足を留める。ふりかえると、口笛の主はもうホームに降りてしまったのか、姿も見えない。

＊

静岡県警の阿賀野警部は三十五ぐらいの、若い警部だ。静岡の名の売れた老舗《しにせ》の若旦那で、デモシカ警官だと自認する。静岡から離れられないので、警官を志願し、県警ラガーのスクラム・ハーフだったばかりに、勤務が暇で、すいすいと昇任試験に合格してしまう。捜査第一課の係長になってしまったのも、ものはずみだ。

阿賀野警部は島崎の分析を聞かされて、仰天するばかりだ。犯人がわかっていて、警察が手を出せないケースがあるということに合点がいかない。

「桐原を逮捕して、厳重に取調べれば、自供することもあるでしょう？」

島崎は頑固に首を振る。

「そんな相手ではありませんよ。拷問にかけたって、口を割りませんね。おまけに、アリバイを持っています。釈放せざるを得ない羽目になりますよ」

「しかし、あれは偽アリバイでしょう？」

「ええ、打ち破れます。しかし、そうすれば、桐原はもっとむずかしいアリバイを持ち出しますよ」

「そんなことができるんですか？」

「桐原は《第二なにわ》に乗っていたという積極的証拠を出すでしょうね。いまは〝忘れて〟いるけれども、やがて、隣の席に坐った乗客のことを、次第に〝思い出す〟でしょうね。その人から借りて返し忘れたマッチのことしか、いまはいいませんが、やがて、全部を〝思い出す〟でしょう」

「それも偽物でしょう?」

「本物なんですよ。隣の乗客は社会的地位もあり、誠実で、われわれに都合の悪いことに、証言は全部真実なんですよ。どんな裁判官でも、アリバイが成立したと認めるでしょうね」

「そんなことができるはずないでしょう? 桐原は《月光》に乗っていたんですよ。それが、どうして《第二なにわ》に乗ることができますか?」

「できるんですよ。従弟の大野谷という男が、《第二なにわ》に乗ったんですよ。従弟だから似ているのか、似るように変装したのか、わかりませんがね。隣席の乗客には区別がつかないでしょうし、いろいろな証拠や交した会話などから、本人にちがいないと思いこむでしょうね。弁護側がその証人を確保し、一旦そうだと思い込ますことに成功してしまったら、そうでないと認めさすことは、絶対にできませんよ。誤りを確信している誠実な証人を反対訊問することは、反対訊問の中で一番難しい技術なんですよ」

「その大野谷という男を連れて来て……」

「それができないんですよ。大野谷はサイゴンに行ってしまって、当分帰らないんです」

阿賀野警部は暗い顔をする。永い間黙りこんでから、かすれた声で島崎に質問する。

「じゃ、どうすりゃいいんです？」

＊

桐原は会社のビルの入口から、黒塗りのセダンの助手席に乗りこむ。木曜日の夕方、日は暮れて街の灯が浮び上がるころだ。桐原が乗り込むと車はスタートする。

「なあ、桐原さんよ。おれはあんたのおかげで、ほんとにひどい目に会ったんだぜ」

運転する男は、車が大通りの車の波の中に乗ったときに、低く響くバスでいう。

「どういうことだ？　おれにはわからんが」

「おわかりになっているんでしょう、桐原さんよ。おれはね、宇津見さんの護衛に当っている男で、あんたの監視を命じられていたんだ」

「おれにはなんのことやらわからん。降ろしてもらおう」

「じゃ、あんたのオーバーと黒革の鞄を見てもらうか。あんたが、《月光》の六号車の二十番寝台に置いて行ったやつだ。おれは、すんでのところで、あんたを見失うところだったぜ。熱海駅に着いたとき、あんたが手ぶらで降りて行ったのを見ていたんだが、タバコでも一服するつもりか、土産でも買うのかと思っていたんだ。いくらあんたでも、まさか二人でいるとこにゃ押し込むまいと思っていたし、内から錠のおりている車室にゃ入れまいと思っていたからな」

「おれにゃ、なんのことかわからんよ」

「宇津見さんの相手の女が、熱海で降りるとは、おれは知らされてなかったのさ。横浜ぐらいでは降りるかもしれんと思っていたんだがね。不覚だな。機を知るに敏、機に乗ずるに敏、さすがあんただ。一日《いちじつ》の長というやつかな。敬服したよ」

「いいかげんな作り話だ」

「じゃ、作り話を聞きなよ。あんたが戻らねえんで、一杯喰ったってわかったね。急いでおれも飛び降りた。ついでに、後日の証拠と思って、あんたの鞄とオーバーをスーツケースの中へ急いで放りこんだんで、もう動き出しているとこだ。危ないところよ……降りたら、あんたをすぐみつけた。ホームの端にいたからな。どうするのかと思って見ていると、間もなく伊東発東京行の電車が来た。七時三分の上り電車だ、ちがうかね？」

「おれは高円寺にアリバイがあるんだ。急行の《月光》に乗っちゃ間に合わないアリバイだ。あとの普通電車で間に合うはずがあるものか」

「日本の警察の目ならそれでごまかせようが、おれはちがうぜ。おれはあんたについて行ったんだからな。あんたは、小田原で下車したんだ、七時二十八分だがね。ところが、七時四十七分に小田急の急行がでる。そいつは九時六分には新宿に着くんだ。あんたのアリバイなんて、たわいもないもんだ、どうだ、ちがうかね」

男は横目で桐原を見て、低い声で笑う。桐原は前方をにらんだままだが、固くしまった顔には、異様な決意が秘められている。

「な、桐原さんよ。ポケットから手を出しなよ。ここで、おれを消そうってのは、悪い了見だぜ。そんなこともあろうかと思って、リア・シートには相棒を伏せておいたんだぜ。相棒はあんたの従弟を尾行して、《第二なにわ》に乗ったんだがね」

桐原はリア・シートを振り向かない。ゆっくりと手をポケットから出し、体の前で指を組み合わせる。

「どうしろというんだ?」

「情報部にはあんたがやったんじゃないって報告を送ってある。あんたがやったんじゃ、おれたちのへまだからな。おれたちのためでもあるが、あんたのためにもなってる。わかるだろう」

「わかる」

「だが、明日の夕方、おれは査問にかけられることになった。理由はわかるだろう、おれが疑われているということは、あんたが疑われているということだ。おれがあんたのために、ただで、痛い目に会わなきゃならんというのは、理屈に合わんのじゃないか、そうは思いなさらんか?」

「いくらほしいんだ？」

「一千万だ」

「そんなに払えるか、いまは手持がない」

「痛い目に会うのはおれなんだぜ。あんたがいやだというなら、痛い目に会うまえに、恐れ入るだけだ。ここは日本だからな、まさか処刑はされまい、まあくびですむだろう、おれたちはな。だが、あんたはそれじゃすまなかろう？」

「待ってくれ。一日ぐらい考えさせてくれ」

「よかろう。明日の正午まで待つ。それ以上は待てんぜ。あんたから受け取った金を、隠しに行く時間が要るからな」

＊

「お話、よくわかりました。父に伝えるわ。でもね、私、三つわからない点があるの。おたずねしていいかしら」

香りの高いコーヒーを満足げにすすりながら、島崎は鷹揚にうなずいてみせる。

「いいですとも」

「第一に、桐原が《第二なにわ》に乗らなかったと、どうして断言できるかしら」

島崎はカップを置いて、うれしそうに笑う。

「コーヒーってすよ」

「コーヒーって？」

「《ぷふあいら》で飲んだコーヒーです。まずくはありませんが、とくにうまいわけでもないんです。もし桐原が《第二なにわ》に乗ったなら、七時五十分に東京に着きます。それから一時間半もがまんして、高円寺まで行って飲むコーヒーじゃありませんね。ところが、桐原は《ぷふあいら》でコーヒーとトーストの朝食をとってるんですからね、おかしいと思わないほうがおかしいですよ」

「島崎さん、案外冴えてるのね。コーヒーの味が犯罪捜査の種になるなんて、初めて聞くわ。でも、もっとわからないのは、《東京行進曲》が、事件にどういう関係があるの？」

島崎は苦笑する。口笛を吹きたいところだが、あいにくと口笛は吹けない。

「《東京行進曲》の歌詞はご存じですか」

「知らないわ。ナツメロの愛好者じゃなくてよ」

「はやったころを知らないんですよ。だから、歌詞も憶えてないんですが、たった一つだけ、知っているんです。

〝いっそ小田急で逃げましょうか〟

文字どおりでしょう？」

「あら、うまいわね。じゃ、最後に一つ。ベトナム情報部のエージェントが、ずいぶん都合のいいところに出てきたわね」

「そうあるべきだと思いましたからね。静岡県警の阿賀野警部が代理したんですよ」

「まあ。ばれたらただじゃすまなくてよ」

「リハーサルは入念にやりましたからね。脚本と演出は岩美です。彼は器用でしてね。リア・シートに隠れていて、黒子《くろこ》も相勤めましたからね。観客も真に受けたんで、翌朝、逃げ切れないと悟って自決しましたよ」

黒衣の美女は、しばらく島崎を見つめる。やがて、ポットを取り上げて、ゆっくりと島崎のカップにコーヒーを注ぐ。

「無理しなくとも、いずれは自滅だったのに。金浜を見てごらんなさい」

「金浜？　自殺したんですか？」

「つかまったの、外国為替管理法違反でね。懲役と罰金で、出てきても再起はおぼつかないわ。身から出た錆、仕方がないわね」

碑文谷《ひもんや》事件

鮎川哲也

あゆかわ　てつや

選者の中篇である。

掲載されたのは「探偵実話」の昭和30年12月号だった。碑文谷《ひもんや》は目黒区に実在する地名であることから、発表された当時は《緋紋谷事件》とした。

内容が少しくどいような気もするが、面倒くさがらずにじっくりとお読み願いたい。

1

三月二十四日午後三時。

町内では職業別野球の決勝戦がおこなわれていた。薬科大学の運動場をかり、燃料商の連合軍と瀬戸物商の同盟軍とが六ダースのビールを賭けての、どちらもまけられぬ一戦である。ニックネームもプロ野球の向うをはり、南海コークス対松竹ドビンスと凝ったものをつけて、追いつ追われつのシーソーゲームが五百の観衆をわかしていた。ただ中田六助《なかたろくすけ》ひとりだけは、両軍の得点にとんと無関心だったのである。

六助はある恐喝罪のために刑務所にぶち込まれて、今年の二月にでたばかりだった。はたらくべき職のある筈もなかったし、だいいち職があったとしても、はたらくような男ではなかった。といって、懐中に金があるわけでもない。目下喰うにもこと欠いていた。その六助がのんびりネット裏の観戦をやっているのは、審判のミスジャッジにつけ込んで試合にけちをつけ、あわよくばなにがしかの金をせしめようという魂胆であったからだ。

リーグ戦の二日目のことだが、履物店スリッパーズ対揚げもの屋フライヤーズの一戦があったとき、五回でコールドゲームにしたのがけしからんといって主審の帰りを待ち伏せしておどかし、二千円ばかりまき上げることに成功した。それに味をしめた六助は柳の下の二匹目のどじょうを狙って、今日もダイヤモンドの監視におこたりなかったのである。

果然七回目の裏にチャンスは到来した。アマチュアの審判がどうしたわけかインフィールドフライをセーフと宣告したとたん、六助はロケットのような勢いでとびだして、野卑なことばでくってかかった。一瞬観衆はし一んとなり、ひろい運動場に彼の怒声のみが炸裂した。六助はいい気持だった。

だが、三十秒後には予期しないことが生じた。数十名の観客がなだれをうって駆け込んできたのだ。はじめ六助は自分の肩をもって主審を追及するものと勘ちがいして、ますます居たけだかに声をはり上げたが、それは全く彼の錯覚であった。

「撲っちまえ!」

「そいつをつまみ出せ!」

「たたきのめせッ」

観衆はくちぐちにそう叫ぶやいなや、六助めがけて打ってかかった。だしぬけな攻撃だったために防禦態勢のとれぬうちに袋叩きにされ、足や腰などをしたたか蹴とばされた。

「いてッ、いてて、なにしやがる、いてえ……」

とぎれとぎれに悲鳴を上げた。悲鳴はいつか泣き声にかわっていった。その泣き声もやがて弱々しくなって、うめき声だけがのこった。六助には六助なりのうぬぼれがある。これほどまで町民に蛇蝎《だかつ》視されているとは、うかつなことにいままで気づかなかった。

人々はなおも容赦しなかった。つもる恨みをこめて、このときとばかり町のダニを撲りつづけた。最後にひとりがバットで頭を叩いたとき、六助の網膜に青空と白い雲とがでんぐりかえって、とたんに意識をうしなってしまった。彼にとってラッキーセブンは、完全にアンラッキーであった。


三月二十四日午後三時。

わかい二流のアルト歌手竹島《たけしま》ユリは、うきうきした気分で外出の仕度をしていた。肌着にミツコをスプレーすると、服をきてイヤリングをはめ、さてペンダントをつけようかつけまいかと五分あまり考えた。

ひさしぶりに学生時代の友人にあってお喋りをする。フィアンセの矢野明《やのあきら》とあまい愛のかたらいをするのとは、またべつの楽しさがあるのだ。女でなければ解らない、微妙なたのしさが。


三月二十四日午後三時。

そろそろ四月にちかいので、うららかに照りかがやく陽のひかりをあびて歩くと、かすかに汗ばむほどだった。左手に白い包帯を巻き、灰色のスプリングコートを右手にかかえ、自慢のバルダックスを頸からさげて、壇《だん》の浦《うら》から住吉《すみよし》神社、永福寺をまわった山下一郎《やましたいちろう》は、ついで赤間宮をおとずれてみた。

平家物語によれば、寿永四年三月二十四日、平家の軍勢が壇の浦に大敗を喫した際に、安徳帝《あんとくてい》は二位の尼にいだかれて神器もろとも入水したといわれるが、しかしべつの古文書《こもんじょ》をひもどくと、沈んだのが七歳の喜太夫《きだゆう》と六十二歳になる初音《はつね》という老女で、帝《みかど》はひそかに地方におちのびたとも伝えられている。それにつれて安徳帝の墓といわれるものは各地に十六カ所もあり、佐賀では痘瘡《とうそう》のために二十五歳で夭折《ようせつ》したといわれているし、対馬《つしま》では七十六歳の長寿をまっとうしたという説が唱えられている。

そのなかで愛媛、鬼界《きかい》ヶ島など七カ所がまずふるいにかけておとされ、最終的に下関の赤間宮がみささぎに指定されることになったのは、明治も中葉のころである。この土地につたわるところによれば、帝の遺体はあくる二十五日に漁師の網にかかり、彼等はこれをあつく赤間にほうむったという。

ここに眠るのは安徳帝か喜太夫か。山下一郎は数奇な運命にもてあそばれた幼帝の生涯を、また哀れにもいけにえとされた喜太夫のみじかいいのちを、感慨をこめてふりかえってみた。

やがてわれにかえると、自慢のカメラであたりの風物をうつし、最後に三脚をたててセルフタイマーで自分をとることにした。レンズをしぼりフィルターをかけて、いざシャッターをきろうとしたときに、ふと耳に入った人声に顔をあげると、向うのほうから着飾ったわかい女たちが、しゃなりしゃなりと近づいてくるのが見え、おどろいて眸をこらした。髪の型も衣裳もひどく時代ばなれのしたしろものだったからだ。女たちが目と鼻のさきまでやってきた頃になって、彼はようやくそれが先帝祭の行列であることを悟った。

三月二十四日に平家がほろんだときにすべての女官たちも身を投じたのだけれども、その多くは源氏方にすくい上げられて、下関に住みつくようになった。彼女たちは裏山の花をとって売り、それで生計をたてていたというが、やがて冬になれば花の咲く筈もない。といって上臈びとに肉体労働をすることもできず、とどのつまりは喰わんがために賤業婦にまで身をおとさなくてはならなかった。しかし毎年三月二十四日がめぐってくると、かつての女官の服に姿をあらためて、赤間宮にもうでることを忘れなかったという。この行事はやがて先帝祭とよばれて代々の遊女たちにうけつがれ、爾来今日にいたるまで七百年もつづき、いまでは下関市のアトラクチヴな催しものの一つとなっている。

全く予期していなかっただけに、こうした光景にぶつかったのは千載一遇の好機だった。彼は遊女たちの行列をバックにいれてすばやくセルフタイマーで自分をとると、さらに着飾った女たちにレンズをむけて幾枚かのスナップをものにした。

三月二十四日午後三時。

山下小夜子《さよこ》はうきうきした気分で、客をむかえる仕度をしていた。切らしていたレモンも買った。菓子も用意した。肉の大きなかたまりもどいた。服をきかえて好きなキャラをつけ、去年の夏逗子《ずし》の浜辺でひろった貝のイヤリングを耳にさげた。

ひさしぶりで学生時代の友人にあって思いきりおしゃべりをする。それは夫が旅行中のさびしさをまぎらす最上の方法であり、またそこには夫とあまい愛のかたらいをするときとはちがった楽しさがあるのだ。女でなければ解らない微妙なたのしさが——。

2

二〇二二列車は暗夜をついて驀進する——。

一等車の座席はあらかたふさがっていた。ねぐるしいのは車内温度がたかいせいだろうか、多くの乗客は熟睡することもできずに、きゅうくつな姿勢でとろとろとまどろんでいた。転々とからだの位置をかえ、そのたびごとに腕時計をみて、この一夜をもてあましたようにふとい息をつき、はやく暁方になるのをいのる表情の女もいた。おそらくこの車輛《はこ》のなかで熟睡しているのは傍若無人にいびきをかく、豚のようにまるまるふとった男だけかもしれない。

その肥えた男の斜め隣に、先程から一睡もせずに小さな声で語り合っているふたりの乗客がいた。大池《おおいけ》とよばれる男は四十五、六にみえ、髪の毛がはげあがって、眼鏡のおくの象に似た目が人のよさそうな印象をあたえる。服装の好みもしぶくて、勤勉できまじめな感じをうけるのだった。

相手の男は三十六、七歳か。髪がこく、ふとい黒ぶちの近眼鏡をかけ、理智的な、どちらかというと神経質なタイプに見える。

大池宣造《せんぞう》はすすめられるままにウイスキーをなめながら、相手が貸してくれた旅の随筆集をめくっていたが、いっかな話がおわりそうにないので、しまいには読むことをあきらめてページをふせた。ふたりの話題は旅の思いでから芭蕉《ばしょう》にうつり俳句論にかわり、やがて江戸川柳におよんでいた。大池宣造も興がのったせいか少しもねむくなくて、ただ東北人だけに口がおもいため、もっぱら聴き役にまわって相槌をうっていた。

話のあいまに窓のそとをみていた相手の男は、筆太の文字で**いわた**と書かれた暗いプラットフォームの駅名板を視線で追っていたが、それが闇にのまれて見えなくなってしまうと、ふと大池をかえりみた。

「いまの駅名、ごらんになりましたか」

「ええ、見ましたよ」

あの駅名がどうしたのかと、いぶかるような表情だった。

「ようやく左書きに統一されましたな。以前はローマ字が左書きで平仮名が右書きでしたから、なんとも不自然なものでしたね」

彼はそのような感慨をもらしたのち、ふたたび主題にもどった。

「われわれ東京人からみますとね、いや、東京人ばかりでなくあなたのような東北のかたもそうでしょうが、熊本県の人間というとなにかこう武骨でなじみにくい印象をうけますな。ところがわたし、今度の旅行で熊本をとおった際に、あそこが大変狂句のさかんな土地であることを知ったのです。肥後《ひご》狂句といいましてね、冠づけなどをよくやっているらしい。〝そのかわり〟という題がだされると、即座に〝首から下は肉体美〟としもの句がつけられる。のさんという題はやりきれぬの意味ですが〝のさんなアまた飯どきに汲みイ来る〟なんて句がすらすらと詠《よ》まれるところをみてますと、もっともこれは決して上品なものとはいえませんけれど、彼等のユーモアとウイットにあふれたセンス、とくに気取りや気障《きざ》っぽさの全然ないあけっぱなしの庶民的な性格にはとても感心させられましたね。柳多留にはじまった江戸川柳は幕府政治の終結とともにほろびた筈ですが、そのエスプリは東京をとおくはなれた熊本の人間によってうけつがれたといってよいでしょう。熊本人というのは決して武骨なやつばかりじゃない、なかなか諷刺的な感覚にめぐまれたのがおりますよ。こうしたことはどこの旅行案内書にもでていませんから、今度の旅行をつうじてもっとも大きい発見でした」

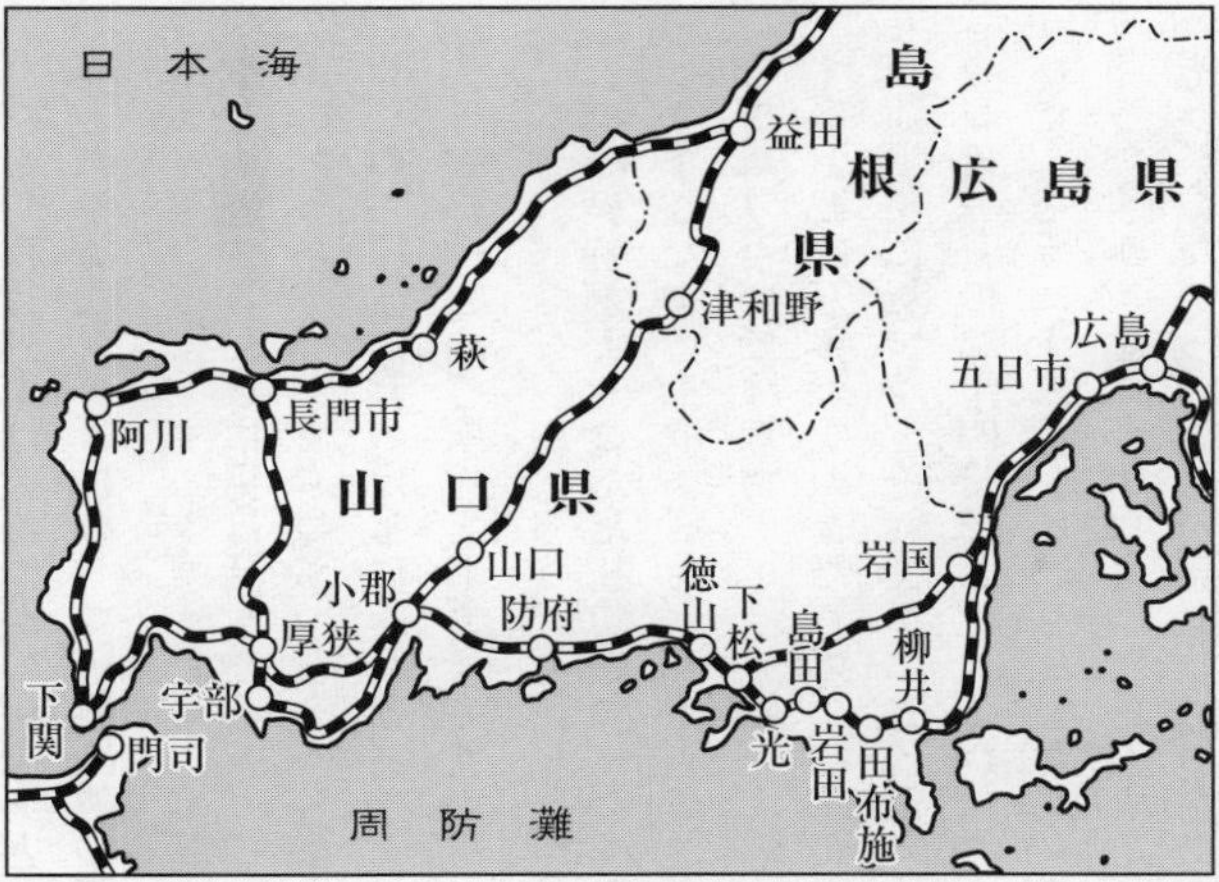

「ほう、すると九州の他の県はどうなんです？」

「よくは知りませんが、熊本ほどにうまみのある狂句はできないでしょう。関東だって川柳の発達したのは江戸地区にかぎられていましたからね、だいたいああしたものは上から圧迫をうけた場合の吐《は》け口《ぐち》として詠まれることが多いのですから、戦時中は当然結社の解散を命じられたそうです。それでもひそかに会合を持って、軍の横暴をついて溜飲をさげていたといいますから愉快じゃありませんか」

「ほほう、わたしもまたあの人たちは尚武一点ばりかと思っていましたよ。認識をあらためる必要がありますな」

　大池宣造はひどく感心したようにいう。

ふたりがそのような話に熱を入れているあ

いだにも、夜行列車はいくつかの駅をあとにして、一路東京さしてひた走りしていた。そのつきぬ単調なリズムにのって、斜め隣の肥った男のいびきはますます大きく鳴りひびくのであった。

駅を通過するたびに男は話をやめて、白い駿馬のようにはしり去るフォームの駅名板の文字をとらえ、口中でぶつぶつとその名をつぶやいていた。そうしたことが何度かくり返されたのち、彼は唇のはしにふっと笑いをうかべて大池宣造をふりむいた。

「先ほど島田という駅をとおりましたね」

「ええ」

「じつは駅名をよみこんだ狂句をつくってみようと苦心していたんですがね、ようやく一句できましたよ」

「ぜひ承りたいですな」

すると彼は万年筆をぬきだして、なにか書くものをさがすふうだったが、大池宣造に貸した随筆集に気づくとそれを手にとった。

「今日は三月の二十四日でしたね?」

「いえ、とうに十二時をまわりましたよ。もう二十五になっています」

「そうですか、話に夢中になっていたとみえて、ちっとも気がつかなかった」

そういいながら、書物の見返しにペンをはしらせた。

深夜の駅の灯をみて詠める
高しまだ崩れて今日はいわた帯
三月二十五日
於二〇二三列車　風来山人

「いかがです？　ついいまとおった二つの駅名を、しまだといわたにおり込んだものです」

「ほう、なるほど。これはうまい」

感心したおももちで社交辞令をいった。

「新妻がやがてみごもって、古女房になっていく一過程をキャッチしたものでして……」

書物をかえしながら解説した。説明をつけないと意味がつうじそうにない迷句でありながら、自分ではやはり得意とみえ、ポケット日記をとりだすと二十五日の欄に記入して、〝山口県通過の際に岩田と島田の駅名をとってつくる〟と書きそえた。

話題が三転して狂歌におよんだころ、彼はしだいに口数すくなになり、やがて眉をひそめてひたいを指の先でたたきはじめた。

「どうされました？」

「頭痛がするんです。いやにむしむしするし、換気が不充分なせいでしょう。こうしたときはべつの車輛にいくと気分が転換してなおるんです。失礼します」

彼は網棚からジュラルミンの小型スーツケースをおろすと、ソフトをかぶり片手に灰色のスプリングコートをかかえて席を立った。

「車掌から薬をおもらいになったらいかがです？」

「ええ、もう少し様子をみてからにしましょう。では……」

「ああ、谷《たに》さん、この本を……」

「まだお読みじゃないんでしょう？　いいですよ、お預けしておきます。気分がなおったらもどって来ますから」

挨拶をかわしたのち、谷とよばれた男は右手にスーツケースをさげ、通路をあるいてデッキの扉をあけた。一瞬列車の噪音が大きくきこえ、またすぐ小さくなった。彼の姿はすりガラスの彼方に消えた。

正直のところ、おしゃべりの男から解放されて、大池宣造はほっとしていた。旅は道づれというけれども、あのようにのべつ幕なしに弁じられては、神経がつかれてしまうのである。おかげで目がさえたとみえ、少しもねむたくなかった。そこでおもむろに随筆集をとりあげ、第一ページからよみはじめた。

隣席のいびきがとだえて、ふとった男はとりとめのない寝言をいった。それからふたたびロをあけると、エナージティックないびきが継続された。ねむれぬ人々と少数のねむれる人をのせた二〇二二列車は、なおも暗夜をついて驀進していた――。

3

山下家にはよく泊り客があるため、客用のベッドも感じがよかった。だが、べつに神経質というわけではなかったけれど、竹島ユリにとってはやはり自分の家の寝床がいちばん寝心地よかった。

ふと目がさめたのは、山下夫人とふたりで料理の本と首っぴきでこしらえたフランス料理の夕食がひどく塩からかったせいであろう。彼女は猛烈な喉のかわきをおぼえていた。こんなにかわくのだったら水差しをもち込んでおくのだっけ……。そう思いながらおき上って、卓上にはずしておいた腕時計をみる。六時半だった。

ユリは素足にスリッパをはくと、寝衣のまま廊下にでた。昨夜おそくまで喋っていたのでこの家の女主人はよく眠っているとみえ、家のなかはしずまり返っている。ユリは階下におりて台所に入ると、そっと扉をしめた。水道の栓をねじり、つめたい水をコップにうけてごくりと飲む。ひどく晒し粉のにおいがしたものだから、彼女は思わず顔をしかめたが、しかしそのまま飲みほしてしまった。

鏡が目に入ると姿をうつしたい誘惑にかられるのは、女のかなしい性《さが》である。彼女もガスレンジの横の四角い鏡に気づくと、それをのぞいて、おのれの髪のみだれをなおした。するとそのとき、裏口にかすかな靴音がしてひそかに鍵穴をいじる気配が感じられた。おや、誰かしら？　いぶかしく思って立ちつくしていると、裏扉はしずかにあけられ、そして侵入者の背後でそっととじられた。

　裏口のドアの正面に廊下がはしっていて、その左手に食堂、右手に台所がある。廊下には常夜灯がついているが、そろそろ東の空が白むころだったのでユリは台所の灯りをつけなかった。だから侵入者は、そこに人がいるとは夢にも思わなかったらしい。

　侵入者はいったん音楽室に入ったとみえ、なかからコトコトという音が聞えてきた。音楽室の壁にはソヴェートの作曲者達、ショスタコーヴィチ、ハチャトゥーリアン、カバレフスキイといった錚々《そうそう》たる人々が寄せ書をしたパネルが掛っている。この一枚の板は、ロシア音楽の愛好家にとってはよだれがたれそうな、そして持主にとってはかけがえのない貴重品であった。ユリは、賊がそれを盗みに入ったものと解釈していたのである。

　が、それだけが目的であるならば、パネルを手にしたらすぐにも出てゆきそうなものなのに、侵入者はそうしなかった。音楽室をでた賊はなおも奥へすすんできた。しかもその男は、ユリが想像したようにパネルを抱えてはいなかったのである。

　いまものべたとおり、山下家の台所と食堂とは廊下をはさんで向きあっているために、いちいち炊事場のドアをあけて料理をはこばずにすむように、廊下に面した台所の壁に配膳窓《ハッチ》があった。おりあしくハッチがあいたままになっていたので、ユリは姿を見られまいとして、そのかたわらの壁がわに身をよせ、息をころしていた。

正面のガスレンジの横の鏡に、ひらいたハッチが写っている。自然ユリの視線はそこに釘づけにされていたわけだが、侵入者はハッチの前をとおるとき、つと立ち止って、こわきにかかえた小さな茶色の折り鞄をゆすり上げるようにした。大きく見開かれたユリの眸は、そのわずかな間に、鞄の上にかかれた白エナメルのイニシャルをすばやく読みとってしまったのである。

ユリは石化したように動くことができなかった。侵入者の靴音は二階へ上っていったようである。なにをしようとするのだろうか。

心臓だけがくるったふいごのように、常軌を逸したテンポで血をふきつづけていた。頭に血がのぼって、耳のおくが変ホ《イーフラット》の音をたてて鳴りはじめ、視界がにわかに暗くなった。ユリは辛うじて壁に身をもたらせると、足をふまえて倒れるのをふせいだ。

あとで解ったことだが侵入者がでていったのは、それから十分ほどたったのちである。気力をふるって二階に上ると、山下夫妻の寝室の扉をあけ、そこに小夜子夫人の殺された屍体を発見したのだった。夫の山下一郎が九州方面へ旅行にでた留守のあいだの出来事である。

ただちに一一〇番にダイアルされ、パトロールカーがかけつけた。さらに十分のちには、所轄碑文谷《ひもんや》警察署と本庁から係官が到着したのであった。

山下小夜子は白い寝衣とダブルベッドをくれないに染めて、あおむけにことされていた。左胸部につき立っている兇器は、夫の山下一郎が友人から贈られたマラッカ土産の短剣であり、階下の音楽室の本箱の上にかざってあったものと解った。ユリが考えたようにパネルを盗みに入ったのではなく、兇器をとることが目的だったのだ。

小夜子はその短剣で心臓をひと刺しされただけでなく、扼殺されている。頸部に、正面から絞めつけた両手のあとがくろぐろと残されていた。

「絞めるのと刺すのと、どっちが先でしょうな？」

顎の張った警部が顔をあげてたずねた。

「そうですね」

と警察医は時代おくれの金ぶち眼鏡に指をふれて、言葉を選ぶようにちょっと考え込んだ。

「はじめに刺して、つぎにくびったという順ですな。最初に絞めたのなら、こんなおだやかな容貌はしてませんよ」

ユリは争う音を聞かなかったといっているし、事実抵抗したあとはみられない。おそらく熟睡しているところをさされ、反射的にめざめたが、すぐに絶命したものであろう。頸をしめたのは、被害者が意識をとりもどして犯人の名を口走るのを警戒したためと考えられた。なおこの際あらためて短剣でさしなおさなかったのは、つき立っているナイフをひきぬくと血がふきでて犯人の服をよごすから、それを嫌ってのことと推測されるのであった。

この点から考えても、また勝手知ったもののように音楽室のナイフをとり兇行したことから考えても、犯人は山下家の内部に精通した人物であることがわかる。

竹島ユリは色あおざめて、小鳩のようにふるえていた。ながい髪をうちまきにし、まつげがながく鼻がほそくて、どこか弱々しい感じがする。鬼貫《おにつら》警部は裏口の扉にカギがかってあったかどうかについて訊ね、昨夜小夜子とふたりで戸じまりをしたから確かにかかってあった筈だという返事をきいた。もっとも太い針金をもちいても簡単にあくカギだから、それは大した問題ではない。

犯人の風体について、ユリはつぎのように答えた。

「それがよく見えませんでしたの。ハッチをとおしてみただけですから、胴の一部分しか写りませんもの。犯人が男で、うすい褐色のトレンチコートをきて、右手に茶色の折り鞄をかかえていることしか見えませんでしたわ」

彼女は膝の上にのせた両手をよじるようにして、いかにも申しわけなさそうな表情をうかべていた。犯人の年齢も声の調子も、なに一つ手掛りになるようなものは語れない。

「でも、あたくし見たんです」

「見た？　なにを？……」

「折り鞄のイニシャルですわ」

「ほう、なんて書いてありました？」

鬼貫は体をのりだしてユリの返事をまった。ハイカラーのグレーのツウピースに七宝《しっぽう》のペンダントをつけ、えりあしのぬけるように白い上品な女性である。遠慮がちにぬったうすい口紅が、時と場所とをよく心得たおくゆかしい印象をあたえていた。

ユリは脅えたまなざしでちらっと鬼貫の顔をみると、はっきりとした口調で断言した。

「RNです。白いエナメルかなにかで、横書きにしてありました」

「それは重大なことです。たしかですね、間違いありませんか」

「ええ、ございませんわ。廊下には電灯がついておりましたので、はっきり見えたんです」

「あなたの視力はどの程度です」

「正常ですわ。左右とも一・〇です」

「なるほど。ところでRNのイニシャルの人物について、心当るものはありませんか」

そう訊かれて、ユリは長いまつ毛を伏せたまましばらく黙り込んだ。

「さっきから考えているんですけど、気があがっているせいか思いだせませんわ。ご主人の山下さんにお訊ねになったほうが、よろしくはございません？」

「ええ、早速連絡をとらせているんですがね、目下どこを旅行しているのか見当がつかんのです。あなたも頭文字がRNの人を思いだしたなら、すぐわれわれのほうに知らせて下さい」

ここで訊問はうちきられた。

基本捜査はどんどんすすめられていったが、なんといっても夫の山下一郎が帰ってこなくては、それ以上の進展はのぞまれない。捜査本部では各方面に問いあわせてその行方をさがしもとめていた。

4

遺言は屁でなさるや御大病
倹約で枕いらずの御大病

井伊大老が桜田門《さくらだもん》外で水戸《みと》浪士のため首をはねられた際、狼狽した幕府は事件をつくろって、大老が急病にかかったといつわりの発表をした。右の二句は、それに対す諷刺《パスキネード》として詠まれたものである。前者には狂句特有の下品さが目立って気になるが、後者には寸鉄人を刺するどさがなくてものたりない。

それはともかくとして、いまとなってみると、井伊直弼《なおすけ》は平和主義者、自由主義者として明ある人物だったことがわかるのだけれど、明治以降の御用学者があたまからこのテロリズムの犠牲者を悪人視したために、直弼も、ひいては彼が出身した彦根城《ひこね》も彦根の人も、ほぼ九十年ちかいあいだを人々から白い目でみられつづけてきたのであった。

こうした場合に、人により町によって反応の仕方もさまざまな筈である。彦根の場合はべつに積極的な反撥もこころみず、といって依怙地《いこじ》になるでもなく、ただこの一世紀の間をまるで世のなかから置き忘れられたかのように、しずかに眠りつづけていた。そして夢のまにまに県庁の所在地を大津《おおつ》にきめられ、鉄道の操車場を米原にとられ、戦後ようやくめざめたときには急行列車もとまらぬやぼったい田舎町となりはてていた自分を発見したのであった。

こうした次第だから、彦根の住民が轟然ととおりすぎる急行列車をみるたびに胸中不快なものを感じるのはむりないことだったが、旅行シーズンの混雑緩和の目的でこの春から不定期準急の二〇二二列車が運行されるようになると、彼等の劣等感もしくは屈辱感といったものも、いくぶん中和されてきたのだった。

この二〇二二列車は門司駅を22時45分にたって、翌日の18時40分に彦根駅に入る。町民にとっては二〇二二列車が不定期であることと急行でないことは不満であったけれども、欲をだせばきりがなかろう。ともかく往年の新感覚派の作家の表現をかりていえば、〝路傍の石ころのごとく黙殺されていた〟数多くの小駅のなかから、彦根がえらばれて三十秒間の停車をされるようになったのは、住民に町そのものが昇格したかのごとき錯覚をあたえたのである。

さてそれは三月二十五日の夕方のこと、二〇二二列車はいつものように18時40分きっかりに、コンクリートのフォームをふるわせてすべり込んだ。とたんに発車のベルがけたたましく鳴りひびく。待機していた売り子たちは、三十秒間というかぎられた時間内に最大の商取引をしようとして、かれた声をはりあげそり身になってあるくのだった。

すると一等車のデッキから飛び降りたひとりの乗客が、人波をおよぐようにして改札口へ近づいてきた。よほどあわてているとみえ、牛乳売りにぶつかってよろめいたが、それにすら気づかぬふうである。ふだんならばズボンに火がついたとしても、決してみだれをみせまいと思われる中年の紳士だ。齢《とし》かっこうが三十五、六、どちらかといえばやせぎみで、灰色クレバネットのスプリングコートに赤の短靴をはき、右手に小型の銀色のスーツケースをさげている。

「ちょ、ちょっとお訊ねします。け、警官はどこにいますか」

大きなガーゼのマスクの下で息をはずませ、興奮しているとみえて声がうわずっている。右手はスーツケースとともにしわくちゃになった新聞紙をわしづかみにし、左手は白い包帯でぐるぐるとぐるんである。水玉模様のネクタイは無残にもひんまがっていた。

「警官？　警官に用があるんですか。鉄道公安官でよければあそこにいますよ」

彦根駅には、まだ鉄道司法官とよばれたころから、公安官が配置されているのである。改札員の返事をきいた紳士はこころもち迷った表情をうかべていたが、それも一瞬のこと、かるく頭をさげるとくるりとうしろをむいて、指さされた公安官のほうへあたふたと歩いていった。

ジリジリと鳴りつづけていたベルの音がはたとやんだと思うと、汽笛がひときわ高く耳をつんざいて、この紳士をのせてきた二〇二二列車は東京めざして発車していった。

「こ、この新聞をみて下さい。妻が殺されたとかいてある。わ、わたしは夫の山下一郎です。事実なら飛行機で帰りたいんですが、警察をつうじてたしかめてもらえないでしょうか。あの列車でいったのでは東京着が明朝の五時半になるんです」

山下一郎となのる紳士は左手をふった拍子にスーツケースのかどにぶつけて、しばらくはものもいえずに顔をしかめていた。傷口がひらいたとみえ、みるみる包帯が赤くそまっていった。

その日の朝はやく東京で発生した女流声楽家殺人事件については、ラジオでも聞いたし夕刊でも読んだばかりであったから、紳士が顔をしかめているあいだに、公安官はあの美貌なソプラノ歌手の夫だというこの男を、哀れみと同情のいりまじった視線でじっとながめていたのだった。

「……大阪駅で買った新聞をよんでいると、妻が殺されたとかいてある。びっくりして降りてきたんです。ほんととすれば可哀そうなことをしました……」

声がふるえ、ふとぶちの大きなレンズのおくの眸は、心なしかぬれているように見えた。

「わかりました。すぐ警察へ連絡をとりますから、そこの公安室まできて下さい」

公安官はなぐさめ顔でいうと、紳士をいざなうようにして歩きだした。

すでにフォームにはひとけもなく、改札口もとじられて駅員の姿もみえない。三月も下旬とはいえ、近江《おうみ》地方の夜風はぞくりとするほど冷たかった。

山下夫妻はともに音楽家である。夫の山下一郎は戦前から知られたロシア音楽の研究家であり、また評論家でもあった。とくに戦後中根宏《なかねひろし》氏がなくなってからは、ソ連の楽壇事情につうじるただひとりの人として、その活躍ぶりはしばしばラジオや新聞の文化欄をにぎわしていた。まして最近のようにリョフ・オボーリンだとかアルツール・エイゼンだとかダヴィート・オイストラフだとか、ソ連の音楽人があとからつづいて日本にやってくると、山下一郎はこのむと好まざるとにかかわらずクローズアップされてしまうのである。

殺された小夜子女史は一昨年学窓をでた新進ソプラノ歌手であり、三期会に所属して、美貌としっかりしたテクニックを身につけていることが人気をよんで、めきめき売りだしていた。ふたりは昨年の四月に結婚式をあげたが、彼は四十一歳、そして彼女は二十三歳の組み合せであった。

山下一郎が捜査本部に出頭したのは、その夜の十二時半にちかいころである。小型のスーツケースとスプリングコートを右手にかかえ、それでも機上でおちつきをとりもどしたためかネクタイのゆがみもなおされて、平生の山下一郎に還元していた。

「彦根から大阪へバックして、伊丹《いたみ》から飛んできました。このたびは家内のことでお手数をおかけしまして……」

眼鏡をはずすとハンカチではなをかむふりをして、そっと目がしらをおさえた。

鬼貫は一応の悔みをのべてから、おもむろに咳をした。

「ところで山下さん、この事件は単なるながしの犯行とちがって、最初から奥さんをあするのが目的であったらしいのです。あとであなたご自身の手で盗難の有無をしらべていただきますけど、われわれがみたところでは、室内を物色した形跡は全然ありません。そこで動機の問題ですが……」

「飛行機の上でも、ずっとそのことを考えてきました。しかし……」

と、ちょっと口ごもった。

「わたしからいうのもおかしなことですけど、家内はほんとにいい女性でしたから、恨みをもつ敵がいようとは思えません」

「でも、人間は思わぬところで誤解されるものですよ。とんでもない人から恨まれるという経験は、おたがいある筈ですがね」

「そうですな……、小夜子の名がでるにつれて、これを憎んだり嫉妬したりする人間がでてきたのは事実です。しかし男性のあいだにはさすがにそんなケチな根性のものはいませんね。すべてが女性です」

鬼貫はなおもその点を追及してから、話をかえた。

「ときに山下さん、RNというイニシャルの男を知りませんか？」

「RN……？」

相手はふにおちぬ面持で、はげしくまばたきをした。

「RNがどうしたのです？」

警部の説明を聞いているうちに、彼はにわかに顔色をかえておちつきなく体をうごかしはじめた。

「どうです、思いあたる人がいますか」

鬼貫が意気ごんでたずねる。しかしすぐには答えないで、しばらくとがった顎をつまんで目をつぶっていた。

「……思いだしました。中田六助という男がいます。以前に『楽壇春秋』というインチキ雑誌を発行して、音楽家のスキャンダルを載せると称して恐喝をはたらいた男です」

そういわれてみれば、鬼貫もかすかに記憶している。

「たしか告訴されたやつじゃないですか」

「ええ、小夜子の事実無根の記事をでっち上げたものですから、あれが怒って告発したのです。それに勇気を得て、いままで泣き寝入りをしていた他の被害者たちも立ち上ったために、たしか十カ月の刑に処せられたと覚えています。執念ぶかそうな男でしたが、ひょっとするともう出所しているかもしれません」

「あなたの奥さんがまだ独身時代のころ、テノールの月田《つきだ》浩《ひろし》氏との恋愛関係をあばいた記事でしたね？」

「ええ、いまも申したとおり、すべてが捏造《ねつぞう》されたでたらめの記事でした」

亡妻をかばうような口調だった。

「承知しています。で、その後月田氏はどうしています？」

「死にましたよ、腹膜炎で」

短く、はいてすてるようにいった。

ところがその翌日中田六助をしらべにでかけた刑事は、彼がふくろだたきにあって近くの病院にかつぎこまれ、頭を三針ぬって入院中であることを報告した。悪党に似ずいくじのない男で、ひと晩中ベッドのなかで唸りつづけていたから、それが好個のアリバイとなったのである。

5

こうして六助のアリバイが呆気なく立証されてみると、RNなる人物はまだほかにいなくてはならない。そこで山下夫妻の交友名簿や卒業名簿などを参考にした楽壇人や劇場関係者の間からRNのイニシャルをもつものをひろいだし、動機やアリバイを追及していたが、八名のRN氏たちのなかには怪しむべき人物はいなかった。

いささか失望した捜査本部はさらに手をひろげて、純粋音楽とほとんど無縁のジャズや流行歌畑の人々や、少しでも音楽に関係のありそうなジャーナリスト、詩人、画家などまであさってみた。しかし効果はまったくあがらない。

山下一郎は二十七日に葬儀を盛大にいとなんだが、その晩入浴したとき細菌がはいったらしく、左手の傷が悪化して五日ほど入院した。まさに泣き面に蜂といった形だったけれど、病床から電話をかけて捜査の進行情況をきかれる鬼貫のほうが、じつはずっと苦痛だったのである。

RN氏の正体をつきとめることが失敗におわったのちの捜査会議では、もっぱら問題の折り鞄に焦点がしぼられて、犯人はRN氏から鞄をかりたのではなかったか、あるいはRN氏の鞄をぬすんだのではなかったか、さもなくばRNのイニシャル入りの鞄を古物商から買ったのではなかろうか、などということが検討され、捜査方針をその線にそってすすませることにした。あの鞄が犯人自身のものでないとすれば、イニシャルにこだわるのは無意味になるわけだ。

第四次の会議では、犯人が当局の方針をまよわす目的で、故意に縁もゆかりもないイニシャルをもちいたのではあるまいかという意見がでたけれど、この説はいろいろな点から反駁された。もしそうだとすると、犯人は積極的にイニシャルの目撃者をつくるべき筈なのに、それを見たものはユリ以外にはいないではないか。そのユリも偶然に目撃したのであって、故意に目にふれさせようとする犯人の意志は全然はたらいていない。ともかく捜査方針は、ユリが目撃した白いイニシャルを次第に無視する方向にまがりつつあった。

そして第五次会議において、ついに行くべきところに行きついたような結果がでた。口火をきったのは捜査課長であった。

「事件の捜査がながびいているが、これは出発点にミスがあったのじゃないかとわたしは思う」

わたしという語にひどく力をこめて発音した。

「イニシャルを見たというのは竹島ユリのつくり話ではなかったか。そう仮定してみると、イニシャルの件はユリの口からでまかせのものだとも考えられるし、また罪をRNのイニシャルをもった他の特定の男、たとえば中田六助のような男にですな、転嫁するためのものだと考えられる」

「するとユリが犯人だというのですか」

「必ずしもそうでない。ユリが犯人かもしれぬ。あるいはまた、犯人はユリが好意をもっている人物であって、それをかばうためにRNのイニシャルを持ちだしたのかもしれない」

「ユリが犯人ならば単独犯行だな。後の説だとすると、彼女が手引きしたのにちがいあるまい。共犯だな」

所轄署の署長も、にわかにユリに対する疑惑をふかめたようである。

竹島ユリを犯人と仮定してみると、万事に平仄《ひょうそく》があう。同期に学校をでていながら、小夜子とちがってほとんど世間に名をしられていないアルト歌手だから、相手の名声をねたみそねむという動機も考えられる。ユリに向けて捜査の網はじわりじわりとひきしぼられていた。

ただ鬼貫ひとりだけは会議の結論に同感できなかった。しかし真正面から反対するだけの根拠があるわけではない。竹島ユリという女性からうけた印象が、そうしたことをする人物でないことをしきりに囁くからであった。さらにまた、エリートサラリーマンが部長の椅子を取り合うのとは違い、小夜子を消したからといって竹島ユリの人気があがるわけでもないのである。要は才能の問題であった。といって、単に嫉妬だけで相手を殺すとは思えなかった。ユリはそんな愚かな女性ではない。

そう考える一方で、彼はイニシャルの問題を捨てさることができずにいた。竹島ユリが決して嘘をつくような人間でないとすると、RNという文字についてなお検討と追及をつづけねばならない。鬼貫はもう一度彼女にあって訊きただすことにした。

ユリは女性特有の勘のよさから、自分が微妙な立場に追いやられていることをよく知っているようにみえた。彼は捜査のゆきづまりにふれたのち、話を例の問題にむけた。

「RNというイニシャルは実物を目撃されたのではなくて、鏡にうつったのをご覧になったわけでしたね」

「はあ」

「ちょっとこのメモに、その様子を書いていただけませんか。簡単なスケッチで結構ですから」

ユリはすぐ鉛筆をとってえがきはじめた。ほそく先のとがった、いかにも芸術家にふさわしい指をしていた。鉛筆がかるくすべってメモの上に長方形のハッチがかかれ、鞄をかかえた胴体がえがかれ、最後にその鞄のはしにRNと記入された。

「こんなふうだと覚えていますわ」

「ありがとう。もう一つうかがいたいのですが、鞄にRNとかかれてあったとすると、鏡にうつった文字はそのうら返しになるはずですね。このスケッチをみますと、鏡にうつったもの自体がRNとなっていますけど、実際はどうだったのでしょう？」

ユリは、にわかにとまどった表情になって小首をかしげた。鬼貫の思いがけぬ質問によって、はじめてそれと気づいたふうであった。

「……まあ、あたくしうっかりしていましたけど、やはりこのスケッチのとおりでしたわ」

「すると実物の鞄の文字が、RNの逆になっていたわけですな？」

「ええ、でも……」

自分の記憶が信じられなくなった面持で、しばらく宙をみつめていた。

「……常識的に考えて、持ち物にうら返しの文字をかく人があるとは思いませんから、ついうっかりしていましたけど、たしかにおっしゃるとおりでしたわ」

「なるほどね、わたしのお訊きしたかったのはその点だけですよ。世の中にはいろいろ変ったことをする人がいますからね。きっとレオナルド・ダ・ヴィンチでも気取ってたのかもしれませんよ」

鬼貫はひくい声でわらった。ユリに帰ってもらった。だが胸中では、自分の想像が的中したことをひそかによろこんでいたのである。RやNのうら返しになった英文字はない。

しかしロシア文字には存在するのだ。おそらく犯人はロシア語につうじており、一般人が英語を身近にもちいるような自然さでロシア文字をつかっている人間とみてまちがいあるまい。事件の関係者のなかでそれに該当するのは被害者の夫であり、RNをうら返しにしたИЯは山下一郎のイニシャルにほかならなかった。

「違う違う、きみはユリにだまされているんだよ。犯人はユリか、さもなけりゃ彼女の許婚者である矢野明との共犯だ」

本部の連中は容易に鬼貫の発見に同意しない。

「仮に一歩ゆずって彼が犯人だとするとだね、被害者は頸をしめられていたんだが、片手をけがしている山下氏には不可能なことじゃないか」

「そこだよ問題は、ナイフだけでことたりたのを、なぜ頸までしめたかというわけは、加害者が両手をつかえるものであることを、いいかえれば山下一郎でないことを暗示するためであったと思う。あの左手におおげさに巻いた包帯は、疵《きず》をそれとなくみせて犯人でないことを示すためのものだったんだ」

「勝手な解釈だ」

「ただしい解釈さ。疵が悪化して入院したのも、怪我をしているのはウソじゃないぞということを強調するためのゼスチュアだと思うのだ。つまり故意に不潔なまねをして細菌を侵入させたんだな」

「信じられん。それじゃあの疵は事件のあとでつけたものというのか」

「そうさ」

「彼は鹿児島の旅館で切ったといっているんだが、それは嘘なわけだな？」

「そうさ」

「荒唐無稽なこじつけだ。すると動機はなんだい？　彼は小夜子女史を非常に愛していたんだよ。溺愛といっていいほどだ。ぼくはたしかな情報をもっている。決してみせかけの愛情じゃない。それからもう一つ、彼は当時九州方面へ旅行していたはずだ」

「動機は探すさ。それに旅行しているというのもウソに決っている。おそらく偽アリバイにちがいない」

鬼貫は自信ありげにつけ加えた。

「しかしどれほど巧みにこしらえた偽アリバイであっても、根気よくしらべていけば必ず崩れるものだ」

「さあ、どうだかな」

小夜子女史が殺されたころ山下一郎は旅先にあって、新聞で事件を知るとあわてて飛行機でかえってきた、ということになっている。しかし彼が犯人であるならば、犯行時刻に旅行先にいたというのは嘘にきまっていた。彼に似た人物が旅先にいたとしても、それは山下一郎ではなくて、その替玉でなくてはならないはずだ。

鬼貫の捜査はその線ですすめられていった。

6

鬼貫が山下一郎を碑文谷四丁目の自宅にたずねたのは、四月十六日のひるすぎであった。庭の花壇は秋の末のようにさびれて、雑草の茂るにまかせてある。

ベルをおすと小さなエプロンをかけた女中がでてきて、目下来客中だからしばらくまってくれといい、階下の一室にとおしてくれた。仕事部屋らしく机の上にはロシア語の音楽書がうずたかくつまれ、おなじくロシアの五人組の肖像などがかざられてある。

女中がお茶をおいてでていった直後のこと、階上の先客が帰るものとみえて、階段をおりながら無遠慮な大声で「なんだ、またやったのか、そそっかしいやつだな。来年の春は用心しろよ」というのが聞こえ、それに対して主人がそっ気ない口調で「今日は何曜日だい?」と訊く声が耳に入った。彼の不機嫌らしいくちぶりから、鬼貫はこれからの会談が不愉快な雰囲気のなかでおこなわれることを予想し、気がおもくなった。鬼貫のにがい顔つきを、ピアノの上の黒いリボンをまかれた小夜子女史の写真がほほえみながらながめていた。

ほどなく山下一郎が着ながしの和服姿で入ってきた。髪がくろくて色白の、感覚がするどそうなやせぎすの男で、やや寸のつまった顔にかみそりのあとが蒼かった。今日の彼はなにか考えごとをしているとみえ、うかぬ面持である。

「どうも気がおちつかぬせいか、ヘマばかりやりましてね」

と、いいわけじみたことをいってから、ふと我にかえったらしい。

「どんなご用でしょう?」

「旅行のお話を聞かせていただきたいと思いましてね」

さりげなく答えた。

「旅行の?」

「ええ、先月の下旬にお出掛けになったじゃありませんか」

「そう、九州方面へちょっと」

「九州方面へね。すると事件発生当時はどこにおいででしたでしょう? さしつかえなかったら、お聞かせ願えませんか」

相手は不快そうな表情をあらわにした。

「犯人はRNのイニシャルをもった男だというじゃありませんか。わたしの頭文字はIYですよ」

心外にたえぬ、といいたげな口吻である。鬼貫は、なるべくならイニシャルのことなどにふれたくなかった。ただ彼のすなおな返答を聞きたかっただけである。

「わたしがお訊きするのは、なにもイニシャルがどうだこうだというのじゃないですよ。一応あらゆる関係者の……」

「わたしがなぜ疑ぐられなくちゃならんのです？」

と、彼は終りまでいわせなかった。

「妻をうしなっただけでも大打撃だ。それに加えて、妻殺しのうたがいをかけられるとはじつに残念です。警部さん、なにを根拠にそんなことをいわれるのですか」

そうまでたださされてみれば、鬼貫も説明をこころみぬわけにはいかなかった。

「彦根駅の公安官や彦根署員にのこしたあなたの印象が、どうもあやふやなのですよ」

「あやふや？　それは面白い、どんなふうにです？」

「そうですな、一、二の例をあげますと、悲嘆のようすが演技過多で、非常にそらぞらしかったというんです。また署員の前で犯人に対する怒りをぶちまけておきながら、その眸はぬけめなくちらちらとうごいて、相手にあたえた反応をうかがっていたというのですよ」

それを聞くと、彼は天井をむいて大きな口をあけてわらった。

「バカバカしい話ですな。そんなたわごとをいちいち信用されちゃ困ります。色眼鏡をかけてながめれば、白い紙が赤にも青にもみえるんですよ。しかしどんな色にみえたからといっても、白はやはり白じゃないですか」

「しかしね、こういう報告もあるんです。あのときの自称山下一郎氏は、かるく右脚をひきずっていたというのです。ところがあなたの脚は健全じゃありませんか。あの晩碑文谷署の捜査本部に出頭されたときからあなたの右脚に異常はなかったですよ」

そう突込まれても、彼は一向にへこむようすはない。

「よく見ておいでだ。しかしそれがどうしたといわれるのですか」

「つまりです、彦根に下車した自称山下一郎氏とあなたとは、全然別人じゃないかというのです。旅行先にいた人物は替玉であって、あなたはずっと東京もしくはその近辺に潜伏していたにちがいないと思うのです。どうですか」

「それは邪推です。よこしまな推理ですよ。替玉だなんてとんでもない。彦根に下車したのはたしかにこのわたしです。彦根駅のフォームにおりるとき、あわてたもんで足首をくじきました。だからビッコをひいてたんですよ。しかし東京についた時分にはだいぶよくなってました。それだけの話です」

「あなたがそういわれるなら、わたしももう一つお話ししましょう。われわれのほうは、その人物が替玉であると仮定して捜査をすすめたのです。替玉は羽田《はねだ》空港におりると、どこかであなたとあっていれかわって、ほんものの山下一郎氏が碑文谷署に顔をだしたにちがいないと考えています。足をくじいた自称山下氏が、いつの間にか健全な足にかわっていたわけは、そうした理由によるのです」

何かいおうとした相手を制して、鬼貫は話をつづけた。

「飛行機が羽田についたのは十一時ですよ。ただちにタクシーを拾ってかけつければ、碑文谷署まで三十分で到着します。しかしあなたが出頭されたのは十二時半だったじゃありませんか。一時間ほど道草をくったことになりますがね」

彼は目をぎろりとさせたきり、黙っている。

「自称山下氏が何処にたちよってなにをしたかを知るために、自動車会社に連絡をとって運転手の協力をもとめたんです。おかげでだいぶ得るところがありましたよ」

気をもたせるようにいって、言葉を切った。

「運転手がどんなことを喋ったんです？」

平静をよそおいながら、やはり気になるとみえて体を前にのりだした。

ハリケンタクシーの野田運転手がトヨペットをながして京浜《けいひん》電車の大鳥居《おおとりい》駅前（大鳥居駅は羽田空港にちかい）をとおりかかると、灰色のスプリングコートに赤い短靴をはき、黒ぶちの大きな眼鏡と白いマスクをかけた中年の男によびとめられた。

「東横電車の都立大学（都立大学駅は碑文谷警察にちかい）までやってくれ」

「ようがす」

客の少ない夜だったものだから、彼は張りきってアクセルをふんだ。すると、くらい京浜国道にでて大森《おおもり》にさしかかったころ、男はふと気がかわったように、マスクをかけたまま不明瞭な声でいった。

「そうだ、その前に板橋《いたばし》のガスタンクまでいってもらおう」

大鳥居から都立大学までは直線距離にして八キロしかないが、ガスタンクにまわると三五キロのみちのりになる。車はぐんとスピードをだして夜の大東京を突走り、やがてガスタンクのかたわらにさしかかった。

「旦那、ここでいいでしょうか」

「よし。十分ばかり待っててくれ。乗り逃げされる心配があるだろうから、ここにトランクをおいていく。おれもきみの車台番号をおぼえている。おたがいにバカな真似はしないことだな」

客はくらやみをすかして見ながらそのようにいうと、バタンと扉をしめてでていった。うしろの客席には、小型のスーツケースが車内灯をあびて銀色にひかっている。

数台のタクシーがとおりすぎていった。酔漢のダミ声でうたう流行歌が聞えてきたが、それもいつの間にかとおのいていく。運転手は一本のホープをすいおわって、吸殻を窓からほうりだすと、腕時計をみた。

客がもどってきたのは、ちょうど十分たったときである。どしりと腰をおろすと、マスクをはずして声をかけた。

「お待ちどお。では都立大学へやって下さい」

口調がていねいになった。運転手はふたたび車首をいまきた方向にとりなおして、夜風をきってとばした。

目ざす都立大学についたのは十二時半にちかかった。

「おっと、そこで停めて下さい。幾らですか」

客は請求された金をはらって車をおりた。だが、右手にスーツケースをさげて碑文谷のほうへ向っていくうしろ姿をみたとき、運転手はふと小首をかしげたのである。羽田でひろったときは軽いビッコをひいていたのに、いまはすたすたと歩いている……。

「どうです山下さん、あなたの立場は非常に不利なものになっているのですよ。これだけ申したら犯行時刻にどこにおいでになったか、お答えいただけるでしょうな。それとも、ガスタンクの下によったのは、なにかほかに意味があるのですか」

「ありますとも」

はじめのうちは胸中のいらだちを押えきれぬようにたてつづけにピースをふかしていた山下氏も、いつか落着きをとりもどして、鬼貫の話がおわると、ゆっくりした動作で卓上の茶を口にふくんだ。

「タクシーのなかでふと考えたんですが、捜査本部がわたしの協力を必要とすることは当然予想されますし、そうなると家内の葬儀にかまけておられぬかもしれない。そこで世話ずきの友人にたのんで、葬儀万端をてつだってもらおうと思ったんです。その友人というのが、あのガスタンクのすぐ下にいるのですよ」

タクシーをおりた山下氏はその友人をたたき起して、後事をたくしてきたというのである。

「北区滝野川町の泉山虎三《いずみやまとらぞう》という男です。わたしのいったことが嘘かほんとか、ぜひ確かめていただきたい」

「あとで刑事をやります。しかしですね、それが事実であるとしてもです。あなたと自称山下氏とがいれかわらなかったという説明にはなりませんよ。それに、鏡にうつった文字はあなたのロシア文字のイニシャルであることも解っております。ですからわたしどもを納得させていただくには、事件当時あなたが東京にいなかったことを、つまり旅先にいたことをはっきりさせる必要があるのです。いかがです、事件発生のとき何処にいらっしゃいましたか」

おだやかな口調の鬼貫に対して、山下氏もこれ以上に強情をはる気はなくなったとみえる。加うるに鬼貫がたんたんとした調子で語ったロシア文字云々の一言が、彼の自信にみちた態度をゆすぶったらしい。

山下一郎はふかく息をすい込んで、ひえた茶で唇をしめした。

7

「妻が殺された時分、わたしは二〇二二列車にのってました。門司を三月二十四日の22時45分に始発した列車です」

列車番号が四桁のものは、貨物列車か臨時編成を意味している。もし彼のいうのが臨時列車だとすると列車時刻表にものっていないから、話が面倒になるのだった。

「臨時列車ですか」

「いえ、不定期の準急ですよ」

「事件がおきた二十五日朝の六時半ごろには、どのあたりを走っていましたかね?」

「さあ、時刻表をみないことには解りかねますな」

立ち上って本箱をあけ、列車時刻表と懐中日記と一冊のアルバムを手にして、席にもどった。そして山陽線上りのページをひらくと、それを鬼貫の前にさしだした。

「おたずねの時分には、ちょうど西条《さいじょう》のあたりを走っていたことになりますな」

西条は広島県にあって、果実の長大な西条渋柿の原産地である。時刻表をみると、なるほど二〇二二列車は西条駅を6時47分に発車している。この列車上にあったのが事実だとすれば、彼は兇行時刻に東京を去る八六〇キロの地点にいることになるのだった。

「それを立証できますか」

「六時四十分前後のことですか。そいつはちょっと難しいですな。しかしね、当時わたしが東京にいるわけがないということは、間接的に証明できると思いますよ」

「ほう」

「いまもいったとおり、わたしは二十四日の22時45分門司発の二〇二二列車にのって、あくる二十五日の夕方大阪で買った夕刊をみて事件を知りました。そこであわてて彦根に下車したんですが、このことは彦根署の係官や駅の公安官がおぼえていてくれると思います。そのほかに、わたしのアリバイを間接的に立証する材料が二つあるんです」

「ほほう」

「一つは簡単にお目にかけることができますが、あとは運がわるいとなかなか暇がかかります。二つそろえば文句はないのですけど、一つだけでもあなたを納得させる力はあると思っています」

彼は懐中日記のとあるページをひらき、さらにつづけた。

「今度の九州旅行では、三月二十一日の夜から鹿児島市の文旦荘《ぶんたんそう》という旅館に泊っていたんですが、二日目の朝、つまり二十三日の朝この宿をでまして、一日中桜島《さくらじま》の風光をさぐりました。そして門司港行の夜汽車にのって、翌二十四日の朝門司でおりたのです」

そういうと、当日の日記を鬼貫の前にさしだした。

三月二十四日　晴　時々くもり
7時4分門司着。駅で朝食ののち市中見物。下関に渡って山陽デパートで昼食。古戦場趾を訪い、先帝祭の行列に逢う。日頃賤しき女が、うって変って﨟たけて見えるのは妙。門司に戻り、22時45分発準急で帰途につく。車中眠れず。

鬼貫が読みおわるのを待って、今度はアルバムをひろげた。

「こんな出来事があったため、なにをする気力もなかったのですが、つい二、三日前に気分をまぎらせようと思って、旅先でとってきたフィルムを現像してみたんです。写した順にはってあります。ここから見て下さい」

日記を見せられたりアルバムを見せられたりなかなか手数のかかることだが、これも彼の主張するアリバイに関係があるらしいので、鬼貫は注意深く調べていった。

ひらかれたページには『桜島瞥見』と題をつけたスナップ数枚、いずれもブロニーで、三月二十三日の日付と撮影場所やデータがきちんとした書体のペン字でかき込まれてある。どれも俯角でうつしてあるのは癖だろうか、も少し空や雲をいれたほうが面白そうだ。

そのなかの数枚はセルフタイマーでとったとみえ、山下一郎自身が入っている。左手の真白い包帯がいかにも痛々しそうだけれど、無疵の手にまきつけたにちがいないことを思うと、文字どおりに白々しい印象をうけるのだった。

「手はどうなさったんです？」

知らぬふりをして訊ねてみる。

「文旦荘をでる朝、ザボンの皮をむこうとして切ったんですよ。ベラ棒に皮のあつい果物ですからナイフをつかったんですが、それがいけなかった」

「お医者にはかからなかったんですか」

「ええ、桜島へわたるつもりで宿の勘定をすませたあとのことでしたから、女中に薬と包帯を買わせましてね、我慢してでかけました。でも、相当ふかい傷でしたよ」

と、疵あとのある左手をいたわるようにそっと握った。彼の話を聞き、この写真をみせられると、だれでも当人が鹿児島で怪我をしたものと思いこんでしまうし、ひいては彼が両手を用いて被害者の頸をしめた犯人ではあり得ぬような印象をうけてしまう。無傷の手にまかれた包帯の狙いは、人々にそうした錯覚を生じさせるところにあったに相違ない。

写真をみつめて、顎の張った警部は胸中そのようなことを考えていた。

この家の主人はアルバムを一枚めくって、門司と下関の写真をみせた。

「門司と下関を一日でまわろうというのが、そもそも欲ばっているんです。門司では清滝公園と和布刈岬《めかりざき》、それに風師山をたずねるのがやっとでした。それから連絡船で下関へわたったのです。海底トンネルは便利ですが、旅情にふれるものがありませんからね」

旅行ずきの鬼貫は、どれも二度三度とあそんだことのある場所ばかりだから、興味がわいてきた。

「ほほう、これは永福寺ですな。あそこは戦災をうけたが、海のながめがいい」

「そうです、日和山《ひよりやま》の眺望もいいですがね。下関ではそのほかに壇の浦と住吉神社、赤間宮へいきました。そちらのページが赤間宮でとったものです」

彼の技術は相当なものとみえ、戦跡の幽邃《ゆうすい》なアトモスフィアを巧みにとらえている。紅石山や硯《すずり》の海、坂口の落ち武者の墓など、しっとりとした苔のにおいが鼻をつくように思えるのだった。そのなかの二、三枚にもスプリングコート片手の山下一郎がうつっているが、人物が画面をそこなわずにしっくりと融け込んでいるのは、やっぱりテクニックが巧いせいにちがいない。

「おや、これが先帝祭ですか」

朴念仁《ぼくねんじん》の鬼貫も、この有名な祭の話は聞いている。

「そうです。下関のえらばれた遊女がそれぞれひいきの客からおくられた衣裳をきて、人力車にのって大通りを行列するんです。二キロ半のみちのりを、源氏名をかいた短冊をはるかぜにひらひらとなびかせながら、えんえんとねり歩くさまはちょっとした観物だそうです。残念ながらわたしは、赤間宮で出あって、ああ今日がそれであったかと気がついた始末でしたよ」

陵の前でスプリングコート片手に、足をふまえて立っている。そのはるか彼方を、遊女の行列がしずしずとすすんでくる。山下一郎を羊飼いに、遊女達をひつじの群れに、そして舞台をバルビゾンの田園にすると、そのままミレーの画になりそうな構図であった。苔むした幼帝の墓、山下氏の真白い手の包帯、そうして遠景をあるく古風な髪かたちの遊女の列、それらがアクセントとなってたくまぬ効果をあげている。

「ほかに行列を五、六枚とったのですがね、フィルムに光りが入って失敗しました。よくご覧になっていただきたいですな、たしかに正真正銘のわたしでして、決して替玉なんぞじゃありませんよ」

そこで急にあらたまった口調になった。

「ところでアリバイの話になりますが、壇の浦や永福寺の写真は二十四日にとったものじゃあるまいといわれても、わたしには反証のあげようがありません。しかしこの写真にかぎって、三月二十四日にうつしたことは一目瞭然なのです。なぜかというと、先帝祭は、三月二十三、二十四、二十五日の三日間にわたって行われるのですけど、この遊女の行列はその中の日、つまり二十四日にあるからです。下関市役所の観光課に問い合わせてもすぐ解ることです。ぜひ訊いてみて下さい。加うるにです、行列が赤間宮にさしかかったのは午後三時前後でした。その時刻まで下関にいたものが列車で上京したとすれば、犯行時刻にはどこまでゆけるかちょっとこの時刻表でみていただきたいのです」

鬼貫はすぐに時刻表のページをくってみた。もし彼が赤間から下関駅までかけつけたとすると、もっとも手近にでる列車は長崎始発の東京行急行で、下関を発車するのが17時30分である。この列車は兇行時刻の翌朝六時半には、ちょうど京都駅に停車中なのだ。

「どうですか、その急行に乗ったんでは間に合わないでしょう？ 実際にわたしが乗車したのは、その夜の十一時二十分に下関をでた準急なのですからね、ますますもって間に合わなくなりますよ」

彼は二本目のピースに火をつけると、機械的に煙をはいた。

「結局、問題は飛行機にのったか否かということになってくるんですが、これは乗客の数が少いからしらべて下されぱすぐ解りますよ。わたしは決して乗ってはいません」

自信にみちた言葉である。鬼貫は黙々としてアルバムをみつめた。赤間宮のスナップの上に自分の姿をやきつけたような、幼稚なモンタージュ写真でもないようだ。それを鑑定させるために陰画《ネガ》の借用を申し入れると、彼はなんの躊躇もみせずに、二つ返事で貸してくれたのである。

第一のアリバイの説明はこれでおわった。

8

「その日の夕方、つまり三月二十四日の夕方ですね、門司へもどって夕食をすませ、22時45分門司始発の二〇二二列車に乗りました」

「おや、下関から乗られたのじゃないのですか。いま確かにそういわれたようですが」

些細な点でもゆるがせにできないと思った。

「いや、それはあなたの聞きちがいでしょう。わたしがのった二〇二二列車が下関駅をでるのが23時20分だと申し上げたのです。乗車したのは下関じゃなくて門司ですよ」

「なぜ下関から乗車されなかったんですか」

「始発駅で乗ると席があいているからです。……ところがその晩はなかなか眠れないんですな。そこでおなじように眠れずにいる隣席の人とお喋りをしていたんですが、そのうち談たまたま川柳狂句におよんだとき、即興的に一句ものしたんです」

そういうとふたたび懐中日記をひらいて、鬼貫のほうにさしむけた。

三月二十五日

高しまだ崩れて今日はいわた帯

暁いまだ遠し。山口県通過の際に岩田と島田の駅名をとってつくる。


「どう解釈するんですか、この句は？」

鬼貫が真顔でたずねたので山下一郎はてれたような笑顔をみせた。

「いや、駅名をよみ込んだところがミソですからね、意味なんてべつにないのですが、高島田に結ってお嫁入りした新妻が、いつの間にか月日がたって、もう赤ン坊を生むようになったといったところです。このときは、ウイスキーを呑んでいい気持ちになってたもんで、お見せするのがお恥しいくらいの愚作ですが、これがわたしのアリバイを立証してくれるもう一つの材料なんですよ」

「ほう」

「これとおなじ駄句を随筆集にかき込みましてね、それを隣席の人に貸してしまったんです。どうも汗顔のいたりですが、もしそのかたが随筆集をなくさずにいてくれると、わたしが記入した狂句がちゃんと存在しているわけですし、ひいては赤間宮の写真と同様に、わたしのアリバイを立証してくれることになると思いますね」

話し終えたこの容疑者は、落着きはらった動作で楊子で羊羹を二つに切って、口へはこんだ。

鬼貫はみたび時刻表に視線をおとす。この列車は準急だから島田にも岩田にも停らないのだが、島田を通過するのはほぼ三時ごろとなる。

　したがってそれからわずか三時間と三十分のちに東京にあらわれることは、絶対に不可能といってよいのだ。

「そのころ車内の空気がよごれて頭痛がしてきたもんですから、べつの車輌に席をうつして、ようやく眠ることができました。彦根でわたしが降りるまで、ずうっとその人と同席していたなら疑われる余地はないんです。いまとなってみると少しぐらいの頭痛は我慢しても、もとの席にすわっていたらよかったと思いますね」

「べつのはこに移ってから、あなたの乗車を証明してくれる人はないのですか」

「ええ、残念ながら、頭がいたくて黙りこくっていましたからね。しかし仮にべつの車輌にいったとみせかけて岩国《いわくに》に下車して飛行場に駆けつけたとしてもですよ。真夜中にとび立つ飛行機なんてありませんから、その朝の六時半までに東京に到着することはできまいと思うのです。どうですか」

「随筆集を貸した人の住所氏名は解っていますか。至急あってみたいと思います」

「ええ、大池さんといって椎茸とお茶の仲買人をやっている秋田の人なんです。商売がら年中旅行ばかりしているそ

徳山	発	2 22
櫛ヶ浜	〃	↓
下松	〃	2 35
光	〃	2 46
島田	〃	↓
岩田	〃	↓
田布施	〃	↓
柳井	着	3 20

二〇二二列車時刻表

うですから、わるくすると留守かもしれませんよ」

彼はふとなにかを思いついた表情で、会釈をするとせかせかと席を立って出ていったが、三分ばかりするともどってきた。

「東京の常宿に電話をかけてみたんですよ。うまいことに、今月の二十三日に上京するという通知がきてるそうです。そのときご案内しましょう。ひとつ納得いくまでお訊きになっていただきたいものですな」

自信にあふれた言い方であった。

山下氏はおのれのアリバイになみなみならぬ確信をもっているようだが、ハリケンタクシーの運転手の言をみてもわかるように、替玉の存在は明らかなことと思われる。そこで帰庁した鬼貫は早速つぎのような手配をした。

(1) 替玉が山下一郎に瓜二つであるから、兄弟とくに双生児の有無をしらべる。
(2) 先帝祭の日づけおよび時刻について下関に問い合せる。
(3) 山下一郎が二十四日に乗客になったか否かにつき、日航に問い合せる。
(4) 陰画《ネガ》の鑑定。
(5) 東京近辺の旅館業者その他に連絡をとって、山下一郎が潜伏していた場所をつきとめる。

(6)　動機の調査。

以上のうち、(1)(2)(3)(4)項についてはその翌日までに明らかになった。鑑識課の写真技師はネガが本物にちがいないことを断言した。また当人が生まれた杉並区役所の台帳には、彼が独りっ子であることが明記されているし、産婆がまだ生存していて双生児などでは決してなかったことを明言した。したがってあの写真がモンタージュであるとか、そこに写っている人物が本人ではなくてその兄弟であるというような推測は、成立しないことがあきらかになった。

下関市役所の観光課の返信によると、先帝祭の遊女の行列がおこなわれた日時は、山下一郎の言と少しのちがいもない。さらに日航本社からの返事は、当日山下一郎が乗っていなかったことを断定していた。

以上の四項目を綜合すれば、彼のアリバイは成立したも同然であった。

その数日後に、鬼貫の立場はいっそう不利になった。徹底的に動機をあらわせたにもかかわらず異性関係、金銭関係のどれにも彼が妻を殺さねばならぬ事情は発見されない。課長たちが語ったように、当人の小夜子女史に対する愛情はきわめてこまやかなものであり、決して偽装とは考えられないのだ。もちろん第二の女性などといったものは存在していない。動産不動産をあわせてかなりの財産がある上に、女史はこの一月で生命保険をうちきっているから、保険金詐取を目的とした殺人であるとも考えられない。

なおわるいことに、どの旅館業者の返事も否定的なものばかりであった。東京もしくはその近辺に潜伏していなかったとすると、旅行していたのはやはり山下一郎その人だったことになる。

だが鬼貫は落胆しなかった。替玉と本人とはガスタンクのちかくで入れかわったにちがいないと信じていた。したがって随筆集に狂句を書いたのはもちろん山下一郎ではあり得ない。仮にその筆蹟が彼自身のものであるとしても、前もって当人が記入しておいた随筆集を、替玉が列車上で大池氏にわたしたということも考えられる。鬼貫はひたすら大池氏の上京する日をまっていた。氏に会いさえすれば、それ等の疑問はたちどころに氷解するはずである。

9

大池氏が上野の常宿についたのは、予定どおり四月二十三日の夜であった。鬼貫は山下一郎の案内で、不忍池《しのばずのいけ》のほとりにこの仲買人をたずねていった。

旅館の門をはいるとき、彼はふと鬼貫をかえりみた。

「じつは鬼貫さん、わたしが大池氏と名刺を交換したさいに、まちがって他人から貰ったものを渡してしまったんです。わたしのことを谷さんと呼ぶのではじめて気がついたのですが、いまさら訂正するのはいかにも自分の粗忽《そこつ》を表明するみたいで具合がわるかった。どうせ下車すれば別れ別れになるんだし、列車のなかの交わりがあとまでつづくことはあるまいと思ったものですから、谷という名でとおしてきました。そんなわけで大池氏はわたしを谷とよびますが、鬼貫さんもそのつもりでいていただきたいのです」

べつに否む筋合のものでもないから、鬼貫は承知した。

数分ののち、三人は旅館の一室でむかいあっていた。音楽評論家は再会の挨拶からはじまって、旅の話、椎茸と茶の相場の話とつきることを知らない。三十分ちかく喋ったころちらと鬼貫を横目でみて、ようやくその存在に気づいたようにあらたまった口調になった。

「話がとびますがね、先日わたしどもが二〇二二列車で同席したときに、つまらぬ狂句をつくったことを覚えておいでですか」

「ええ、あの節はご本をどうもありがとう存じました。おかげで退屈しないですみましたよ。先日あなたからお手紙をいただいたので、持ってきました」

大池氏が礼をのべながら返す本を、彼はそのまま鬼貫に手渡した。なるほど、見返しのところに狂句がしるされてある。あとで専門家に筆蹟鑑定をさせなくてはなんともいえないけれども、一見したかぎりでは山下氏の字によく似ている。

鬼貫は日時についてくどいくらいの質問をこころみたが、大池氏の返答は音楽評論家の主張をうらづけるばかりであった。やがて山下一郎は中途でトイレへいくといって席を立った。鬼貫に自由な訊問をさせるためである。
いくら彼のアリバイが事実らしくみえても、野田運転手の言を思うと、列車に乗ってい
た男は替玉にちがいない。当然そこに焦点をむけて質問するのだけれど、大池氏は鼻にか
かった東北弁でかたく否定するのであった。
「いいえ、そんなことはありませんな。長時間同席していたんですし、あのときの谷さん
といまの谷さんが別人だということは絶対に考えられません。この狂句にしても、わたし
の目の前で書いたものです。あのかたの筆蹟に相違ありませんですよ」
正直そのもののような大池氏のことばが偽証であるとは考えにくい。若干の補足的な質
問ののち、山下一郎が大池氏を買収することは不可能であるとの見とおしがついた。ねば
りにねばった鬼貫もついに兜をぬいで、随筆集を借りるとつれだって宿をでたのである。
不忍池のほとりにでると、うすくらがりのなかで数多くのわかい男女がうでをくんで、
春宵のそぞろあるきを楽しんでいた。どのカップルも希望にみちた様子をしており、その
群れにまじったふたりの中年男はすこぶるミゼラブルにみえた。池畔にかなでられる愛の
むつごとのなかで、鬼貫たちのみじかい会話は、シェーンベルクのアトナール音楽のよう
に不粋な不協和音をひびかせた。
「いかがですか鬼貫さん、わたしのアリバイははっきりしたでしょう?」
「そう、みとめましたよ。あなたが二〇二二列車に乗っていたことをね……」

あくる二十四日にひらかれた第七次の捜査会議では、筆蹟鑑定の結果にもとづいてついに山下一郎のアリバイは事実であるとみなされ、ユリはますます不利な方向へ追いつめられた。RNを逆にしたИЯが山下一郎のロシア文字のイニシャルに一致したことは、ユリが罪を転嫁する目的であのような発言をしたのだという見解が大勢をしめて、ついに二十五日には逮捕状が執行されてしまったのである。

「とうとう連れてゆかれました。しかし鬼貫さんがついていて下さるんですし、かえってこのことがユリとわたしとの愛情を、より強いものにしてくれるだろうと思ってますよ」

その夜鬼貫をおとずれた許婚者の矢野明は、案外あかるい笑顔でそう語った。高等学校で音楽をおしえているこの青年はユリよりも三つ年長で、自己のただしい信念にはどこまでも妥協をゆるさぬタイプにみえた。頭髪をむぞうさにくしけずり、金をかけずに身だしなみをととのえるすべを心得ている。

鬼貫はおのれの無力をまざまざとみせつけられるように感じて、ひどく心ぐるしかった。

「竹島さんはどんな様子でした？」

「落着いてました。もっともあれの母親がおろおろしてましたけど、齢《とし》をとっているのですから仕方がありません」

矢野はピアニスト特有のヘラのような指でピースをつまむと、たてつづけに煙を吐いた。

予想したことではあったが、この最悪の事態をどう処理したらよいのか見当がつかない。鬼貫は山下一郎の二つのアリバイを想起して、にがい表情だった。

10

妻をうしなった打撃から山下一郎はようやくたちなおったようにみえた。彼がラジオのマイクの前に立ったり執筆活動をはじめたりしたのを知って、友人たちは眉をひらいてよろこんだ。

ユリは拘留期限がきれるとともに起訴され、小菅の拘置所にうつされた。兇器があり、動機もあり、そして殺人現場のもっとも近くにいた点を考慮にいれると、ユリの立場は決して楽観をゆるさないものがある。彼女を救うには真犯人を指摘するほかに方法はなく、そのためには偽アリバイを打破しなくてはならない。だが完璧と思われる二つのアリバイを、どうやったら攻略できるであろうか。鬼貫は考えあぐんでげっそりと頰がこけ、いたずらに日数ばかりがたっていった。

矢野明は授業時間のあいまをみて面会にいっているらしかったが、鬼貫は一度もでかけなかった。彼女の無実を信じているだけに、なおさら行きにくいのである。碑文谷署の捜査本部はとうに解散されて、ユリの潔白を知るものは、ひろい東京のなかで鬼貫と矢野と、それにユリ自身の三人きりであった。

五月のある朝のこと、鬼貫が国分寺《こくぶんじ》の自宅から出勤する途中、電車の席に腰をおろしたとたんに、妙なことに気がついた。

彼が四月十六日に山下家をおとずれたときのことだが、二階からおりてくる先客が大きな声で、「なんだ、またやったのか、そそっかしいやつだな、来春は気をつけろよ」という意味のことをいったはずである。それに対して山下は、「今日は何曜日だい」とたずねた。いま思うとそのときの彼の口調には、その話題をきらうような、ことさらに話題を転換させたような素気ないひびきが感得されたのである。

その直後に音楽室に入ってきて鬼貫の顔をみると、「どうも打撃をうけたせいかヘマばかりやる」といった。べつにとってつけたようすもなく、いかにも胸中の考えごとがふと口をついてでたような自然な態度だったから、鬼貫がかるく聞きながしたのはむりなかった。

だが四六時中事件のことが念頭をはなれない鬼貫は、電車の席にかけた瞬間に、彼のいうヘマとはなんであったろうか、という疑問がうかんだのである。妻の悲運に逢着してやることなすことヘマばかり。友人がそのヘマを指摘して「なんだまたやったのか、あわてものだな」と注意をしてやる。これが普通の場合ならなにも怪しむ筋合のものはない。しかし犯人が彼だとすると、妻を殺しておいてショックをうけるというのもおかしい。それに、「来年の春は気をつけろ」というのはなぜだろうか。なぜ来春に注意しなくてはならないのか。彼があわてて話をそらせたことからみると、それは鬼貫に聞かれたくない内容のものだと思ってよいであろう。そしてあの際に聞かれたくないことといえば、事件に関連したものとみなして不自然ではあるまい。

山下一郎はそそっかしいやつと評されたことを、彼のやることなすことに対してであるようさりげない説明をしてみせた。しかしそれが作為的な説明であったとするならば、事実はなにがそそっかしかったのであろうか。

駅に停車するごとに、サラリーマンやオフィスガールたちが先をあらそって乗り込んでくる。ほどなく車内は満員になってしまった。すわるものも立つものも身動きできない。香水とポマードのにおいと人いきれのなかで、無意味なエネルギーが消費されていく。だが今朝の鬼貫は、すこしもそれが苦にならなかった。

その翌朝の急行で鬼貫は東京をたった。一夜を車中ですごして、下関でおりる。駅前の大通りを左にまがり、稲荷町《いなりちょう》の特殊カフェー街に入った。あくどい色ガラスをはめこんだどぎつい色彩の家が軒をならべ、しどけない寝巻すがたの女が、痴呆めいた顔をして二階のまどからみおろしている。朝のカフェー街はすべてがぬけがらのように空虚でみにくく、けだるい倦怠感と頽廃感がただよっていた。

おしえられたかどを三つ曲って、ようやく特殊カフェー事務所にたどりついた。黄色のペンキをべたべたとぬった垢ぬけのしない建物の入口に、コールテンのズボンをはいた中老の男がたっていて、地球をのみ込みそうな大口をあいてあくびをした。そこを鬼貫に話しかけられたものだから、入れ歯をぱくぱくとやっていくぶん間のわるそうな表情をした。鬼貫はてみじかに来意をかたり、鞄のなかから四つ切りに引き伸ばした写真をとりだして、この写真にうつっている遊女に会いたいのだとつたえた。

こうした希望が警察官によってのべられたことに慣れているとみえ、べつに不審顔もせず四畳半に案内すると、火のない長火鉢をはさんで坐った。そして猫板のうえの老眼鏡をとってしばらく写真をながめていたが、やがてうなずくと出ていった。鬼貫は自分の推理が軌道にのっているかいないか、多大の期待をもって遊女のくるのを待っていた。

十分ちかくたったころに、三十かっこうの女をつれてもどってきた。険のある切れながの目と頬骨のたかいところが、すぐキツネを連想させる。化粧をするとしぶかわのむけた女になるかもしれないが、いまは目のふちにも皮膚のいろにも、疲労のかげがこくただよっていた。

「やあご苦労さん、今年の先帝祭でとったこの写真をみてほしいのですがね」

鬼貫がさしだしたのは、山下一郎がアリバイの根拠とした赤間宮の引伸し写真である。

女は火鉢のよこに足をなげだすようにして坐り、するどい視線を鬼貫にはせるとすぐ写真に見入った。と、たちまち畳の上にほうりだして、はげしい口調でいった。

「ふん、あほらし。これ去年の写真やわ。うちが今年着たのは、千鳥の模様じゃないの」

去年の写真！　彼がアリバイの拠点としていたのは昨年うつした写真だったのだ！

もちろん鬼貫はそうであることを推理し予想してきたのだが、それをいま遊女の口から聞いたときには、さすが興奮のために胸のふるえるのをおぼえた。

「まちがいなく去年の写真なんですね？」

女は癇性のたちとみえ、目尻をきっとさかだてて、嚙みつきそうな顔になった。

「そうよ、うち、去年の着物を二度も着てでるようなこと、せんわよ。門司の海産物商の若主人と下関の材木問屋の主人と、うちひいきの旦那がふたりもあるけん、おなじ着物を二年も着るもんですか。なによ、これが今年の写真だなんて、バカにしてるじゃないの。このあいだ着たのは千鳥の模様やわよ」

しかし鬼貫には、女の口惜しさがどのようなものか、察するゆとりはない。

引き伸ばした写真のなかで、遊女の群れの先頭をきってあるいているのがこの女なのである。その袿《うちぎ》すがたの衣裳の模様は、たしかに千鳥ではなくて桜なのだ。スプリングコート片手にたたずんでいるのはいかにも正真正銘の山下一郎だが、それが昨年の撮影であることが判明したとたんに、いままで誇らかにそびえたっていた牙城は音をたてて崩壊してしまった。

「あなたはどうです。去年の写真であることに間違いないですか」

念をいれて、鬼貫は中老の男にもたずねた。

「へえ、ここにちょっと頭だけみえとる女がありますじゃろ、これは去年の秋に『すえひろ』から落籍《ひか》されて、大阪商人のご寮人になりましたが。うん、そうだ、あン人は去年の先帝祭の行列でみそめられたんだ。だから旦那、今年の先帝祭にでている筈がありませんよ。なあ？」

と同意をもとめた。

「うち、知らん」

女はまだふくれている。

四月十六日に山下家を訪問したとき、彼が「そそっかしいやつ」といわれたのはなぜであろうか。この疑問を検討しているうち鬼貫の胸中にうかんだ仮説は、あの言葉は彼の負傷に対していわれたのではなかったか、ということであった。すると粗忽者といわれたのは、以前にもそのような怪我をしたことがあったからではあるまいか……。

では、以前というのはいつだろう？　あのときの客は、「来春は用心しろ」といっていたが、そのニュアンスから察して客のことばを補足してみると、「去年の春も左手にけがをしていたのに、また今年もおなじところに負傷するとはそそっかしいやつだな。二度あることは三度あるともいうし、三度目の正直ともいうじゃないか、来春こそは気をつけろよ。今度こそは左手頸をへしおるかもしれないぞ……」ということになるのではなかろうか。

この臆測があたっていれば、山下一郎は昨年の春も左手に包帯をしていることが考えられる。鬼貫の推理はこのように展開された。

出勤の途中でそれらのことを考えた鬼貫は、登庁するとただちに刑事をやってこの仮定が事実であるかどうかをさぐらせた。自分の推測があやまっていないことを知ったのは、その日の夕方であった。

思うに彼は昨春下関を旅行して、そのとき先帝祭を写したのだろう。当時負傷していた左手に包帯をしたまま、レンズの前にたったのであろう。その後、妻の殺害を計画したときに、この写真を利用して偽アリバイとすることを思いついたにちがいない。

事務所のなかには鬼貫とふたりの男女とが、三人三様の思いですわっていた。中老の男は猫板をみがきはじめた。おしろいのはげた白拍子はまだ口惜しいとみえ、平家蟹のような無念の形相である。ひとり鬼貫のみは愉快だった。第一のアリバイ崩壊は、第二のアリバイも偽ものであることを意味している。彼は勝利の半分を手中にいれたのであった。

11

事務所をでるとその足で電話局へゆき、秋田の大池氏の自宅へ長距離電話をかけた。さいわい在宅していたが、近々旅にでかけるから来るなら至急きてほしいとのことである。そこで本庁にも連絡をとっておいてその晩に下関をたち、山陽、北陸、羽越をへて秋田へむかった。山陽本線の風景をみなれた目にとって、日本海ぞいの旅はなんとも陰気でたいくつなものであった。

酒田《さかた》をでた列車は、やがて本庄《ほんじょう》から秋田に入る。

「俺あ、おめえの家さ行ったすけど、おめえいねえはんで、けえって来たすて……」

ふと小耳にはさんだこのような秋田弁の会話も、山形の言葉に比べてより重厚に思われるのだった。

一時間あまりで秋田駅に入る。東北はいまが春だ。朝の陽が木々のわかばにきらきらと反射して、ずれた季節感が旅人をとまどわせる。まして、陰鬱な日本海をながめていい加減にうんざりしていた鬼貫には、秋田の春は一層うつくしいものとしてみえた。

楢山《ならやま》は市の南のはずれにあった。むかしの武家町だったとか、あたり一帯は門構えのついた風格のあるものが多く、以前おとずれた熊本県の人吉《ひとよし》や、対馬《つしま》の厳原《いづはら》の武家町のたたずまいがふっと瞼《まぶた》にうかんできた。

大池氏の家は家老の出だというだけあって、ひときわ大きなものである。門の横に咲いているあかい花は桃か杏か桜桃か。すべてのつぼみが一時にそろってひらくという北国の春は、あまい蜜のかおりが薫風にのってむせかえるようだ。

鬼貫はすぐ書院づくりの客間にとおされた。長押《なげし》には一そうの槍が、祖先の武勲をほこるかのようにかざられてある。床の間にいけられた一枝のれんぎょうにも、春をむかえた北国人のおさえきれぬ歓びがみてとれるのだった。

大池氏は上野の旅館であったときとおなじように素朴な顔に笑みをうかべ、しぶい大島をきてあらわれた。

「電話でもお話ししたことですが、山下氏がかいたあの狂句について、もう一度お訊きしたいと思いましてね」

「山下氏？　山下氏とはどなたです？」

けげんな面持をされて、鬼貫はちょっとあわてた。下関の電話口にたったときには谷氏といったのだったが、いまはついうっかりして山下氏といってしまったのである。

「失礼、谷さんでした。上野の旅館に同道した……」

「ああ、あのかたですか。山下氏などとおっしゃるものですから、咄嗟に見当がつきませんでしたよ。どうも東北人は気転がきかなくていけませんな。しかし先日もお話ししましたとおり、わたしと一緒に列車にのっていたのはたしかに谷さんで、決して偽者などではありませんよ」

この家の主人は落着いた調子で、あの男が狂句をかいたのは列車が島田と岩田を通過した直後のことだといい、あいかわらず山下一郎の主張を肯定するのである。

こういわれてみると、鬼貫もとりつく島がない。先帝祭のアリバイと同様にこの列車のアリバイも偽物にちがいないのだが、さてそれをどうしたら打破できるのか。はやくも鬼貫は途方にくれて、腕をくむとふかい溜息をついた。

「……鬼貫さん、先程山下さんといわれましたが、谷さんは名前を二つ持っておいでなのですか」

だしぬけに大池氏が訊く。山下一郎との約束があるから、鬼貫は返事につまった。

「まあ、そうですな。くわしくは知りませんけど、文士がペンネームをもっているようなものでしょう」

「あのかたは文士ですか」

「いえ、音楽評論家です」

「ほう……」

といったきり、大池氏は黙り込んでしまった。

鬼貫は茶をのみ、名物のフキの砂糖づけを口にいれた。さすが茶の商人だけあって、味のいい玉露である。つられたように大池氏も茶碗をもった。

茶碗をおくとまた、鬼貫は腕をくむ。考えてみれば、いままで一応うなずいたことのなかに、妙なものがいくつか数えられるのである。早い話があやまって他人の名刺を大池氏にわたしたというのも変ではないか。一瞥すれば他人の名刺か自分の名刺か識別できるはずだし、指でふれただけでも紙質や型の大小で判別がつくはずだ。余程のあわて者でもない限り、間違えることはないであろう。また、狂句をものにした直後に頭痛がすると称して、車輛をかえたのもおかしい。飛行機を利用することは不可能だから、岩国で下車するためであったとは考えられないし、事実どこにも下車することなしに彦根までのってきているのだが、しかし大池氏の視界からのがれようとする欲求がはたらいていたことに違いあるまい……。

「山下さんといいますと、殺されたあの声楽家とおなじ姓ですけど、なにか関係でも……？」

黙々としていた大池氏が、急に顔をあげるときまじめな表情をうかべてたずねた。

「ええ、殺されたのはあの人の奥さんなんですよ」

「それは知りませんでした。そうしますと、あなたはこのご主人のアリバイを確かめようとしておられるのですか」

「じつをいうとそうなのです」

鬼貫ははじめて目的をうちあけた。

「すると旦那さんが奥さんを殺した容疑ですね？　またどういうわけでそんなむごいことを……」

「それが判らないのです。山下氏に奥さんを殺害するような動機があるとは思われません。

しかし事件の現場であの人をみかけたという証人がありましてね、非常に容疑がこいのです。そこで山下氏がやったのかやらないのかそれをはっきりさせるために、こうしてわたしがとび廻っているのですよ」

大池氏はだまってうなずくと、ピースに火をつけて片手を大島のふところにいれた。ふたたび主客は黙々として対座しつづけた。

第一のアリバイは崩れたけれども、第二のアリバイにはなんとしても歯がたたない。二十四日の欺瞞は白日のもとにさらされたが、狂句のアリバイがあるかぎり、山下一郎は犯行時刻に八六〇キロもはなれた広島県の西条にいたことになる。この第二のアリバイをどうしたらば否定できるだろうか。この謎をどうしたらば解けるだろうか。鬼貫は頭のなかで摸索をつづけた。

彼が鹿児島県下の文旦荘をでたところまでは、旅館にたずねた結果事実であることが判っている。だから犯行に間にあわせるためには桜島見物などはいい加減に切り上げて、その日の夕方までに東京行の急行にのらなければ、とうてい二十五日早朝までに東京に到着することはできない。まして二十四日にのんびり門司や下関を観光したというのも嘘にきまっている。あの先帝祭の写真が昨年の三月二十四日にとったものであることはすでに明らかになっているが、その他のスナップも決して今年の三月二十四日にとったものではなくて、おそらく往路にうつしたにちがいない。おそまきながらいまようやく気づいたことは、どの写真も空をいれまいとしている理由である。これは彼のアングルのくせではなくて、雲をうつすことにより二十四日にそのような雲がでる情況にあったか否かが気象記録から指摘される危険が生じるため、それを警戒したものと思われるのであった。さらに気がついたのは、日和山公園から関門海峡を俯した場面も、汽船は一隻も入っていない点である。連絡船や漁船はともかく、大きな船がうつっていると、水上警察の記録から撮影日時がばれてしまう。その点をおもんぱかったためにちがいない。

こう考えてくると山下一郎が二十四日に門司、下関で遊んだことはありえぬ筈であるのに、大池氏は彼がその日の夜門司始発の列車にのったという主張を肯定するのである。兇行時刻に間にあうためには、おそくも二十四日の朝下関を通過しなくてはならぬ山下一郎が、それよりも十数時間のちに門司をたったというおかしな事実……。そんなバカげた話はない。どこかでなにかが狂っているのだ。どこかで何かが……。

あれこれと考えなやんでいるうちに、鬼貫は多くの人が見逃しているあること、人々の盲点となっているあることに気づいたのである。ひょっとするとそれがアリバイを解くカギとなるかもしれない。山下一郎はその盲点をたくみに利用したのかもしれない。

ともすればはずみそうになる心をむりにおさえて、大池氏に話しかけた。

12

「ちょっと面白いことに気がついたのですがね、東京発大阪行の特急に五列車というのがあるんです。東京駅を朝たって大阪駅に夕方つくんですが、この五列車が日に何本でるかご存知ですか」

鬼貫の妙な質問をうけて、主人は真意がどこにあるのか理解にくるしむようであった。

「一本にきまっているじゃありませんか。東海道本線におなじ番号の列車が二本も三本もあっては、列車番号の意味がないでしょう」

「ではこれに〝つばめ〟という名をつけてみましょう。すると〝つばめ〟は日に何本でると思います？」

「もちろん一本です」

と、大池氏はたちどころに答えた。鬼貫はかるく笑って首をふった。

「いや、一本じゃありません。もっと走っています」

大池氏は呑み込めぬ表情になって、突込んできた。

「そりゃどういうわけですかな？　その五列車に〝つばめ〟という名をつけようと〝とんび〟という名をつけようと、五列車は二本にも三本にもなるわけはないでしょう」

「もちろん五列車は一本きりしかありませんよ。しかし〝つばめ〟というニックネームをつけた列車は二本あるんです。東京をでて大阪へむかう〝つばめ〟と、おなじ日に大阪を出発して東京へむかう〝つばめ〟と計二本あるわけです。列車番号でいえば、五列車と六列車になるんですがね」

「ははあ……」

と大池氏はやっと納得したらしいが、鬼貫の質問の真意はまだつかめないようである。

「ではもう一つお訊きしますよ。東京から鹿児島へいく、一列車、これは〝きりしま〟という名がついているわけですが、この一列車は一日に何本うごいていると思います？」

「一本ですよ。しかし単に〝きりしま〟は何本あるかといわれるなら、上り下りあわせて二本あるというわけですな」

大池氏はしたり顔でこたえた。

「二本？　二本ですね？　相違ありませんか」

「ありませんよ。東京から鹿児島へむかってでるのと、鹿児島から東京へむかって上るのと、あわせて二本です」

「もう一度よく考えてごらんなさい」

「いくら考えてもおなじことですよ」

「ところが二本じゃないのです」

と、鬼貫は意外なことをいった。

「だって、東京をでる一列車と、鹿児島をでる二列車と、合計二本じゃありませんか」

東北人らしい重ったるい口調ではあるが、それが少々むきになったようにいった。

鬼貫はだまって首をふると、時刻表を手にとった。

「この下りの場合をみて下さい。〃きりしま〃は東京を8時にでる鹿児島行です。今朝東京で〃きりしま〃にのったとしますと、昼のうちは東海道本線を、夜に入ると山陽本線を走って、あくる朝は関門トンネルをくぐって鹿児島本線にかかっているわけですね。そこで東京をたって正味二十四時間のうち、つまり翌朝の午前八時にどこにいるかというと、時刻表をみればわかるように、福岡県の海老津《えびつ》駅を通過したところなのです。いいですか、大池さん、そのころ東京駅からはつぎの〃きりしま〃が発車しつつあるじゃありませんか」

「ほほう」

とこの家のあるじは漸くまばたきをした。はじめて気がついた顔つきである。

「ですからくわしくいいますと、先行の下り〃きりしま〃が鹿児島駅に終着するまで、時間にして8時から18時までのあいだを、二本の〃きりしま〃がおなじレールの上を鹿児島めざして走りつづけているというわけになります。具体的にいうとですね、先行の〃きりしま〃は海老津・鹿児島間を、後の〃きりしま〃は東京・米原間をそれぞれ走りつづけていることになるのです。おなじことが上りの場合もいえますから、つまるところ〝きりしま〟は四本あるのです」

「なるほど」

「そこで話を谷氏のほうにもどしてみましょう」

と、鬼貫はようやく核心に入った。

「あの人はいかにも二十五日の未明に二〇二二列車上にいたということになっているんですが、この列車も〝きりしま〟とおなじように、ある時間内では二本存在するのです。したがって問題は、谷氏がのっていたのは二本の二〇二二列車のどちらであったか、つまり、二十三日の22時45分に門司をたった二〇二二列車と二十四日の22時45分に門司をでた二〇二二列車のどっちだったかということになります。それをまず決めてゆかねばなりません」

大池氏はだまったまま相手をみつめている。鬼貫のいうことは解るが、それがどんな意味をもつのか、まだ呑み込めぬふうである。

山下一郎は二十五日の未明に二〇二二列車にのっていたと称しているが、いま二十三日の22時45分に門司をでた二〇二二列車をA列車、そのあくる晩に門司をたった二〇二二列車をB列車と名づけてみると、仮に彼がA列車にのっていたとするならば、東京駅は二十五日の5時30分だから、充分に兇行時間に間にあうのである。しかしB列車にのっていたのでは犯行時刻には広島県の西条駅のあたりを走っており、もちろん犯人たり得ない。だから彼はなんとしてもA列車にのっていなければならないのだ。にもかかわらずB列車にのっていたことを立証する狂句のアリバイが存在しており、そしてこのアリバイがある以上彼を犯人とみなすことはできないのである。二十五日の夜あけ前に山口県の島田、岩田を通過しつつあったという山下一郎の主張は、唯一の証人であるこの家の主人がかたくなに認めているのだ。

大池氏は鬼貫の黙想をみだすまいとして、自分もだまりこくってピースの先で炭火の灰をかきおとしていた。

やがて鬼貫は、なにかを思いついたように顔をあげた。

「大池さん、わたしはいままで大きな勘違いをしていたらしいのですよ。あなたや谷さんがのっていらした二〇二二列車と、わたしが頭にえがいていた二〇二二列車とを全然おなじものと考えていたんです。大池さん、あなたは谷氏と門司から同席したといわれましたが、門司をたったのは二十三日の夜ではなかったでしょうか」

「そうですよ」

いまごろ何をいいだしたのか、といった面持である。

大池氏は彼がA列車にのっていたことを、いともあっさり認めた。だがこうなると、山下一郎がB列車にのっていたことを示す狂句のアリバイはどうなるのだろうか。

何度もいうことだが、彼の主張するところによると二十四日の22時45分に門司をたち、あくる二十五日の未明に島田、岩田両駅を通過したことになっている。準急だから停車はしないが、列車の速度と距離からわりだせば、この二〇二二列車が島田駅を通過するのが2時55分ごろ、岩田駅をとおりすぎるのは3時2分ごろとなる（二八一頁の時刻表参照）。しかし先行のA列車はその時分に神奈川県の湯河原《ゆがわら》から真鶴《まなづる》のあたりを走っていることになるのだ。するとあの狂句はどう解釈すればよいのか。大池氏が山下一郎とともに三月二十五日未明に島田、岩田両駅を通過したのはどうしたわけなのか。

「大池さん、あなたは三月二十五日の夜あけ前に、谷氏と島田、岩田のあたりを同席なさったとうかがいましたが、三月二十三日門司発の二〇二二列車にのりますと、その時分には相模湾のほとりを走っていることになるのですよ。山口県と神奈川県とでは大した相違ですが、これは一体どうしたわけでしょう？」

熱のこもった質問に、大池氏はキツネにつままれたような表情でひとしきりまたたいた。

「山口県と神奈川県ですって？　なんのことやらさっぱり解りませんが……」

「だって〝高しまだ云々〟の狂句をかいたのは島田駅と岩田駅を通過したさいのことでしょう？」

鬼貫のアリバイ崩しは終盤戦にかかっていた。大池氏がなんと答えるか、その一言によってさしも難解の偽アリバイも根底からたおれようとしている。

「ですからわたしには呑み込めないのです。あなたと谷氏は島田と岩田のあたりであの句をつくったといわれる。しかしあなた方の列車は、その時分に神奈川県を走っていたことになるんですよ」

神奈川県がどういうわけで山口県にかわるのか、そこのところがどうしても解らない。ちょっとした沈黙があったのち、小首をかしげていた大池氏はいきなり肩をおとすと、吐息をついた。

「どうもわたしには見当がつきませんな。しかしですね、鬼貫さん、あなたは山口だの神奈川だのとおっしゃいますが、あの人が狂句をこしらえたのは山口でも神奈川でもありませんよ」

意外なことをいいだした。

「どこです？」

「ちょっと鬼貫さん、谷さんの奥さんが殺されたのは何日でした？」

と大池氏は質問をはずした。

「二十五日の朝です。六時半ごろでした」

大池氏はだまって重々しくうなずくと、眼鏡をとって念入りにレンズをふいていたが、やがてふたたび目にかけた。

「そのとおりです」

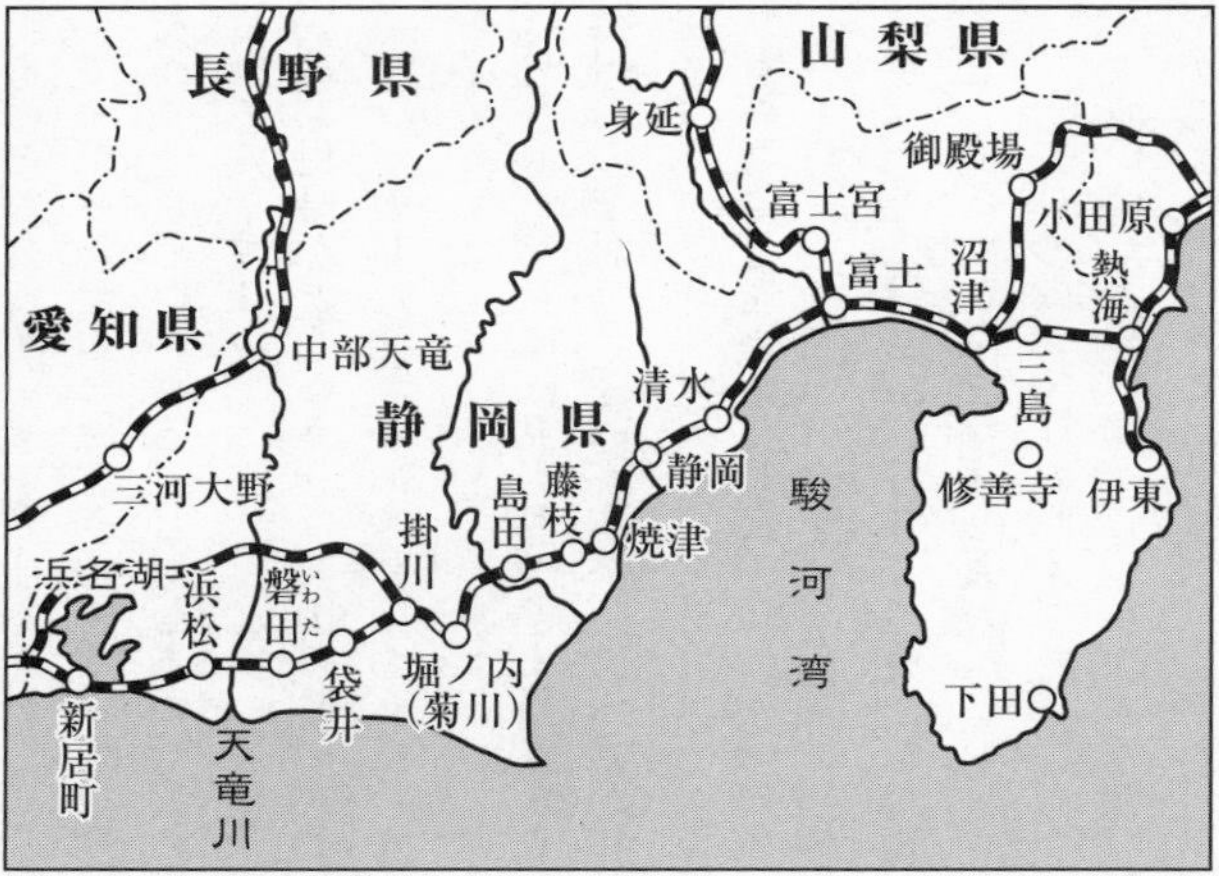

「谷さんのような紳士がご自分の奥さんを殺すとは、どうしてもわたしには信じられないことです。それを思うと軽率なお喋りをしてあの方に迷惑をかけてはならないと思いますが、もし谷さんが犯人であったとすると、犯行は充分に可能なわけなのです。先程も申し上げましたように、わたくしどもは門司を二十三日に出た二〇二二列車にのってきたわけですから」

「ですから島田とか岩田というのはどこなのですか」

大池氏は鬼貫の眸をのぞくようにして、みじかく答えた。

「静岡県です」

「静岡県？　静岡県に岩田だの島田だのという駅があるんですか」

「ありますとも。わたしはまた、静岡県以外にも同じ名前の駅があるとうかがって、大層意外でしたな」

　大池氏は鉄道図をひろげ、ぐるりとまわしてさしだした。

「ここをご覧下さい」

　手にとってみる。なるほど静岡県に磐田《いわた》と島田があった。鬼貫はこのときはじめて、いままで岩田だとばかりおもいこんでいた駅名が、じつは岩田ではなくて磐田だったことに気づいたのである。両駅の発音がおなじことを利用して、山下一郎は、舌先三寸でみごとに鬼貫をたぶらかしていたのだ。

　鬼貫はもう一度狂句に目をやった。そこにはいわた帯とはかいてあるが、決して岩田帯とはしてない。岩田帯とかけば、大池氏が岩と磐との相違にすぐ気づいてしまうからだ。こまかいところまでよく気を配ってある。

浜松	発	23 40
天竜川	〃	↓
磐田	〃	0 05
袋井	〃	↓
掛川	〃	0 20
堀ノ内	〃	↓
金谷	〃	↓
島田	〃	↓
藤枝	〃	↓
焼津	〃	↓
用宗	〃	↓
静岡	着	1 26

二〇二二列車時刻表

　時刻表の数字を指でさぐりながらみてみると、この列車は磐田駅に三十秒停車をして0時5分に発車するのだが島田駅には停車しない。しかし前後から概算した結果は、島田を通過するのは0時55分ごろとなる。鬼貫は、さらに山陽本線のページをひらいて双方をみくらべていたが、この結果、ようやくのことで山下一郎のトリックを了解することができた。

彼が乗ったA列車は山口県の小野田《おのだ》の手前を走っているうちに午後の十二時をすぎて二十四日になり、さらに静岡県に入って天竜川をわたる時分に二十五日になる。そしてなおもすすんで磐田をすぎ、島田にさしかかるのが午前零時五十五分ごろ、一方、二十四日の夜門司をたったB列車は、A列車が静岡県の島田を通過した時刻よりほぼ二時間おくれて、山口県の島田駅をとおりすぎるのである。図で示せば上図のようになる。

静岡県	磐田	0 05
	島田	0 55 頃
山口県	島田	2 55 頃
	岩田	3 02 頃

犯人は大池氏とともにA列車にのっていながら、おなじ駅名を利用してB列車にのっていたようにみせかけたのだが、思えばこんな簡単な錯覚になぜいままで気づかなかったのであろうか。口もとににが笑いがうかんできたとき、鬼貫の脳裡にはだしぬけにあのガスタンクの下のお芝居がうかび上ったのである。

13

五月のおわりに、鬼貫は竹島ユリの小さな宴にまねかれた。二十日間におよぶ拘置所生活から解放されたユリは、やはり幾分のやつれをみせていた。食事がすんだあとで矢野明はピースに火をつけると、鬼貫のほうにむきなおった。

「山下さんが犯人だったんですってね」

「ええ」

「あれほど小夜子さんを愛していらしたのに」

と、ユリも信じかねる面持だった。

「犯人は山下氏です。わたしが秋田で彼のアリバイを解いて帰ってくると、二日ちがいで香港《ホンコン》へたったあとでした。そののち香港からわたしあてに一切を告白した手紙がとどいたのです」

「まあ」

「その冒頭にのべてあったのは、あなたが逮捕されたことに対する謝罪でした。あなたが容疑者にされるとは夢にも思っていなかった。ですから逮捕されたときは非常におどろいたそうです。本来ならばなんとか手段を講じてあなたの無実を立証するか、さもなくば自首してあなたの嫌疑をはらすべきですが、それもできない事情にあるので、国外へ脱出することにきめた。あなたにはしばらく辛抱していただいて、司直の手のとどかない外地から自分の罪状を告白したい、と、このように考えていたのです」

「もうお帰りにはならないのかしら」

「おそらく帰りますまい。待っているのは絞首台ですからね。香港からさらに向うにわたって、ライフワークにとりかかるといっています」

するとと矢野がピースを灰皿において、上体をのりだしてきた。

「あの人がつくった偽アリバイはとても難解だったと聞いていますが、あなたがどうやってお解きになったかお聞かせねがえませんか」

鬼貫はあまり気のりしなかった。彼等が話の内容に興味をもって最後まで聞いてくれるかどうか心もとなかったし、また語りはじめた以上は相手が理解するまでしゃべらなくては気がすまない。ものごとを中途半端でうち切ることは性格がゆるさないのである。

「お話ししてもいいんですが、面倒くさくてごたごたしていますよ」

それでもいいのか、と問うような眸のいろだった。

「でも結構です。われわれをずいぶん悩ました謎ですからね。この竹島君は滅多なことでは味わえない刑務所生活を経験したんですし、その間《かん》わたしは痩せる思いをしました。ですから、あの謎の本体がどのようなものであったか、それをあなたがどうお解きになったか、わたしも竹島君も非常な興味を感じているんです」

そうまでいわれてみると拒みきれない。鬼貫はかいつまんだ話をしたのち、さらに本題にふれていった。

「……つまり犯人の側からいいますとね、鹿児島の旅館をでた山下氏は桜島見物などをしないで、すぐ門司へむかったのです。そしてその夜、つまり二十三日の夜門司を始発する二〇二二列車にのりました。なにしろ始発駅ですから座席もすいているし、発車するまで時間もあります。そこでなにをしたかというと、東京へ直行する乗客をゆっくり物色して、適当な人物である大池氏に目星をつけた。たいせつな証人をえらぶのですから、この人物試験はなかなか慎重にやらなくてはならないのです。さりげなく接近しておいてその晩はぐっすりと眠りました。山下氏の日記には、山口県を通過するとき眠れなかったとかいてありますが、あれはもちろん嘘です。眠れなかったのはそのつぎの夜、すなわち静岡県をとおりすぎるときのことでした。それも、故意に眠られないようにしたのです」

ふたりの男女は熱心に聞き耳をたてて、山下一郎がつくり上げた偽アリバイの構造を理解しようとつとめていた。

「ここでよく呑み込んでいただきたいのは、氏の行動について主張と事実の相違ですね。桜島を見物していたと称する頃、実際は門司行の列車上にあった。その夜鹿児島をたって門司行の列車に乗っていたと称する時分には、門司からでる東京行の二〇二二列車にのっていた。そして門司と下関の観光をしていたという二十四日の日中は、山陽本線から東海道本線にかけて大池氏と談笑しながら走っていたわけです」

「解りますわ」

「さて、その山陽、東海道線を談笑しているうちに、大池氏が辛党であることを聞きだしました。二十四日も暮れて名古屋に停車した際にウィスキーを買って、これにあらかじめ準備しておいた覚醒剤をなげいれてすすめたのです」

「まあ」

「これを呑んだ大池氏は目がさえて眠れなくなります。やがて列車は静岡県にさしかかる。磐田駅にとまるのが0時5分、島田駅を通過するのは0時55分ごろですから、証人として利用する大池氏には、どうしてもそのときまで目をさませておかなくてはならないわけです。そして両駅をすぎたあと狂句を本の表紙のうらにかき込んで物的証拠をこしらえると、車内の空気がよごれていることを口実に席をたって、二等車の人混みのなかにもぐり込んでしまいました」

「どうしてでしょう」

「それはですね、氏としては彦根駅に下車する必要があったからです。いや彦根駅とかぎったわけではないのですが、中京から大阪にかけたあのへんのどこかで下車する必要がありました。しかし静岡県から東京までずうっと大池氏と同席していたのでは、彦根もしくはその辺で下車するわけにはゆかないでしょう？　だから席をたったのですよ」

ユリは小首をかしげてきいていた。

「呑み込めませんわ。山下さんが席を立たれたときには、とうのむかしに彦根をとおりこしたあとじゃありませんの。彦根といえば滋賀県ですし、磐田や島田は静岡県ですもの」

もっともな質問であった。鬼貫はおだやかな笑みをうかべると、噛んでふくめるような口調でつづけた。

「ではこう話したら解っていただけるでしょう。ご存知のように、山下氏は自分の偽アリバイに山口県の島田、岩田両駅を利用しました。この偽アリバイを確固不動のものとさせるためには、静岡県にも島田、磐田という駅のあることは隠しておかなければならない。つまり当局の目を静岡県に向けないようにしなくてはならぬわけです」

「ええ」

「ですから、列車が静岡県に入らぬうちに、というよりもはるか手前を走っているうちに下車してしまう必要がありました。事実この計画は美事に功を奏した。山下氏が彦根におりたことによって、われわれはあの人が門司から彦根までずっと乗りつづけてきたものと思い込んでしまって、静岡県のことなど全然考えてもみなかったのです。話がもとにもどりますけど、山下氏が大池氏とわかれて二等車へ移ったのは二十五日の未明であって、彦根のフォームにおり立ったのはそれから十七時間ほど後のことですから、東京で兇行をおえて彦根へバックする余裕はたっぷりあったわけです。ところがですよ、大池氏と東京まで同席していたとすると、当局に対して彦根で下車したように見せかけるのに具合がわるいじゃありませんか」

　言葉を切って相手が了解するのを待った。ユリは目を伏せてちょっとのあいだ考えているふうだったが、すぐ鬼貫をみると大きくうなずいた。うわの空で聞いているとごたごたして呑み込みにくいけれども、理解しようと努めていれば、すべてが筋のとおったことばかりである。

ユリの納得した表情をみた鬼貫は、ゆっくりした調子でさらにその話をつづけた。

「山下氏は二等車に移った際に、左手にしていた包帯をとってしまったそうです。そうしないと人目にたちますし、ひいてはあとで不利なことがでてくるおそれもありますからね」

「そうですな。予期せぬ人に記憶される心配もあるわけですな」

音楽教師が口をいれた。

「そう。さてこの二〇二二列車が東京駅に入るのは朝の五時半です。山下氏はスーツケースのなかから折り鞄をとりだすと、スーツケースは一時預けをして碑文谷に向いました。近くの公園で折り鞄のなかに入れてあるトレンチコートに着かえて簡単な変装をする。これは万一早起きの牛乳屋や新聞配達に逢ったときの用意です。この心構えはよかったんですが、とんだところで失敗してしまった。というのはほかでもない、小脇にかいこんでいたその折り鞄に書いてあるロシア文字のイニシャルをあなたに目撃されたことです」

「不運なミス、といっては犯人に同情した見方になるかもしれませんけど、つまらぬことでしくじったものですな」

「大体が考えぬかれた犯罪ほど、意外なところにミスがあるものですよ」

鬼貫は矢野青年に向って大きくうなずいてみせた。

「さて山下氏はカギは持っているし自分の家に忍び込むのですから、強盗や窃盗の犯人が侵入するのとはちがって、なんの苦労もいりません。ただ、竹島さんが泊っていらしたこと、しかも炊事場にいらしたことは全く氏の計算外であったのですがね」

炊事場という言葉をきいたユリは、はっとしたように立ち上った。

「どうしたの？」

「ご免なさい。お話に夢中になって、お紅茶いれるのを忘れてましたわ」

ユリは茶器をそろえ、茶の葉をポットにいれたり砂糖つぼやミルクを盆にのせたりした。その姿をながめる矢野明の視線には、新妻を見まもるわかい夫のような優しさとあたたかさがこもっている。そしてその青年の横顔を、中年の警部は微笑をうかべて見ていた。

話は、やがて彼女が席につくのを待ってつづけられた。

「……不愉快な仕事をすませたあと、山下氏は東京駅にとってかえすと、預けておいたスーツケースをうけだして、おりから発車しようとしている大阪行の急行に乗ったのです。ながくお話しするのはかまいませんが、あなたがたが退屈するといけないので、簡単に端折りましょう。この急行が彦根をとおりこして17時35分に近江八幡《おうみはちまん》についたとき、下車して駅の売店で小夜子女史の記事がのっている夕刊を買う。三十五分の待ち合せで二〇二三列車が入ってくるからそれに乗った。これこそ山下氏が三月二十四日の夜門司から乗ってきたと称する、あの問題の列車なのですよ」

A列車に乗っていた山下一郎が東京に到着したのち妻を殺し、ふたたび東海道をバックしたのちにあらためてB列車に乗った動きを、ふたりの男女は熱心に理解しようとつとめていた。

「彦根をえらんだことには、理由がないということでしたね?」

「べつに積極的な理由はありません。まず乗っていた大阪行の急行から二〇二二列車にうつる場合に、待ち合せ時間のもっともみじかいのが近江八幡駅です。これで近江八幡駅がえらばれたわけが解ります。つぎに、これはすでにお話ししたことでありますが、当人は静岡県よりもできるだけ西によった駅で下車する必要がありました。その目的にかなうためには、二〇二二列車に、いうところのB列車に乗ったらすぐつぎの停車駅でおりなくてはならなかった。そこが彦根だったわけです」

「解りました」

「近江八幡で二〇二二列車に乗りかえた山下氏は、すぐトイレに入ってナイフで左手をきって、包帯を巻きました。大池氏とわかれて二等車にうつった直後にほどいた包帯を、十七時間のちにふたたび巻いたわけですが、今時はほんとうに負傷しているわけです」

なぜ左手に疵をこしらえる必要があったかということを説明したのち、さらに話をつづけた。簡単に語るつもりではあるけれど、簡単すぎて、意味がつうじなくてはなにもならない。しかしユリも矢野も少しも迷惑そうな顔をせずに、紅茶を飲むことも忘れて聞いていた。

「近江八幡と彦根のあいだは、準急でちょうど三十分かかりますから、ナイフで切ったり包帯を巻いたりする時間は充分にありました。彦根のフォームに降りたあとのことは、先程お話ししたとおりです」

鬼貫の話を、はじめから黙々と聞いていた矢野は、このときふと顔をあげた。

「まだ疑問があります。すると板橋のガスタンクの下でいれかわった件はどうなるのです？」

「あれはね、山下氏そのものなのですよ。ただ別人にみせかけるために、わざと片脚をひきずってみせたのです。結果からみて、わたしは氏のペテンにまんまとかかったわけですけれどもね」

「なぜそんな真似をしたのですか」

「そこにはね、やはり大きな狙いがあるのですよ。あの人の第二のアリバイ、つまり狂句のアリバイも、考えようによってはずいぶんと脆弱《ぜいじゃく》なしろものです。上野の旅館で三人が会談したときにですね、わたしが大池氏に対して『あなたと山下さんが門司駅から乗車したのは三月二十四日ですか』と訊けば、あのアリバイは一瞬にしてけしとんでしまうところですよ。そのような質問をさせないために、いいかえれば門司をたった日づけに疑問をいだかせないために、他により強力な謎をこしらえて、注意をそちらのほうに惹きつけておかなくてはならない。そこで山下氏はわざと替玉の存在をにおわせるために、はるばるタクシーを板橋のガスタンクまで走らせてみたり、足を不自由にしてみせたりしたのです。そのワナにみごと落ち込んだものですから、大池氏と同席していた人物は替玉にちがいないと思ってしまった。そうなりますと、その替玉が随筆集に山下氏自身の筆蹟をのこしたのは一体どんなトリックによったものであろうかと、それにばかり気をとられて他をふりかえるゆとりがなくなってしまう。そこが山下氏の狙いだったのです」

　くわしい説明をしばらく反芻《はんすう》していた矢野明は、大きくうなずいて了解の意をあらわした。

「そのトリックを検討した場合に真先に考えつくのは、随筆集の文字のあとが改竄《かいざん》されたのではあるまいか、ということです。そのような疑惑をもたれぬためには、つまり筆蹟の信憑性を維持するためにはですね、随筆集を大池氏にあずけておくにかぎるのです。山下氏がべつの車輛にうつっていったのは、前にお話しした理由のほかに読みおわった本を返されぬためでもあったわけですよ」

　鬼貫の話はそこでとぎれた。ふたりはこもごもに頷き、そしてようやく紅茶の存在を思いだしてスプーンを手にとった。

14

「まだ疑問があるんです。先帝祭のアリバイですが、当日雨が降ったら行列はのばされるでしょうし、したがって山下さんのアリバイ工作にも影響があると思うんですがね」

ミルクをいれながら矢野がたずねた。

「答えは簡単です。雨天の場合はあのアリバイをあきらめるつもりだったのですよ。その場合は無疵の左手にまいた包帯は、片手に負傷をしている山下氏にはとうてい小夜子夫人の頸をしめられたはずがないとみなされることに対してだけ、効果があるわけですがね」

そこで紅茶に口をつけようとしたが、ふと思いついたように茶碗をおいた。

「そうそう、疵で思いだしたのですが、山下氏はあの疵が偽物であることを気づかれては大変ですから、それがほんものであることをそれとなく強調するために、わざわざ入院するようにしたのですよ。鹿児島の旅館でも、左手にマーキュロクロームをぬって血にみせかけて、あわてて女中に薬や包帯を買わせるようなお茶番もやっています」

「谷という偽名をつかったのはなぜでしょうかしら？　山下さんの弁明をあのまま受けいれていいんでしょうか」

つづいてユリが訊く。つぎつぎにだされる質問を、鬼貫は鵜匠のようにたくみにさばいた。

「それはです。仮に大池氏に本名を名乗ったとしますね。すると大池氏も新聞もよめばラジオも聞くでしょうから、自分と同席していた山下一郎という人物が殺された小夜子女史の夫であることを知ってしまう。ところがですよ、ご存知のように大池氏に対してだけ狂句のアリバイは無力です。いわば大池氏はアリバイの死角であった。したがってわるくするとなにもかも壊滅してしまうような打撃をうけることになる。ですから自分が事件に関連をもつ人間であることは、極力かくしておきたかったわけです。そのことばかりでなく、まだまだこまかい点に留意していますよ。奥さんの生命保険を中止したのも、保険金取得が動機であるとは考えられないように、あらかじめ手をうっておいたのです」

偽アリバイの構造はすっかり解き明かされた。一見複雑のようではある。けれどもよく考えてみるとどれもこれもが合理的で、すべて納得できるものばかりであった。

そして最後にのこされたのが動機の問題である。三人はしばらく黙々として紅茶をあじわっていたが、待ちきれなくなってカップをおいたのはユリだった。

「あれほど愛していた小夜子さんをなぜ殺したのでしょうか」

「動機ですか。わたしとしてはあまり語りたくないのですけど、一種の被害者であるあなたがただけにはお話ししないわけにはゆきますまい」

来るべきものがついにきたというような表情を、鬼貫はうかべた。渋滞した喋り方だった。それから話の順序をまとめるようにちょっと沈黙した。

「どうも適当な言葉もなし、上手な表現法もみつからないので、ざっくばらんに申しましょう。要するに山下氏がピューリタンでありすぎたのです。世間には、中年になってまだ女性と交渉のない人をうす気味わるがって、化物のようにいうものがいます。彼等にいわせれば、山下氏も化物のひとりでした。しかし本人は四十一歳で結婚するまで身をかたく持して、それをひそかな誇りとしていました。言い方がまずいかもしれませんが、その誇りは宗教的なものにまで高められていた。そこが理解できないと、この殺人の動機を納得することは不可能だと思います」

鬼貫は次第に早口になってきた。それは話が熱してきたというよりも、いやな話題をすみやかに語りおえようとするためのようであった。

「そうした山下氏ですから、結婚する相手も自分にふさわしい清浄な乙女でなくてはならなかった。その気がまえといいますか心境といいますか、これはお解りになりますね。さて自分の眼鏡にかなった女性として小夜子さんをえらんだのですが、容姿といい才能といい気質といい、すべてが山下氏を満足させました。しかし彼女の美貌よりも性格よりも、いちばん気に入ったのは小夜子さんの無垢《むく》ともみえる新鮮なういういしさだったのです。そのことをだれよりも肝心の小夜子さんが気づいていなかった。そこに悲劇のもとがあったわけです」

鬼貫は紅茶でちょっと喉をしめしてから、ふたたび話をつづけた。

「結婚のあとで、小夜子さんと亡くなった月田浩氏との交渉が、あの中田六助のあばいた記事よりもはるかに深刻なものであると知ったときに、山下氏はおどろきと失望とですっかりうちのめされてしまったということです」

「でも鬼貫さん、気にいらない嫁ならば離婚すればいいじゃないですか。なにもそれだけの理由で殺すというのは理解できません」

「そう、一般論としてはそのとおりです。新鮮なリンゴを買ってきたつもりで、香りもあまさも失せた傷ものの店晒《たなざら》しのリンゴを売りつけられたのなら、それを果物店にたたきかえせばよい。だが山下氏の場合はちがいます。わたしは花言葉なんてものは少しも知りませんが、白いフリージヤは純潔を意味するそうじゃないですか。世間では男性が女性の白いフリージヤの花びらをちらしたとき、これに道義的な非難をあびせかけます。しかし反対に男性の白いフリージヤが女性によって踏みにじられても、女性を非難する人はありません。なぜ女性に対して寛大であるかということはいまの場合問題でない。わたしが指摘したいのは、四十一年間汚点ひとつつけずにそだててきた山下氏の純白なフリージヤが、小夜子さんによって泥まみれにされてしまったということです。その汚されたフリージヤは、小夜子さんを離別したところでもとの美しさにもどるものではありません。いや、山下氏は小夜子さんを離婚することなど絶対にできなかった。なんとなれば小夜子さんをだれよりも何よりも愛していたからです。あの人が妻を愛していたのは、決して見せかけではありません。その小夜子さんと別れるなんて、とんでもないことです。しかし誇りをうばわれた怒りと愛情とを天秤にかけると、段ちがいに怒りのほうが大きかった。わたしは前に宗教的ということばをつかいましたが、あれを思いだしてみて下さい。それによってはじめて山下氏の怒りが理解できると思います。一年にわたる愛と怒りの相剋に身も心もさいなまれはてて、とうとうあの悲劇がおこりました。一見無動機の殺人ともおもわれるこの事件も、山下氏の心理をふかく洞察することによって踏みにじられた怒りに対する復讐という動機を発見できます。さらにひと皮はいでみると、そこには小夜子さんによせる愛情があふれて、ひたひたと波うっていることをも発見できると思います」

伏目になって聞いていたユリは、ふたたび顔をあげた。

「解りますわ。しかしもしそれがほんとうだとしますと、山下さんは自殺なすったと思いますわ。国外に逃げたことは、あのかたの愛情が純粋でないことを示しているのじゃないでしょうか」

語調はしずかだが、山下氏に対する辛辣な非難がこめられている。鬼貫は直接それには答えなかった。

「わたしのような門外漢にはよく解りかねますが、ロシアの教会音楽の起源であるスナミエンヌイ・ラスピェーヴなるものに、ギリシャの聖歌やブルガリアの聖歌の影響が全然みられないということは、宗教音楽上のきわめて大きな謎とされているそうですね。山下氏はむこうへわたってこの不思議な事実と取り組んで、解明することをライフワークとするのだといっているのです。素人の目からみるとまことに地味な仕事ですけれど、教会音楽に興味をもつあの人としては、非常にやり甲斐のある研究なのだそうです。それが妻の死をわすれるための逃避であるとは信じたくないのですがね」

鬼貫はそういって紅茶をのみほした。

「つまるところ、セックスを重大視する戦前派の夫と、これを解放した戦後派の妻とのあいだに必然的に生じた悲劇ですね」

ユリの許婚者が同意をもとめるようにいった。

「わたしの考えはちがいます。女性を無条件で信頼することができるのは、白痴か神様にかぎられているのです。一介の人間が女性を信じようとしたところに悲劇の原因が胚胎していたのです」

鬼貫はそういいたかった。だが、わかい婚約者たちの前であることを考えると、少々礼儀を失するようだ。だから黙ったまま、重々しくうなずいてみせただけであった。

選者解説

鮎川哲也

「狂った機関車」――大阪圭吉

ホウムズの例を持ち出すまでもなく、探偵作家にはそれぞれお抱えの名探偵がいる。そして大阪圭吉の場合、それは青山喬介なのだ。といっても喬介が登場するのは初期の数編であって、それ以後は名探偵なしで謎解き小説を書いている。

さてこの喬介は第一作の《デパートの絞刑吏《こうけいり》》で初めてお目見得するわけだが、冒頭で作者はこの名探偵について大略つぎのように紹介している。喬介は某映画会社の異彩ある監督として特異な存在であったけれど、あまり凝った作品をつくるので一般観客の支持を得られず、利潤を追求する映画会社の経営方針と意見が合わなくなって退社すると、一個の自由研究家になる。自由研究家の意味ははっきりしないが、勤勉で粘りづよくゆたかな想像力の持主でもあったので、犯罪事件に首を突っ込んで成功をみるのである。

本格物に登場する名探偵は、多くの場合、読者と知恵を競い合うように描かれている。例えばアメリカのエラリイ・クイーンあるいはベルギーのステーマン等は巻末近くで読者に挑戦をこころみ、犯人を推理するためのデータは十二分に提出しておいたから、この辺でホシの正体を指摘してみろというのである。こうした稚気を持ち合わせていない作家でも、最後の章をひらく前にじっくりと推理をすれば、おのずから謎が解けるように組み立てている。しかし本篇は名探偵が登場しているにもかかわらず、読者はそうした謎解きを楽しむようには出来ていない。もっぱら喬介のお説を拝聴して、なるほどそうであったかと感服するのだ。

大阪圭吉は調べて書く作家だといわれている。現在では取材をした上で執筆するのが当り前になっているけれども、戦前では珍しかったのであろう。作者のそうした特長は本篇でも遺憾なく発揮されており、作者の正体を知らぬ読者は、大阪圭吉が国鉄マンだと思い込まぬとも限らない。この作品にしても、駅に行って取材しているうちにこうしたトリックを発見したのか、あらかじめトリックを設定したプロットを立てた上で取材に行ったのか、おなじ推理作家のわたしにも判断がつきかねる有様だ。

なお、第一の殺人の際のメカニズムは読み流しをすると解りにくくなる恐れがある。本篇の面白さを理解するためにも、ぜひじっくりと読んで頂きたいと思う。

大阪圭吉には別に《とむらい機関車》という短篇もあって、これも優れた作品である。ご一読されることをおすすめしておく。

（『シグナルは消えた』一九八三年二月、徳間文庫より）

「省線電車の射撃手」――海野十三

省線電車とは、いまでいう国電のこと。略して「省線」と呼んだ。省線の前は「院線」といったそうだが、それはわたしの年代よりももう少し以前の話になる。因《ちな》みに院線とは鉄道省が鉄道院だった頃の名称である。なにしろ山ノ手線の大崎駅のあたりが「郊外」ということになっているのだから、ずいぶん昔の話になる。

海野十三は科学小説（その時分はSFという名称はなかった）と探偵小説の双方の分野で活躍した人で、その探偵小説も、ほかの作家に比べると科学的な味わいの濃いものであった。

SFとしては《地球盗難》であるとか、少年時代のわたしが雑誌「子供の科学」の発売日を待ちかねて読んだ《崩れる鬼影》などが、そして探偵小説としては《赤外線男》が特に印象に残っている。

理学士だから数学が好きなのは当然のことなのだろうが虫喰い算にも興味を持ち、《暗号数字》という短篇は全篇が虫喰い算から成立しているほどである。

そうなると、探偵小説のなかでも論理的な理屈っぽいものが体質に合うだろうし、ひいてはクロフツの《樽》などは大いに感激して読んだ筈だが、豈計《あにはか》らんや、こういう退屈な小説は大嫌いだそうだから意外だ。尤も、かくいう編者自身にしてからが、クロフツの理屈っぽいところに魅せられて、自分も似た傾向の小説を書いているくせに、虫喰い算などにはまるきり興味を持てないのだから、他人のことをとやかくいえるわけもない。

ところで、海野十三の諸作に登場する帆村荘六探偵のことだが、十三という筆名の読み方が混乱しているように、帆村の名前もソーロクと読む人とショーロクと読む人に分れている。作者はこれについても強いて訂正することをせず、読む者の自由にさせておいたようである。

それはひとまずおいて、考えてみれば帆村という性も滅多に見かけない珍しいものだ。作者がこの由来についてどんな説明をこころみていたか知らないが、わたしは、かのイギリスの名探偵シャーロック・ホームズの音《おん》を借りたのではあるまいかと想像している。戦前はホームズ（正確な発音はホウムズのほうが近いと思うが）と呼ぶ人と、綴りどおりにホルムスと呼ぶ人が相半ばしていた。同様にファイロ・ヴァンスはフィロ・ヴァンスとして紹介され、それを信じて筆名を廣播州《ひろばんす》とした翻訳家がいたように、外国人の氏名はかなりいい加減に発音されてしかも怪しまれることのなかった時代だったのである。だから海野十三はホルムスに当てはめて帆村とし、シャーロックに似かよった荘六の字を選んだのではないか。もしそうだとすれば、荘六は当然ショーロクと読まれなくてはなるまい。

話を《省線電車の射撃手》に戻すが、作者は犯人の正体をカバーするために怪しい登場人物を何人も登場させて読者の眼をくらまそうと努める一方では、伏線を敷くことによってフェアプレイに徹しようとしている。読了してから、改めてそうした個所をチェックするために再読するのも、探偵小説を楽しむための一つの方法なのである。

（『シグナルは消えた』一九八三年二月、徳間文庫より）

「轢死経験者」——永瀬三吾

永瀬三吾はヒゲの似合う人だった。ヒゲといっても昨今の青年が生やしているようなむさくるしいものではなく、チャップリン髭もしくはチョビ髭などと称される粋なものである。「ナントカのない珈琲なんて……」といったTVコマーシャルを聞いたことがあるが、同様に「ヒゲのない永瀬さんなんて」わたしには考えられなかった。

永瀬三吾が旧「宝石」の編集長をしていた頃、わたしはこの雑誌とは無縁だったので、編集長対作家としては触れ合う機会もなく、わたしが知っている永瀬三吾は推理作家としての永瀬三吾なのである。氏はわたしよりもずっと年長だったから（たしか、城昌幸氏と同年ではなかったかと思う）、推理作家としての出発はわたしのほうが先輩だが、年長者に対する遠慮が邪魔をするのか、親しく語り合ったり胸襟をひらいて語り合うといったことは一度もなく、カクテルパーティで顔を合わせれば、儀礼的に挨拶をかわす程度の仲であった。わたしの自身は喋ることを苦手とする男だが、氏もまたペチャクチャと喋りまくるタイプではないように思う。

いまから六、七年以前になるだろうか、日活国際ホテルのパーティで久し振りに氏と会った。その若さにおいても、「宝石」編集長時代に見かけた永瀬三吾とは少しも変っていないにもかかわらず、どこかが変っていた。マストのない軍艦みたいに、なにかが足りない。

「永瀬さん、ヒゲをどうしたんです！」

と、わたしは叫んだ。

「ヒゲ？　もう二、三年前に剃ってしまいましたよ」

今頃なにをいっとるのか、といいたげに永瀬三吾が答えた。われわれはそれほど同席する機会がなかったのである。その頃から氏の作量は減ってゆき、作家仲間の集会でも見かけることもなくなって、賀状の交換をするほかは無沙汰がつづいている。そしてわたしの脳裡にある永瀬三吾は、依然として昔懐かしいヒゲをたくわえた永瀬三吾なのだ。

前にも記したようにわたしが氏を知っているというのはあくまで作品を通じてのことだ。この人には《殺人乱数表》（「日本推理作家協会」恒例の犯人当てのゲームのテキストとして書かれた）のような本格物もないではないがこれは例外であり、その作品は人生派とでも呼んだらいいのだろうか、人間という不思議な生物がなにかの拍子にふと覗かせた断面を、ある距離をおいて、さめた筆で描いたものが多かった。それは《昨日の蛇》《軍雞》といった初期の作品から一貫したこの作家の創作姿勢であった。したがって作中に登場するのはすべて平々凡々たる人物ばかりで、名探偵によって代表されるスーパーマンには些かの関心も示さなかった。

本篇は外国のコントを思わせるようなスマートな構成で、永瀬三吾としては異色作といってよいと思う。収載するにあたって作者が加筆訂正したものである。

（『犯罪交叉点』一九八三年三月、徳間文庫より）

観光列車V12号――香山　滋

観光列車ヴィクトリア号というものが本当に走っていたのかどうか、寡聞にして編者は知ることがない。しかし香山滋のような空想力のゆたかな作家の作品についてそうしたことを詮索するのは、野暮の骨頂というものだろう。いまと違って海外旅行が日常化していない時代に、作者は、地球上のあらゆる土地を舞台にしたばかりでなく、火星のことまで書いているのだから――。これは私見に過ぎないのだけれど、氏の場合、国外旅行が自由でなかったから、したがって実際に外国を旅したことがなかったから、思うがままに空想をふくらませることが出来たのではなかったろうか。

氏は旧「宝石」短篇コンクールの第一期生であった。このときは、探偵小説が書きたくて腕を撫していた新人がチャンス到来とばかり殺到したため秀作が多く集まって、同誌のコンテストのなかでは最も稔りがあったといわれている。そのうちでも香山滋は島田一男氏と並んで、当選した時点ですでにプロ作家たる実力を具えており、事実、忽ちのうちに両氏とも引く手あまたの多忙作家となった。思うに香山作品が歓迎されたのは、香山版動植物辞典にしか記載されていない奇妙な動物や不思議な植物が登場する珍しさと、敗戦に依る混乱で夢を失った人々に夢見ることの楽しさを教えてくれたためではなかったか、と思う。

氏とは推理作家仲間のパーティで一、二度口をきいた程度だから、親しい仲では勿論なかった。しかしそのわたしですらも、氏が推理小説の世界から退場していったことを残念に思い、訪ねて来た編集者にときたま「香山さんはどうしていますか」と訊いたりすることがあった。だが、消息につうじている筈の彼等からさえも満足な返事を得られないのが常だったのである。余技作家ならともかく、本業作家の、それも売れた人であっただけに、時流に合わずして筆を折った淋しさはひとしおだったろうと思う。

先頃なにげなくFM放送のスイッチを入れたところ、アメリカのサウンドグループ（とでもいうのだろうか）ブルー・オイスター・カルトが演奏する「ゴジラ」が聞えてきた。楽器を騒々しく掻き鳴らし意味のわからぬ英語をわめきたてるうちに、左右のスピーカーより「ゴジラ、ゴーゴー、ゴジラ」のシュプレヒコールが流れだした。耳のせいかガッディラと発音しているようである。やがてバックに日本語のアナウンスが入って「臨時ヌースヲモシアゲマス、ゴッジラガ銀座ホメンニ向カッテイマス、大至急ヒナンシテ下サイ、大至急ヒナンシテ……」と伝え、曲はクライマックスに達する。わたしはそれを聞きながら、ゴジラの原作者であり閉塞していた香山さんに、この曲を聞かせたかったと考えていた。

（『レールは囁く』一九八三年六月、徳間文庫より）

「殺意の証言」――二条節夫

前掲の麓昌平氏の一篇（編集部注・「歪んだ直線」。本書には未収録）と同じく「推理界」の新人作家募集のコンテストに応じた作品で、《歪んだ直線》より一ヵ月おくれて9月号に発表された。このときは一位なしの佳作入選という結果になったが、勝負は時の運によって左右されるものである。あるいは、たまたまきびしい採点をする選者が顔をならべたために、非運に泣くというケースもないではない。「推理界」のコンテストがそうであったというつもりはさらさらないけれど、読者諸氏が選者の立場にあったらどんな点をつけるであろうか。本篇と《歪んだ直線》をじっくりと読み比べた上で採点するのも楽しいことではないかと思う。

本篇は鉄道ミステリーともいうべき前半と、被疑者たる高校教師と捜査官の攻防をえがいた二部仕立てという凝った構成になっている。こころみに前半だけ読んでページを閉じても、出来のいい鉄道ミステリーと触れ合った快い読後感が残るのである。

この作者が麓氏とおなじコンテストで甲乙を争ったことについては先にしるしたとおりだけれど、両氏は医師であるという点でも共通したものを持っている。そればかりでなく、推理小説を書き始めた時期までが同じだという浅からぬ因縁があるのだ。

麓氏が《濁ったいずみ》を投じた「宝石」の中篇コンテストで、二条節夫もまた《第三の犠牲》をもって応募している。これは京都のある大学病院を舞台に、教授、助教授、講師間の暗闘をテーマとした本格推理だが、一方《濁ったいずみ》もまた、医大のボスである悪徳教授の非行を追及していく本格物で、どちらも医学界に材をとっていることが面白い。

(『犯罪交叉点』一九八三年三月、徳間文庫より)

「寝台急行《月光》」――天城　一

天城一の登場は戦後まもなくのことで昭和22年2・3月号の旧「宝石」に載った《不思議の国の犯罪》を第一作とする。その頃は「関西探偵作家クラブ」(現在は「日本推理作家協会」と統合している)に所属していた。何事においても関西側の東京勢に対するライバル意識は強烈だが、探偵小説の面でも例外ではなくて、会員達は一丸となって東京の娯楽雑誌や探偵雑誌に進出することを意図した。

天城一は東京神田の生まれだから東京人に対する敵愾心は稀薄であったのだろう。が、関西側の有力執筆メンバーの一員として、本業の数学教授の余暇にコツコツと短篇を書いた。当時の作品はすべて密室物で、摩耶探偵と島崎警部が主役と準主役をつとめる。「関西探偵作家クラブ」36年12月号のアンケート特集「変った趣味」に答えて、「鉄道趣味――子供の時からの趣味が持続している次第。嵩じて特に技術方面の専攻になり、専門家の雑誌を購読する始末。金がないので、実地の方はサッパリで、もっぱら文献学。鉄道に通じすぎたので、どんなトリックを考えても、鉄道関係者から見れば常識以下に見えて、鉄道利用のトリックをDS（註・推理小説）へ持ち込めなくなったのが害の最たるもの。利点はいろいろ。兼ねて鉄道モデルマニアになり、幼稚な〈模型〉を自作して悦に入るなり」という一文を投じている。

しかし二十年ちかい沈黙のあとで再起した氏は、密室トリックを書く一方で、「害の最たるもの」であった筈の鉄道知識を活用して、本篇のような新作を発表するようになった。むかし氏の部屋に招じ入れられた人の話によれば、棚の上に自作の列車模型がたんと並べてあったそうである。なにやら微笑ましきエピソードだ。なお作中に登場する「黒衣の美女」はこの作者の知人で、明治の元勲のお孫さんがモデルだという。

（『殺しのダイヤグラム』一九八三年四月、徳間文庫より）

「碑文谷事件」——鮎川哲也

自作についてだらだらと書くのは見ばのいいものではないから、簡潔にしるす。これは東海道本線と山陽本線上におなじ発音の駅が二つずつあることを知り、これが核となった。同名がひと組あるだけでは役に立たないが、ふた組存在するとなると、読者を騙すことが可能になってくる。この思いつきにロシア文字を加え、更に導入部で各登場人物の行動リストを並べることに依って、ミスディレクションの手段とした。このリストについてはあらためて断わるまでもないことだけれど、何人かの登場人物の当日の行動を列挙するなかに、犯人のそれに限って一年前のおなじ日付のものを記入しておいたのである。

（『殺人列車は走る』一九八三年五月、徳間文庫より）

編者解説

日下三蔵

鮎川哲也は推理小説の中でも論理性を重視し謎解きの面白さに主眼を置いた「本格ミステリ」のジャンルで活躍した作家である。長篇『黒いトランク』『りら荘事件』『黒い白鳥』『憎悪の化石』、短篇「赤い密室」「五つの時計」「達也が嗤う」「薔薇荘殺人事件」など、数多くの傑作を残した。その名前を冠した新人賞・鮎川哲也賞は二〇二〇年で三十回を数え、多くの有力作家を輩出している。

創作においては、ほぼ本格一筋だったのに対して、五十冊近くを編纂したアンソロジー（多くの作家の短篇を集めたテーマ別作品集）では、本格にこだわらずにさまざまなタイプの作品を選んでいるのが面白い。怪奇幻想小説からSFまで、自身の作風とはかけ離れた作品をいくつも採っていて、ホラー系のレア作品を取り揃えた双葉社の『怪奇探偵小説集』（全3巻）などはマニア感涙のラインナップだった。

鮎川哲也には、数作を残して消えていった探偵作家の消息を探し当て、本人や遺族にインタビューしていく、という途方もない労力をかけたノンフィクション『幻の探偵作家を求めて』（現在は論創社から「完全版」全2巻として刊行）があるが、アンソロジーの編集方針も、これに準じている。つまり、一人でも多くの作家、一作でも多くの秀作を、埋もれさせずに後世に伝えたい、という並々ならぬ情熱である。

大げさではなく、鮎川アンソロジーに何度も採られたことが再評価につながり、忘れられずに今も読まれている作家は何人もいる。柔軟で幅の広い作品選定、実作者ならではの交遊を盛り込んだ密度の濃い解説、この二つが相俟って、鮎川アンソロジーはミステリ読者にとって、安心と実績のブランドとなっているのだ。

そんな鮎川哲也が好んで手がけたテーマが「鉄道ミステリ」だった。最初に編んだアンソロジー『下り〝はつかり〟』（光文社〈カッパ・ノベルス〉）以降、〈カッパ・ノベルス〉で

『鉄道推理ベスト集成』（全４冊。徳間書店）

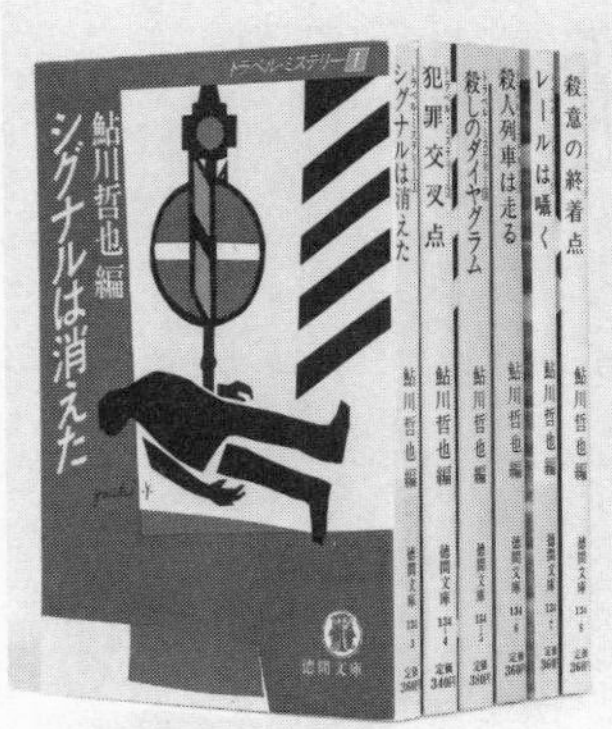

『トラベル・ミステリー』（全６冊。徳間文庫）

三冊。徳間書店の〈徳間ノベルズ〉で『鉄道推理ベスト集成』シリーズ四冊、カッパ・ノベルスの三冊が光文社文庫に入った際に新たに一冊、双葉社の〈双葉ノベルス〉と立風書房の〈立風ノベルス〉で各一冊、合わせて十冊も、このテーマでアンソロジーを作っている。

本書は、このうち徳間書店から刊行された四冊を母体として、新たに一冊分をセレクトしたアンソロジーである。細かい活字の新書判四冊で約一二五〇ページ、それを再編集した徳間文庫版六冊が約一七〇〇ページもあり、そのまますべて出すのは難しいことから、いわばベスト集成のベスト版を作ってみた次第。

珍しいスタイルだが、前例が皆無という訳ではない。江戸川乱歩の名評論「怪談入門」をベースに、森英俊、野村宏平の両氏が、そこで言及されている作品から十二篇をセレクトした傑作アンソロジー『乱歩の選んだベスト・ホラー』（ちくま文庫）がそれで、本書では同書に敬意を表してタイトルを踏襲させていただいた。

元版の刊行データは、以下の通り。いずれも徳間書店の新書判叢書〈徳間ノベルズ〉から刊行された。末尾の数字は収録作品数である。

A　鉄道推理ベスト集成　第1集　76年11月　8篇

B　鉄道推理ベスト集成　第2集　77年4月　11篇
C　鉄道推理ベスト集成　第3集　復讐墓参　77年9月　11篇
D　鉄道推理ベスト集成　第4集　一等車の女　78年6月　10篇

四冊で四十篇が収められたが、徳間文庫版では作品がシャッフルされ、シンプルに「トラベル・ミステリー」というシリーズ名で、全六巻に再編集されている。

1　シグナルは消えた　83年2月　6篇
2　犯罪交叉点　83年3月　6篇
3　殺しのダイヤグラム　83年4月　7篇
4　殺人列車は走る　83年5月　7篇
5　レールは囁く　83年6月　7篇
6　殺意の終着点　83年7月　7篇

『鉄道推理ベスト集成　第1集』のカバーそでに、シリーズ全体の編集方針を記したコメントが掲載されているので、ご紹介しておこう。

鉄道物と限らず短篇はアンソロジイなどで再読される機会にめぐまれている一方、長篇は単行本として刊行されるから、これまた比較的容易に眼にふれるチャンスがある。だが、ここに憐れをとどめるのは中篇で、帯に短し襷にはなんとやらのたとえのとおり枚数が中途半端である点がわざわいして、アンソロジイからは敬遠され、といって一巻の本にまとめられることもない。

この一聯の鉄道アンソロジイでは、主として中篇に力点をおいて編むことにした。自賛すればわが国では初めての試みであり、大半の読者にとっては初めて触れる作品であろうと思う。

編者

最後に「この一聯の」とあるように、もともとこのシリーズは全四巻を予定していたものだという。タイトルに「第一集」とあることからも、それは分かる。今回の中公文庫版では、続刊が出せるかどうかは決まっていないが、作品選定の段階で四冊分の構成案を作っているので、ぜひ読者の皆さまのご声援をいただきたいと思う。

今回の編集方針としては、もちろん第一に「いま読んでも面白い作品である」こと。第二に「中篇を入れる」こと。本書では三条節夫「殺意の証言」と鮎川哲也「碑文谷事件」が該当する。第三に「本格ものに偏り過ぎない」こと。といいながら、野呂邦暢の傑作サスペンス「まさゆめ」を、本書に先行して中公文庫から刊行された『野呂邦暢ミステリ集成』(20年10月)との重複を避けて落としたため、やや本格寄りになってしまったが、これはご容赦いただきたい。

鮎川哲也による各篇解説は、本書でも「選者解説」としてまとめて収録しておいたが、これは七六〜七八年の時点での記述であるため、作家によっては出版状況や評価に大きな動きがある。そこで各篇について、若干の補足解説を記しておきたい。アルファベットと数字は徳間書店新書判と文庫版の収録巻数である。

狂った機関車　大阪圭吉〈A、1〉

博文館の月刊誌「新青年」一九三四(昭和九)年一月号に「気狂い機関車」として発表され、ぷろふいる社から出た著者の最初の単行本『死の快走船』(36年6月)に収録された。現在は、創元推理文庫の『大阪圭吉傑作集　とむらい機関車』(01年10月)、光文社文庫の『ミステリー・レガシー　甲賀三郎　大阪圭吉』(18年5月)でも読むことができる。

作家としての評価に、もっとも大きな変動が生じたのは、この大阪圭吉だろう。戦前にデビューして、判明している限り五冊の短篇集と二冊の長篇を出しているが、戦死したため戦後はまったく著書が刊行されず、ほぼ忘れられた作家となっていた。

「宝石」「小説推理」「幻影城」などミステリ専門誌への作品再録はあったものの、一般的にはアンソロジーで数篇の代表作が読めるだけの「幻の作家」だったのである。そんな中、鮎川哲也と渡辺剣次、ふたりの目利きが優れたアンソロジーに大阪作品を採り続け、その面白さを読者に伝えようと努めた。特に鮎川哲也は遺族へのインタビューを元にした評伝「人間・大阪圭吉」(「小説推理」73年2月号)や前述の『幻の探偵作家を求めて』でも大阪圭吉を取り上げ、ミステリ読者に強い印象を与えた。

国書刊行会の〈探偵クラブ〉シリーズで戦後初の作品集『とむらい機関車』(92年5月)が刊行されると、本格的に大阪圭吉の再発見、再評価が進んでいく。同書に解説を寄せたのも、鮎川哲也であった。

「新青年」(1934年1月号)

国書刊行会版を増補二分冊にした創元推理文庫版の『とむらい機関車』『銀座幽霊』(いずれも01年10月)、論創社〈論創ミステリ叢書〉『大阪圭吉探偵小説選』(10年4月)、書肆盛林堂〈盛林堂ミステリアス文庫〉『大阪圭吉作品集成』(13年4月)、戎光祥出版〈ミステリ珍本全集〉『死の快走船』(14年7月)、以後〈盛林堂ミステリアス文庫〉から『夏芝居

「気狂ひ機関車」（初出時の表記）掲載誌面

四谷怪談 弓太郎捕物帖』（18年5月）、『花嫁と仮髪 大阪圭吉単行本未収録作品集1』（18年11月）、『マレーの虎 大阪圭吉単行本未収録作品集2』（19年3月）、『沙漠の伏魔殿 大阪圭吉単行本未収録作品集3』（19年10月）、『大阪圭吉 自筆資料集成』（20年4月）、『勤王捕物　丸を書く女』（20年8月）、『村に医者あり』（20年10月）が、続々と刊行されている。また、二〇年八月には創元推理文庫からも『死の快走船』が出ているが、これは〈ミステリ珍本全集〉版の文庫化ではなく新たに編集した作品集であった。

　従来、大阪作品は初期の本格短篇ばかりが評価されてきたが、多くの単行本未収録作品が発掘され、戦時中のスパイもの、ユーモアもの、秘境冒険ものから捕物帳まで、幅広いジャンルの作品があることが分かってきた。そのきっかけを作った最大の功労者が鮎川哲也であることに異論を述べる人はいないだろう。

　なお、「狂った機関車」は一貫して「気狂い機関車」のタイトルで流布しており、徳間文庫版でのみ、このように改題されている。八〇年代は文脈を無視した言葉狩りの勢いが強かった時期なので、「気狂い」という単語を憚ったものと思われる。本書は徳間文庫版〈トラベル・ミステリー〉を底本としているため、あえて復題せずに収録した。

省線電車の射撃手　海野十三〈A、1〉

「新青年」三一年十月号に発表され、春陽堂書店〈日本小説文庫〉から出た著者の第一作品集『電気風呂の怪死事件』（32年12月）に収録された。現在は、創元推理文庫『獏鸚』（15年7月）でも読むことができる。

「省線電車の射撃手」掲載誌面

省線は現在のJRのこと。JRが八七年に分割民営化される以前は国鉄（日本国有鉄道）といったが、さらにそれより前の呼び方である。鉄道省が運営していた省営鉄道の略称。

海野十三は逓信省電気試験所で無線の研究をしていた科学者で、本名の佐野昌一名義でもノンフィクションや科学解説書を数多く刊行していた。一九二七年から海野名義で創作を書き始め、科学知識を応用した探偵小説、空想科学小説（現在のSF）、少年向け冒険小説と多彩な分野で活躍した。科学的な素養を持ったエンターテインメント作家として、日本ＳＦの父と位置づけられている。

三一書房版『海野十三全集』（全13巻、別巻２／88〜93年）の刊行によって、その業績の大半が網羅されたが、多作な作者だけに全集から漏れた作品も、まだまだ多い。探偵小説系の代表作は創元推理文庫でまとまっていて、帆村荘六探偵が登場する作品は『獏鸚』『蝿男』、ノンシリーズ作品は『火葬国風景』『深夜の市長』に、それぞれ収録されている。

轢死経験者　永瀬三吾〈Ｂ、２〉

共栄社の探偵小説専門誌「探偵クラブ」五二年一月号に「探偵コント」の角書きで発表された。

探偵コント
轢《れき》死《し》経《けい》験《けん》者《しゃ》
永瀬三吾

「轢死経験者」掲載誌面

永瀬三吾は一九〇二（明治三十五）年生まれだから、横溝正史、久生十蘭らと同い年で、大正生まれの鮎川哲也とは二十歳近い年齢差がある。中国で京津新聞社社長を務め、終戦後に内地に帰国して探偵小説の筆を執った。

岩谷書店の探偵小説専門誌「宝石」四七年十月号に掲載された短篇「軍鶏」で探偵作家

としてデビューし、「殺人許可証」「告白を笑う仮面」「殺人乱数表」「悪魔ミステーク」など数多くの作品を発表した。五四年の短篇「売国奴」で翌年の第八回日本探偵作家クラブ賞を受賞している。五二年から五七年まで「宝石」誌の編集長も務めた。

ミステリの著作は、短篇集『売国奴』（57年12月／春陽文庫）、長篇『白眼鬼』（58年9月／同光社出版）、捕物帖『鉄火娘参上』（59年7月／同星出版社）の三冊のみ。春陽文庫版の紙型を流用して星文館が発売した新書判の〈探偵双書〉版『売国奴』（奥付に発行日の記載なし）をカウントしても四冊しかない。

このうち、もっとも入手困難なのは「三味線鯉登捕物帖」シリーズをまとめた『鉄火娘参上』だったが、今年（二〇二一年）一月、オンデマンド出版で時代ミステリを精力的に復刊している捕物出版から未収録作品を大幅に増補した完全版『三味線鯉登』として刊行された。非常に面白いシリーズなので、本書の読者には強くお勧めしておきたい。

観光列車V12号　香山滋〈D、5〉

「探偵クラブ」五一年二月号に発表され、三一書房の『香山滋全集5　悪霊島』（96年4月）に初めて収録された。つまり、全集刊行以前に著者の短篇集には未収録だった訳なので、本篇を収めた徳間書店の鮎川アンソロジーは、香山ファンにはありがたい存在だった。「探偵クラブ」は「怪奇探偵クラブ」として創刊され、五一年一月号から「探偵クラブ」、五二年五月号から「探偵倶楽部」となっているが、この号の奥付は、旧誌名「怪奇探偵クラブ」のままになっている。改題二号目で直し忘れたものと思われる。

香山滋は、山田風太郎、島田一男、高木彬光、大坪砂男と並んで江戸川乱歩が新人作家の中から有力と認めた「戦後派五人男」に選ばれており、五人の中ではいち早く流行作家となった。

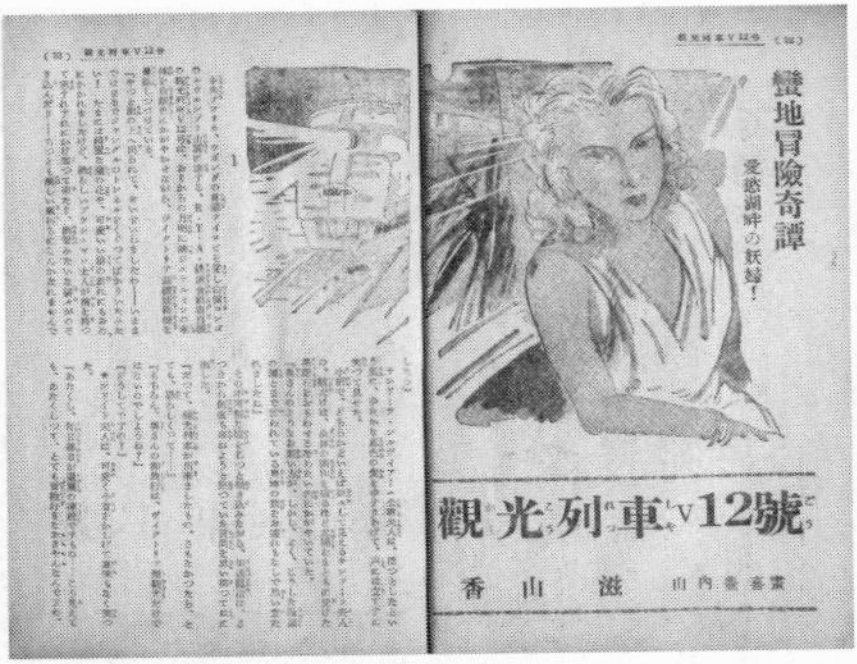
蠻地冒險奇譚
観光列車V12號
香山滋

「観光列車V12号」掲載誌面

「探偵クラブ」（1951年2月号）

四八年の第一回探偵作家クラブ賞では名品「海鰻荘奇談」で新人部門を受賞。探偵作家としてデビューしたが、本格ものには興味を示さず、怪奇小説、秘境小説、サスペンス、SFを書きまくった。東宝の依頼で新しい怪獣映画に原作を提供しており、ゴジラの生みの親としても知られている。

奇怪な生物や現実離れしたシチュエーションを狂熱的な筆致で描き出す作風であるため、「蜥蜴の島」「処女水」「月ぞ悪魔」「心臓花」「蠟燭売り」「妖蝶記」などの格調高い傑作がある一方、構成に難のある凡作も少なくない。本篇も凡作とまでは言わないが、傑作群には及ばぬ作品であり、香山滋の典型的な短篇と言えるだろう。

三一書房『香山滋全集』（全14巻、別巻1／93〜97年）の刊行によって、ほとんどの作品が単行本化された。秘境探検家・人見十吉が登場する短篇はちくま文庫の『怪奇探偵小説名作選10　香山滋集　魔境原人』（03年9月）に、ノンシリーズ短篇の傑作は河出文庫の『海鰻荘奇談』（17年11月）に、それぞれまとめておいたので、本篇のムードが気になった方は、ぜひ手にとっていただきたい。

殺意の証言　二条節夫〈A、2〉

浪速書房のミステリ専門誌「推理界」六九年九月号に発表された。麓昌平「歪んだ直線」とともに第一回推理界新人賞の佳作となった一篇だが、同誌が翌年で休刊となったため、第二回は実施されなかった。

初出誌に著者の受賞コメント「佳作に選ばれて」が掲載されているので、ご紹介しておこう。

本名・竹島丞次。住所、富山県上新川郡大沢野町西大沢二七二七。年齢、四十五歳。敷

「殺意の証言」掲載誌面

「推理界」（1969年９月号）

島紡績笹津工場医長。

振り返ってみますと推理小説のペンを執って七年が過ぎ、長い時間の末にやっとここまでたどり着きました。不勉強なくせに、この道を離れることができず、業とでも言うのでしょうか。

推理小説はなんと言っても第一にトリックですが、物的トリックはすでに考えつくされています。新しい道は心理的トリックの開拓にあるかと思います。小説の中でのトリックだけではなく、読者を含めて対象とするようなトリックができればと思います。しかし一方文学としての推理小説は、いわゆる清張以後の動機の重視、犯罪の背景にある社会、人生、人間の生き方を描かなければ、幅広く読者にアピールすることはできません。非才、かつ不勉強のため高い峯を仰いで嘆息するばかりです。遅まきながら前進することを念じています。

ここにあるように、本編が著者の処女作ではなく、六二年の第一回宝石中編賞に投じた「第三の犠牲」が最終候補となり、同年の「宝石」六月増刊号に掲載されている。この時の受賞者は草野唯雄で、最終候補の中には斎藤栄、天藤真、夏樹しのぶ（夏樹静子）、麓昌平らがいた。

二条節夫は「推理界」七〇年四月号に「奇遇」を発表しているが、確認できた限り、作品はこの三篇だけのようである。

寝台急行《月光》　天城一〈B、3〉

紘映社のミステリ専門誌「幻影城」七六年二月号に発表され、日本評論社『島崎警部のアリバイ事件簿』（05年6月）に初めて収録された。初出では、目次、トビラ、ハシラの

「寝台急行《月光》」掲載誌面。表題が「特急」になっている

「幻影城」（1976年２月号）

すべてでタイトルを「寝台特急《月光》」としているが、これは間違いである。

天城一は四七年に短篇「不思議の国の犯罪」でデビューしているから、戦後派五人男の面々とは同期生に当たるが、数学教授という本業の傍らの執筆だったため、作品数は少なく、短篇集が出ることもなかった。

だが、本格ものとして切れ味抜群の天城作品は、中島河太郎、渡辺剣次、鮎川哲也らが編んだアンソロジーにはよく採られており、ミステリ・ファンの間では知る人ぞ知る存在となっていたのである。

ようやく最初の著書『天城一の密室犯罪学教程』が日本評論社から刊行されたのは、二〇〇四年五月のことであった。この本は翌年の第五回本格ミステリ大賞の評論・研究部門を受賞し、日本評論社からは『島崎警部のアリバイ事件簿』『宿命は待つことができる』『風の時／狼の時』と四冊の天城作品が刊行された。

このうち『天城一の密室犯罪学教程』は昨二〇二〇年に宝島社文庫に入ったので、本格ミステリがお好きな方にお勧めしておきたい。

碑文谷事件　鮎川哲也〈C、4〉

世文社の探偵小説専門誌「探偵実話」五五年十二月号に中川透名義の「緋紋谷事件」として発表され、講談社〈ロマン・ブックス〉から出た著者の第一作品集『白い密室』（58

年5月）に「碑文谷事件」のタイトルで収録された。現在は、創元推理文庫『下り〝はつかり〟』（99年3月）でも読むことができる。

初出誌巻末の「編集後記」には、「さて本十二月号の最大の収穫は、新鋭中川氏の本格探偵小説「緋紋谷事件」を得たことである。じっくりと四つに組んだ筆の冴は、百五十枚のボリウムと相まって読者を魅了せずにはおかない」とのコメントがある。

この作品には、著者自身のコメントもいくつかあるので、ご紹介しておこう。まずはサンケイ新聞社出版局〈サンケイノベルズ〉『赤い密室』（73年7月）の「あとがき」から、本篇に触れた部分。

《碑文谷事件》は「探偵実話」の三十年十二月号に掲出。当初は実在の地名に遠慮して《緋紋谷事件》として発表した。話は戦前に遡《さかのぼ》るけれども、満洲から船にのって下関で上陸した私は、町のなかを散歩しているうち、人力車をつらねた日本髪の美人の行列にゆき遭って呆気《あっけ》にとられたことがある。後年、これが先帝祭と称する遊女のパレードであることを知ったのだが、そういわれてみると、人力車に結びつけられ春風にひるがえっていた短冊には、源氏名でも書いてあったような気がする。本編はそのときの経験に依った。なお写真通の人の意見によると、日にちの経《た》ったネガを用いることは現実問題として疑問だということである。ついでに誌《しる》すならば、熊本県下で行われている狂句は川柳に比べて表現が直截《ちょくせつ》的である点を特色とする。もっと広く世間に知られてもいいものだと思う。

次いで立風書房『鮎川哲也短編推理小説選集1 五つの時計』（79年4月）の「作品ノート」から、本篇に触れた部分。

雑誌に書いたときのタイトルは「緋紋谷事件」となっていた。実在の地名を使ってトラブルでも起ってはまずい、という配慮からである。近頃は情け容赦もなく住居表示が変更されるから、この碑文谷という地名が無事に存在しているかどうか心もとないが、今日に至るまでわたしは碑文谷に足を踏み入れたことは一度もないのである。わたしという人間の行動の範囲がせますぎるのか、東京という都市が大きすぎるのか、この都会には未知の土地が多い。

本編は、東京を発車した下関行の列車が、島田駅を二度通過することと、両島田駅の近くに、いわた駅があることが発想の根本になっている。わたし

「探偵実話」（1955年12月号）。「緋紋谷事件」のタイトルが印刷されている

の場合はつねにトリックのネタとなるものがあって、それに服を着せ化粧をして一編の物語が出来上がるのであり、最初にストーリーが組み立てられていて、それに似合うトリックを案出することは甚《はなは》だ困難である。人それぞれ得手とする手段なり方法なりを持っているのだから、どちらが悪い、どちらに改めろなどとはいえるものではなかろう。

中間小説雑誌の広告を見ると、昨今は「推理小説は花盛り」といった感じを受ける。さぞかし推理作家の本は売れることだろうと思っていたが、出版社に聞いてみると否定的な返事だったので意外に感じたことがある。まして、推理小説専門誌を購読しようという熱心な読者は、いつの時代でも少数であったらしい。本編が載った「探偵実話」もやがて廃刊を迎えるのだが、ほかの商売の場合と同様に、倒産となると債権者が目の色を変えて群がってくる。このときも、稿料を回収しようとする人々が交渉団体をつくったように記憶している。しかし、常連作家はそれに加わらなかった。

なお、著作には一貫して「碑文谷事件」で収録されているが、広論社〈探偵怪奇小説選集1〉『緋紋谷事件』（75年10月）のみ「緋紋谷事件」になっている。

デビューから約十年は、本名の中川透を中心に、那珂川透、中川淳一、薔薇小路棘麿、青井久利と様々なペンネームを使って活動していたが、講談社がハードカバー叢書〈書下し長篇探偵小説全集〉の最終巻を「十三番目の椅子」として公募長篇に充てた際に『黒いトランク』で当選したのを機に鮎川哲也と改名し、五一年以降はこの名前に統一した。この「碑文谷事件」は、中川透時代の掉尾を飾る力作といえるだろう。

本書は、鮎川哲也編『トラベル・ミステリー』（全六巻、徳間文庫、一九八三年二月～七月）の収録作から七篇を選んだものです。作品および著者紹介は同書を底本とし、巻末に「選者解説」として、該当作についての解説を抜粋し再録しました。

本文中に、今日の人権意識に照らして不適切な語句や表現が見られますが、著者が故人であること、執筆当時の社会的・時代的背景と作品の文化的価値に鑑みて、そのままとしました。

中公文庫

狂《くる》った機関車《きかんしゃ》
——鮎川哲也《あゆかわてつや》の選《えら》んだベスト鉄道《てつどう》ミステリ

2021年2月25日　初版発行

選　者　鮎川《あゆかわ》 哲也《てつや》
編　者　日下《くさか》 三蔵《さんぞう》
発行者　松田 陽三
発行所　中央公論新社
〒100-8152　東京都千代田区大手町1-7-1
電話　販売 03-5299-1730　編集 03-5299-1890
URL http://www.chuko.co.jp/

ＤＴＰ　ハンズ・ミケ
印　刷　大日本印刷
製　本　大日本印刷

Published by CHUOKORON-SHINSHA, INC.
Printed in Japan　ISBN978-4-12-207027-1 C1193

中公文庫既刊より

各書目の下段の数字はＩＳＢＮコードです。978－4－12が省略してあります。

あ-10-10
静かなる良人　新装版
赤川次郎
浮気をして家へ帰ると夫は血まみれで倒れていた。犯人探しにのりだした妻の千草は、生前気づかなかった夫の思いがけない一面を知る……。〈解説〉山前　譲
206807-0

あ-10-11
迷子の眠り姫　新装版
赤川次郎
クラス対抗リレーの練習に出かけた昼下がり、誰かに川に突き落とされた高校生の笹倉里加。病院で目を覚ました彼女に不思議な力が！〈解説〉山前　譲
206846-9

あ-10-12
いつもの寄り道
赤川次郎
出張に行ったはずの夫が、温泉旅館で若い女性とともに焼死体で見つかった。夫の手帳を手に入れ、事件の謎に近づく加奈子に危険が迫る！〈解説〉山前　譲
206890-2

あ-10-13
夜に迷って
赤川次郎
将来有望な夫と可愛い娘のいる沢柳智春。義父の隠し子や弟のトラブル解決に尽力するが、たった一度の過ちが噂になり追いつめられていく。〈解説〉山前　譲
206915-2

あ-10-14
夜の終りに
赤川次郎
三年前の殺人事件で記憶を失った母。別居中の父。殺人犯の夫が殺された矢先、娘の有貴が通り魔に襲われた。一家を陥れようとするのは……？〈解説〉山前　譲
206931-2

あ-10-9
終電へ三〇歩
赤川次郎
リストラされた係長、夫の暴力に悩む主婦、駆け落ちした高校生カップル……。駅前ですれ違った他人同士の思惑が絡んで転がって、事件が起きる！
205913-9

あ-13-4
お早く御乗車ねがいます
阿川弘之
にせ車掌体験記、日米汽車くらべなど、日本のみならず世界中の鉄道に詳しい著者が昭和三三年に刊行した鉄道エッセイ集が初の文庫化。〈解説〉関川夏央
205537-7

あ-13-5
空旅・船旅・汽車の旅
阿川弘之
鉄道のみならず、自動車・飛行機・船と、乗り物全般に並々ならぬ好奇心を燃やす著者。高度成長期前夜の交通文化が生き生きとした筆致で甦る。〈解説〉関川夏央
206053-1

あ-13-6
食味風々録
阿川弘之
生まれて初めて食べたチーズ、向田邦子との美味談義、海軍時代の食事話など、多彩な料理と交友を綴る、自叙伝的食随筆。〈巻末対談〉阿川佐和子〈解説〉奥本大三郎
206156-9

あ-13-7
乗りもの紳士録
阿川弘之
鉄道・自動車・飛行機・船。乗りもの博愛主義の著者が、車内で船上で、作家たちとの楽しい旅のエピソードを、ユーモアたっぷりに綴る。〈解説〉関川夏央
206396-9

あ-13-8
完全版 南蛮阿房列車（上）
阿川弘之
北杜夫ら珍友・奇人を道連れに、異国の鉄道を乗りまくる。ユーモアと臨場感が満載の鉄道紀行。上巻は「欧州畸人特急」から「最終オリエント急行」までの十篇。
206519-2

あ-13-9
完全版 南蛮阿房列車（下）
阿川弘之
ただ汽車に乗るためだけに、世界の隅々まで出かけた紀行文学の名作。下巻は「カンガルー阿房列車」から「ピラミッド阿房列車」までの十篇。〈解説〉関川夏央
206520-8

い-3-11
のりものづくし
池澤夏樹
これまでずいぶんいろいろな乗り物に乗ってきた。地下鉄、バス、カヤックに気球から馬まで。バラエティ豊かな乗り物であっちこっち、愉快痛快うろうろ人生。
206518-5

い-74-16
ブラディ・ローズ
今邑彩
薔薇園を持つ邸の主人と結婚した花梨。彼の二番目の妻は墜落死を遂げたばかりだった——。花嫁に届く脅迫状の差出人は何者なのか？ 傑作サスペンス。
205617-6

い-74-17
時鐘館《とけいかん》の殺人
今邑彩
ミステリーマニアの集まる下宿屋・時鐘館。姿を消した老推理作家が、雪だるまの中から死体となって発見された。犯人は編集者か、それとも？ 傑作短篇集。
205639-8

各書目の下段の数字はＩＳＢＮコードです。978－4－12が省略してあります。

い-74-18
赤いべべ着せよ…
今邑　彩
「鬼女伝説」が残る町で、幼い少女が殺され、古井戸から発見された。二十年前に起きた事件と、まったく同じ状況で……。戦慄の長篇サスペンス。
205666-4

い-74-19
鋏《はさみ》の記憶
今邑　彩
物に触れると所有者の記憶を感知できる、「サイコメトリー」能力を持った女子高生の桐生紫は、未解決事件の捜査を手助けすることに……。傑作ミステリー連作集。
205697-8

い-74-20
金雀枝《えにしだ》荘の殺人
今邑　彩
完全に封印され「密室」となった館で起こった一族六人殺しの犯人は、いったい誰か？　推理合戦が繰り広げられる館ものミステリの傑作、待望の復刊。
205847-7

い-74-21
人　影　花
今邑　彩
見知らぬ女性からの留守電、真実を告げる椿の花、不穏な野鳥の声……日常が暗転し、足元に死の陥穽が開く。文庫オリジナル短篇集。〈解説〉日下三蔵
206005-0

い-74-5
つきまとわれて
今邑　彩
別れたつもりでも、細い糸が繋がっている。ハイミスの姉が結婚をためらう理由は別れた男からの嫌がらせだった。表題作の他八篇の短篇集。〈解説〉千街晶之
204654-2

い-74-6
ルームメイト
今邑　彩
失踪したルームメイトを追ううち、二重、三重生活を知る春海。彼女は、名前、化粧、嗜好までも変えて暮らしていた。呆然とする春海の前にルームメイトの死体が？
204679-5

い-74-7
そして誰もいなくなる
今邑　彩
名門女子校演劇部によるクリスティー劇の上演中、連続殺人は幕を開けた。台本通りの順序と手段で殺される部員たち。真犯人はどこに？　戦慄の本格ミステリー。
205261-1

い-74-8
少女Ａの殺人
今邑　彩
深夜の人気ラジオで読まれた手紙は、ある少女が養父からの性的虐待を訴えたものだった。その直後、三人の該当者のうちひとりの養父が刺殺され……。
205338-0

い-74-9
七人の中にいる
今邑　彩
ペンションオーナーの晶子のもとに、二一年前に起きた医者一家虐殺事件の復讐予告が届く。常連客のなかに殺人者が⁉ 家族を守ることはできるのか。
205364-9

う-10-27
薔薇の殺人
内田　康夫
脅迫状が一通きただけの不可思議な誘拐事件。七日後、遺体が発見されたが、手がかりはその脅迫状だけだった。浅見光彦が哀しい事件の真相に迫る。
205336-6

う-10-28
他殺の効用
内田　康夫
保険金支払い可能日まであと二日を残して、会社社長が自殺した。自殺に不審を抱いた浅見光彦は、単身調査に乗り出すが意外な結末が⁉ 傑作短編集。
205506-3

う-10-29
教室の亡霊
内田　康夫
中学校の教室で元教師の死体が発見された。毒殺された被害者のポケットには、新人女性教師とのツーショット写真が――。教育現場の闇に、浅見光彦が挑む！
205789-0

う-10-30
北の街物語
内田　康夫
「妖精像」の盗難と河川敷の他殺体。二つの事件には、ある共通する四桁の数字が絡んでいた――。浅見光彦が、生まれ育った東京都北区を駆けめぐる！
206276-4

う-10-31
竹人形殺人事件　新装版
内田　康夫
浅見家に突如降りかかったスキャンダル⁉ 父の汚名をそそぐため北陸へ向かった名探偵・光彦は、竹細工師殺害事件に巻き込まれてしまうが――。
206327-3

う-10-32
熊野古道殺人事件　新装版
内田　康夫
伝統の宗教行事を再現すると意気込んだ男とその妻が、謎の死を遂げる。これは祟りなのか――。浅見光彦と「軽井沢のセンセ」が南紀山中を駆けめぐる！
206403-4

う-10-33
鳥取雛送り殺人事件　新装版
内田　康夫
被害者は、生前「雛人形に殺される」と語っていた男。調査のため鳥取に向かった刑事が失踪してしまい――。浅見光彦が美しき伝統の裏に隠された謎に挑む！
206493-5

各書目の下段の数字はISBNコードです。978-4-12が省略してあります。

う-10-34
坊っちゃん殺人事件 新装版
内田康夫
取材のため松山へ向かう浅見光彦。旅の途中何度も出会った女性が、後日、遺体で発見され疑われる光彦だったが――。浅見家の〝坊ちゃん〟が記した事件簿！
206584-0

う-10-35
イーハトーブの幽霊 新装版
内田康夫
宮沢賢治が理想郷の意味を込めて「イーハトーブ」と名付けた岩手県花巻で、連続殺人が。被害者は死の直前「幽霊を見た」と……。〈解説〉新名 新
206669-4

う-10-36
萩殺人事件
内田康夫
お見合いのため山口県を訪れた浅見光彦の親友・松田将明が、浅見と共に連続殺人事件の闇に挑む！『汚れちまった道』と対をなす異色長篇。〈解説〉山前 譲
206812-4

こ-59-1
痛みかたみ妬み 小泉喜美子傑作短篇集
小泉喜美子
息詰まる駆け引き、鮮やかなどんでん返し。人生の裏も表も知る大人のためのミステリーがここに。入手困難・幻の短篇集の増補新編集版。〈解説〉日下三蔵
206373-0

こ-59-2
殺さずにはいられない 小泉喜美子傑作短篇集
小泉喜美子
大人のための贅沢な愉しみがここに。ミステリ、ホラー、ショートショート――バラエティ豊かな短篇集第二弾。〈巻末エッセイ〉山崎まどか〈解説〉日下三蔵
206442-3

せ-9-1
寝台急行「昭和」行
関川夏央
寝台列車やローカル線、路面電車に揺られ、懐かしい場所、過ぎ去ったあの頃へ。昭和の残照に思いを馳せ、含羞を帯びつつ鉄道趣味を語る、大人の時間旅行。
206207-8

せ-9-2
汽車旅放浪記
関川夏央
『坊っちゃん』『雪国』『点と線』……。近代文学の舞台となった路線に乗り、名シーンを追体験する。鉄道と文学の魅惑の関係をさぐる、時間旅行エッセイ。
206305-1

に-7-50
盗まれた都市 左文字進探偵事務所
西村京太郎
東北のある都市で「反東京条例」が可決された。私立探偵の左文字は不穏な空気の正体を突き止めるため現地に飛ぶが、殺人事件の犯人に仕立て上げられてしまう。
206090-6

に-7-52
さらば南紀の海よ　西村京太郎
「白浜温泉に行きたい」と望んだ余命なき女を殺害し、その息子が乗車した〈特急くろしお〉を爆破した犯人は誰？　十津川は驚愕の推理を胸に南紀へ飛ぶ！
206201-6

に-7-53
十津川警部 鳴子こけし殺人事件　西村京太郎
不審死した女性の部屋から五体の鳴子こけしが持ち去られ、東京・山口・伊豆の殺人現場に次々と置かれていく。十津川は犯人を追い京都へ。
206309-9

に-7-54
祖谷《いや》・淡路 殺意の旅　西村京太郎
かずら橋で有名な徳島の秘境と東京四谷の秘密クラブで画策された連続殺人事件⁉　十津川のかつての部下が容疑者に。政界の次期リーダーの悪を暴け！
206358-7

に-7-55
東京-金沢 69年目の殺人　西村京太郎
終戦から69年たった8月15日、93歳の元海軍中尉が東京で扼殺された。金沢出身の被害者は、「特攻」の真相を探っていたことを十津川は突き止めるが。
206485-0

に-7-56
神戸 愛と殺意の街　西村京太郎
〈神戸の悪党〉を名乗るグループによる現金・宝石強奪事件。港町で繰り広げられる十津川と犯人の白熱の知恵比べ。悪党が実現を目指す夢の計画とは？
206530-7

に-7-57
「のと恋路号」殺意の旅 新装版　西村京太郎
自殺した婚約者の足跡を辿り「のと恋路号」に乗ったあや子にニセ刑事が近づき、婚約者が泊まった旅館の従業員は絞殺される。そして十津川の捜査に圧力が。
206586-4

に-7-58
恋の十和田、死の猪苗代 新装版　西村京太郎
ハネムーンで新妻を殺された過去を持つ刑事が、猪苗代湖で女性殺害の容疑者に。部下の無実を信じる十津川警部は美しい湖面の下に隠された真相を暴く！
206628-1

に-7-59
鳴門の渦潮を見ていた女　西村京太郎
元警視庁刑事の一人娘が、鳴門〈渦の道〉で何者かに誘拐された。犯人の提示した解放条件は現警視総監の暗殺！　警視庁内の深い闇に十津川が切り込む。
206661-8